KB185720

내 인생 최고의 약속

내 인생 최고의 약속

1판 1쇄 인쇄_2024년 12월 10일
1판 1쇄 발행_2024년 12월 17일

지은이_이일장 외 65인
펴낸이_홍정표

펴낸곳_작가와비평
등록_제2018-000059호

공급처_(주)글로벌콘텐츠출판그룹
대표_홍정표 이사_김미미 편집_백찬미 강민욱 남혜인 홍명지 권군오
디자인_가보경 기획·마케팅_이종훈 홍민지
주소_서울특별시 강동구 풍성로 87-6 전화_02-488-3280 팩스_02-488-3281
홈페이지_www.gcbook.co.kr 메일_edit@gcbook.co.kr

값 15,000원
ISBN 979-11-5592-349-8 03810

내 인생 최고의 약속

이일장 외 65인

작가와비평

약속과 신뢰

김종회(문학평론가, 한국디지털문인협회 회장)

한국디지털문인협회의 제6차 공동문집 《내 인생 최고의 약속》을 상재(上梓)합니다. 우리 협회에서는 그동안 다섯 차례에 걸쳐 '내 인생' 시리즈로 문집을 간행해 왔으며, 회원들의 적극적인 참여와 호응에 힘입어 간행과 동시에 초판이 매진되는 성과를 거두었습니다. 그런 점에 있어서 참여 회원 및 원고 모집과 편집에 애쓴 임원들께 깊은 감사의 말씀을 드립니다. 이번 문집의 공동 주제는 '약속'입니다. 우리는 세상을 살면서 참 여러 가지의 약속을 하고 또 그 약속을 지키려 노력합니다. 약속을 지키지 않는 이의 인품을 존경하기는 어렵습니다. 그러므로 약속은 곧 인격입니다.

조선조 효종 때 판서 벼슬을 지낸 박서(朴遾, 1602~1653)는 본관이 밀양이고 자가 상지(尙之), 호를 현계(玄溪)라고 썼습니다. 어릴 때 당대의 명사 이항복(李恒福)에게 글을 배워 28세에 과거 급제한 뒤 이조판서를 거쳐 병조판서에 두 번이나 임명되었습니다. 그는 신의를 올곧게 지킨 인물로 지금까지 인구에 회자됩니다. 일찍이 당시의 풍속대로 부모의 뜻에 따라 어느 규수와 정혼을 했는데, 그 약혼자가 중병을 앓다가 그만 눈이 안 보이게 되었다는 소문이 돌았습니다. 그러자 박서의 부모는 혼약을 파기하고 다른 규수와 결혼을 시키려 했습니다. 박서는 이를 받아들이지 않고 결연히 그 부모에게 말했습니다.

"병으로 눈이 보이지 않는 것은 천명이지 사람의 죄가 아닙니다. 불쌍한 아내는 함께 살면 되지만, 사람으로서 신의가 없다면 어떻게 이 세상에서 고개를 들고 살 수 있겠습니까?" 박서의 부모는 안타까웠지만 아들의 말이 기특해서 그대로 날짜를 받아 혼례를 치렀습니다. 그런데 신부를 맞고 보니 장님이기는커녕 초롱초롱 빛나는 아름다운 두 눈을 가지고 있었습니다. 알고 보니 누군가 그 미색을 탐하여 헛소문을 퍼뜨린 터였지요. 정보의 소통이 어려운 시대라 그와 같은 현혹이 가능했을 것입니다. 여기서 중요한 것은 아직 삶의 길에 미숙한 약관의 인물이 약속과 신의를 지킨 그 사람 됨됨이였습니다.

영국의 사회운동가이자 자선 사업가였던 쉐프츠베리(Shafcebury) 경이 길을 가다가 한 거지 소녀를 만났습니다. 불쌍해 보여서 돈을 몇 푼 주려고 주머니를 뒤졌으나 그날따라 가진 것 없이 나온 참이었어요. 그는 소녀에게 며칠 몇 시에 어느 장소로 오면 오늘 주려 한 돈을 주겠다고, 꼭 만나자고 약속을 하고 헤어졌습니다. 약속한 날이 되었는데 마침 그에게 아주 중요하고 바쁜 일이 생겼습니다. 처음에는 다른 사람을 시켜 돈을 보내려고 했지만 쉐프츠베리 경은 이내 생각을 바꾸었습니다. 꼭 가겠다고 소녀와 한 약속을 상기하면서 불쌍한 소녀를 실망시키지 않기 위해 자신의 무거운 일정을 버린 것이었습니다.

어리고 힘없는 상대와 한 약속이었지만, 그것을 이행하는 가운데 그의 인격이 담겨 있었지요. 우리는 알게 모르게 한 약속들을 이행하지 못할 때가 종종 있습니다. 하지만 쉽게 약속을 잊거나 어기거나 취소하려는 사람의 인품은 믿기 어렵습니다. 그것이 아주 작은 약속이라 할지라도 그렇지요. 작은 약속을 지키지 않는 사람은 대개 큰 약속도 지키지 않기 때문입니다. 약속을 파기하는 경우는 십중팔구 자신의 이익을 앞세운 때입니다. 많은 사람이 권력과 금전과 명예를 위해 다른 사람 또는 공동체와 한 약속을 헌신짝처럼 저버립니다. 그래도 아무 문제 없이 태연할 수 있는 사회는 후진한 사회요, 그러한 인물은 볼품없는 인물입니다.

지금 우리나라는 보수와 진보, 많이 가진 자와 그렇지 않은 자의 논리 및 이념이 충돌하는 격변의 현장에 있습니다. 그런가 하면 한반도 주변 정세가 급격하게 요동치면서 오랜 세월 익숙해 있던 지정학적 상황이 현저히 달라지고 있습니다. 여러 차례 선거를 지나오면서 이 대내외적 판도를 응대하는 민심 또한 새로운 유형의 목소리를 내는 형국입니다. 그 와중에서 우리는 너무도 많은 약속의 말을 들었고 여전히 약속의 홍수 속에 있지요. 문제는 그렇게 약속을 남발하는 이들이 꼭 그 약속을 지키겠다는 신의가 없고, 듣는 이들도 그것이 지켜질 것이라는 기대를 별로 하지 않는다는 데 있습니다. 바야흐로 골이 깊은 불신의 시대입니다.

약속은 힘과 시간을 가진 자가 먼저 지켜야 합니다. "힘없는 정의는 무력하고 정의 없는 힘은 압제"라고 한 것은 파스칼(Pascal)입니다. 그런 점에서 사회의 고위층에 요구되는 도덕적 의무와 수준을 말하는, '노블리스 오블리제(Noblesse Oblige)'의 의미를 되새겨 볼 필요가 있습니다. 제1차 세계대전에서 50세 이하 영국 귀족의 20%가 전사했고, 미국의 케네디와 트루먼 대통령은 신체장애를 숨기면서 군에 입대하여 제2차 세계대전의 전장에 나갔습니다. 입만 열면 허언(虛言)이기 십상인 한국 정치인들, 지도급 인사들의 행태를 비난하기에 앞서 내가 지켜야 할 약속과 신의가 무엇인가를 먼저 되돌아보아야 할 것 같습니다.

이와 같은 상황을 성찰해 볼 때 우리 협회가 이번에 내놓은 우리 인생의 기념비적인 약속에 관한 이야기들은, 소박하고 조촐하지만 품격 있고 아름답기 이를 데 없습니다. 그 이야기 한 편 한 편을 읽으면서, 때로는 감동에 젖어 눈시울이 뜨겁기도 하고 또 때로는 가슴 저 밑바닥에서 차오르는 공감으로 깊은 생각에 잠기기도 했습니다. 그렇습니다. 우리는 크고 화려한 것에 감동하지 않습니다. 비록 작고 볼품이 없어도 진실하고 인간적인 삶의 모습이 우리 마음의 문을 열게 합니다. 그러므로 여기에 실린 작품들은 모두 소중하고 귀한 보석과 같습니다. 이 책 한 권으로 우리가 더 행복해질 것입니다. 거듭 여기까지 수고한 손길들에 따뜻한 마음의 감사를 드립니다.

세상에서 가장 아름다운 약속

이상우(한국디지털문인협회 이사장)

우리 생애에 최고로 아름다운 약속이 무엇이냐고 AI한테 물어보았다. 여러 명(?)의 AI 답변은 모두 '결혼 서약'이라고 답했다. 수긍이 갈 만하다. 우리 조상들은 결혼을 천생연분 혹은 '인륜지대사(人倫之大事)'라고 했다. 기독교에서는 하나님의 은총이라고 하고 불교에서는 전생의 인연이라고 했다.

우리 문인협회에서 〈내 인생 시리즈〉로 책을 펴낸 것이 벌써 여섯 번째이다. 특히 이번에 주제가 된 '약속'은 더욱 깊은 뜻이 있다.

인간사회는 '약속'으로 유지된다. 학자들은 '계약'이라는 말을 쓴다. 사회생활은 모두가 계약으로 이루어진다. 우리가 지하철을 타는 것도 나와 지하철 회사 간의 '유료 승차 계약'에 의해 이루어진다. 마트에서 배추 한 포기를 사는 것도 가격과 물건의 질량에 대해 나와 판매인의 계약에 의해 성립이 된다.

이러한 큰 약속인 '사회계약설'은 근대 정치사상의 기초를 다지는 데 큰 영향을 미쳤다. 개인의 권리, 국가의 정당성, 민주주의의 기원 등 다양한 정치적 개념을 설명하는 데 중요한 역할을 했다고 보는 학자들이 많다.

그러나 어떤 계약 이론도 남녀 간의 일생을 함께하는 계약인 결혼서

약이라는 약속만큼 꼭 지켜야 할 아름답고 소중한 계약이 또 있겠는가. 약속은 지키기 위해 하는 것이기 때문에 신뢰가 전제되어야 한다. 신뢰는 서로를 존중하는 데서 생긴다.

시라쿠스라는 왕국의 피디아스는 왕의 폭정에 항거하다가 반역죄로 사형수가 되었다. 죽기 전에 가족을 만나고 돌아오겠다고 했지만 왕은 위기를 모면하려는 핑계로 보고 허락하지 않았다. 이때 그의 친구 데이몬이 피디아스가 돌아올 때까지 대신 갇혀 있겠다고 약속했다. 약속 날짜에 피디아스가 돌아오지 않자 친구가 사형대에 올라갔다. 그 순간, 피디아스가 숨을 몰아쉬며 달려왔다. 오는 길에 해적을 만났지만 약속을 지키기 위해 해적의 공격을 피해 간신히 돌아왔다는 이야기를 듣고 왕은 두 사람을 모두 사면해 주었다. 이는 얼마나 아름다운 우정의 약속인가.

요즘 정치인들은 약속을 안 지켜서 유명해지고 있다. 출마할 때 밤하늘의 별처럼 마구 쏟아낸 약속을 당선만 되면 나 몰라라 팽개친다. 개인 간의 약속보다 더 엄중하게 지켜야 할 약속인 공적인 약속을 어기면 국가나 사회에 끼치는 '약속 파기'의 피해가 더욱 커진다.

약속은 그래서 소중한 것이다.

여기 제6집에 실린 《내 인생 최고의 약속》은 66개의 감동으로 꾸며졌다. 살면서 경험한 다양한 인생살이의 한 토막을 훌륭한 글솜씨로 다듬어냈다.

남녀 간이나 부모와의 약속뿐 아니라 친구와의 약속, 직장 어른으로서의 약속, 사제 간의 약속, 단체와의 약속, 나 자신과의 약속 등 수많은 약속 속에 살아온 우리 삶의 이야기가 문학적 감흥으로 독자를 감동시킬 것이다.

한국디지털문인협회 제6집을 만들면서 협회를 대표해서 진행을 맡아주신 정선모 부회장과 김미미 이사의 노고에 치하를 드린다. 이 책은 오로지 핸드폰 하나만 들고 모든 집필 회원들이 손가락으로 글을 쓰고 손가락으로 편집하고 손가락으로 책을 만들었다. 우리 협회의 출발 슬로건이 된 '손가락 하나로 우주를' 만들었다.

이 책으로 첫 작품을 발표한 회원들의 문단 등단을 축하한다.

다음 제7집을 기대하며.

목차

2부

3부

4부

5부

제3회

한국디지털문학상 수상작

대상 수상작

이현숙

오십 년 만의 약속

선물일까?

친구는 꾸러미 하나를 내 침대 위로 사뿐 던졌다. 먼 비행 후 호텔에 막 도착했을 때였다. 오래된 편지 꾸러미였다. 비행기를 두 번 바꿔 타고 지구 바깥으로 튀어 나가기라도 하듯 지구의 북쪽 근처까지 날아갔는데 또 다른 여행이 시작되었다. 시간 여행이었다. 여행 속의 여행이라니 환상이 아닌가!

"누가 쓴 거야? 글씨도 예쁘고 너랑 너무 친한 사람이네!"

오월의 플라타너스같이 푸르른 글이었다. 두세 통 읽고 나서야 끄트머리에 써진 이름이 눈에 들어왔다.

"이걸 다 내가 보냈단 말이야?"

'편지'란 2인칭에게 도착하는 것이니 발신인에게는 남지 않는다. 반백 년이 다 된 편지지는 친구의 바지런한 손에 닿아 습자지처럼 보들보들해졌다. 5원짜리 보랏빛 우표가 붙은 엽서부터 얇은 하도롱빛 봉투, 사무실 봉투에 항공 봉투까지, 세월이 스친 흔적에 귀퉁이는 닳아서 아련해졌다. 태극기가 휘날리는 푸른색 10원짜리 우표, 디자인이 다양해진 20원짜리 우표의 우체국 소인도 안개같이 희미해졌다.

편지의 문장은 경쾌하고 다정하나 간절했다. 그랬다. 대학 생활의 시시콜콜한 이야기, 호수 물안개 피어오르는 것을 배경으로 또래의 여자들은 무얼 고민하는지 시시때때로 알리고 싶어 했다. 시할아버지부터 줄줄이 대가족 집으로 시집간 것이 겨우 스무 살. 연달아 아이를 낳고, 영등포 어딘가에 먹고 살 가게를 차리고, 시누이 시동생들 뒷바라지 틈바구니에 친구가 매몰되지 않을까. 고루해 보였던 친구의 시댁 풍경이 떠오를 때마다 마음이 진눈깨비 퍼붓듯 어지러웠다.

어깨를 나란히 당번도 함께하고, 소양강이든지 들판이든지 어디든지 비둘기같이 함께 다녔는데 나만 대학생이 된 것은 공평하지 않다고 생각했다. 바람결에라도 대학 생활을 알려주고 싶었다. 결혼이라는 방식으로 해결할 수밖에 없었던 친구의 각박했던 현실을 잘 알 수 없었지만, 함께 꾸던 꿈을 일찍 잃어버릴까 노심초사였다. 젊음의 특권이라 생각했던 방랑과 낭만의 페이지를 훌쩍 넘겨버린 책 같았고, 푸른 하늘도 잊을 것만 같아서 짬짬이 일방적으로 쓴 편지가 많았다. 읽을 짬이나 있었을까.

"수없이 읽었어. 그때마다 새 힘을 냈어."

우물에서 물 길어 올리듯 편지의 문장보다 더 깊이 마음을 읽어낼 수 있는 비결은 무엇이었을까. 종이에 쓴 편지가 마음 판에 새겨지기라도 한 것일까. 간직할 명문장은 또 세상에 얼마나 많은가! 중구난방 편지였지만, 친구는 편지를 간직했다. 오랜 세월 집을 옮겨 다니면서도 간직했단다.

삶의 어떤 것이든 간직하는 사람에게 그것은 보물이 된다. 뜨거운 연애편지도 아니고, 편지 나부랭이는 세월의 갈피에 묻히거나 사라지는 게 오히려 자연스럽지 않은가. 애지중지하는 결혼 패물도 잃어버리는 게 인생인데 소중히 여겨준 친구의 마음이 보랏빛 물망초에 맺힌 새벽이슬처럼 반짝였다. 그 순정함에 깊은 마음속 샘물이 출렁거렸다.

친구랑은 첫 여행이었다. 지나온 세월처럼 멀리도 떠났다. 꽝꽝 얼어붙은 호수 위에서 오로라를 기다렸다. 며칠째 겨울왕국같이 펄펄 눈만 내리고 좀처럼 오로라는 볼 수 없었다. 오로라를 기다리는 것처럼 삶이란 기다림의 연속인지도 모른다. 많은 시간을 기다렸다. 아득히 내리는 눈이 지나온 세월을 위로하듯 포근히 벌판을 덮었다. 가지가 휘어진 전나무와 자작나무가 흰 눈을 인 채 고요히 침묵 속에 들었다. 원시시대로 돌아간 듯한 원주민 천막 안에 이글이글 장작이 타올랐다. 마법에라도 걸린 듯 시간 밖에 있는 것 같았다.

간직한 것은 비쳐 나오기 마련이다. 타오르는 불꽃의 아지랑이에 무언가 어리듯 친구의 내면에서 비쳐 나오는 알 수 없는 힘이 느껴졌다.

"어쩌든지 가정은 꼭 지키고 싶었어. 나 자신에게 한 약속이었지만, 편지를 읽을 때마다 되살아났어."

삶을 강인하게 꾸려온 의지가 우뚝 솟은 전나무 같았다. 나의 편지란 애정이 넘쳤을 뿐 들국화같이 평범했다. 다만 친구가 오롯한 화로같이 따뜻한 가정을 꾸리기를, 제발 평범하기를 바라는 마음이었다. 험한 대관령을 넘어 아버지를 만나고 올 때마다 친구의 표정은 두껍게 얼어버린 고드름같이 비감해 보였다. 고물고물한 이복동생들이 넷이나 있다며 겨우 열여섯 살 친구는 오히려 아버지를 안쓰러워했다.

아버지로부터 연필 한 자루 얻어쓰지 못했지만 친구는 아버지의 말년을 모셔 왔다. '허깨비같이 늙고 병든 남편'이라며 고개를 돌렸던 어머니를 설득하고 동생 둘에 이복동생들까지 챙겼다. 평생 사막을 걷는 낙타처럼 짐이 많았던 친구는 짐에 부대낀 흔적이 역력했다.

계속 타오르는 장작불이 친구의 주름진 얼굴에 어른거렸다. 불꽃은 쉴 새 없이 흔들리며 그림자를 던졌다. 움직이는 그림자는 친구가 넘어온 생의 굴곡 같았다. 타오르던 장작이 난로 안에서 무너지며 큰 불꽃이 일었다. 순간 친구의 얼굴이 환하게 빛났다. 층층이 어려운 시어른들, 맵고 고달픈 온갖 세월의 바람을 이기고 가정을 지켜낸 얼굴이었다. 쏟아지는 눈발 저쪽에 환상적인 색깔이 춤추듯 마음속에 그리던 세상이 있었기에 포기할 수 없었으리라.

친구가 옷을 걷어 올리고 아랫배에 인슐린을 주사하면서 나를 쳐다보았다. 세상의 바람을 맨몸으로 이겨내느라 상한 몸이었지만 표정이 밝았다. 편지 꾸러미를 넣어두고 가끔 읽어보란다. 다음에 만날 때는 가방째 가져온단다.

갯메꽃 같은 풋풋한 감성, 풀잎 같은 꼬불꼬불한 글씨, 어설픈 젊음의 열정, 행간에 숨겨진 애타는 소망이 세월을 거슬러 되살아났다. 친구를 사랑하는 건 나 자신을 사랑하는 일이었나 보다. 그림 같은 북한강 긴 물줄기를 따라 오십 년이 지나 나에게 도착한 편지였다. 친구에게 썼지만 나 자신이었고 꿋꿋하게 살자는 약속이었다.

삶의 아름다움은 순간적이고 불규칙하게 찾아온다. 우리는 어깨를 기댄 채 뭉크의 '별이 빛나는 밤' 같은 몽환적인 하늘을 바라보았다. 상상만 해오던 오로라가 마침내 하늘 끝까지 그림을 그렸다. 우주와 연결되는 신비로운 느낌이랄까, 허공을 자유롭게 춤추는 초록빛이 생애를 끌어온 가슴 깊은 곳의 환상과 겹쳐 빛의 오케스트라를 연주하는 것 같았다. 북구라파 문학을 읽던 시절, 언제고 오로라를 보러 함께 떠나자고 약속한 적이 있었다. 그 오랜 약속을 우리는 잊지 않았다. 어둠 너머에 신묘한 빛이 존재하듯, 사람들 가슴 속 우물엔 저마다의 오로라가 빛나리라.

최우수상 수상작

서현정

아들과의 약속

내 아들은 조금 유별난 아이다. 워낙 타고난 기질이 강하고 산만해 엄마인 나를 포함해 가족 누구와도 제대로 소통하지 못한다. 무언가를 물어봐도 별다른 대꾸 없이 혼잣말만 웅얼거리기 일쑤다. 어린이집에서 반 아이들이 다 같이 모여 놀이를 할 때도 아들은 흥미를 느끼지 못하고 혼자서만 교실을 뛰어다닌다.

생각대로 잘 따라와 주지 않는 아들을 보면서 나는 늘 답답하고 속이 상해 애가 닳았다. 매사 남들보다 뒤떨어지기만 하는 아들로 인해 불안감이 밀려올 때면 아들을 데리고 심리치료실과 언어치료실을 집착하듯 오갔다. 남편은 조금만 여유를 가지고 아들을 지켜봐주자고 했지만, 나는 좀처럼 조급한 마음을 내려놓을 수가 없었다.

그러던 차에 절친한 친구가 우리도 엄마는 처음이라 힘든 거라며 부모코칭교실에 가보면 뭐라도 도움이 될 거라고 권했다. 떠밀리듯 부모코칭교실을 찾았다. 수업 첫날, 자식을 올바로 키우기 위해선 자신이 과연 어떤 부모인지 돌아볼 필요가 있다는 강사의 말에 가슴이 뜨끔했다. 부모의 부정적인 말 한마디, 무뚝뚝한 표정 하나가 자식에게 큰 상처를 준다는 말도 그대로 뇌리에 박혔다.

그간 나는 아들을 볼 때면 매번 한숨부터 나와 자연스레 미간이 찌푸

려졌다. 그렇다 보니 아들에게 일상적인 말을 할 때조차 목소리가 부드럽지 못하고 딱딱했다. 아들이 뭘 해도 혼내거나 잔소리를 하기 바빴고, 잘한다거나 사랑한다거나 착하다는 등의 긍정적인 감정을 표현하는 데에는 매우 인색했다. 아들이 잘되기를 바란다는 이유로 사랑보다는 주로 상처를 안겨줬던 것이다.

특히 아들이 늦돼서 말도 제대로 못 하고 산만하다는 얘기를 주위에서 들을 때마다 아들의 감정보다는 내 감정을 먼저 살폈다. 자존심이 상해서 아들을 닦달하는 등 안절부절못했다. 내 아이가 조금 더 빨리 내가 정한 틀 안으로 들어오길 바랐다. 시작이 늦은 만큼 다른 아이들보다 더 빨리, 더 많은 것을 배우길 원했다. 그것은 아들을 배려하지 않은, 조급함에 내몰린 나 혼자만의 욕심이었다.

부모코칭교실에 다녀온 나는 스스로에게 약속을 했다. 아들을 향한 조급한 마음을 내려놓고, 아들을 믿으며 차분히 기다려주겠다는 약속이었다. 무엇보다 내가 아닌 아들의 입장에서 세상을 바라보고, 아들의 내면에 있는 고유한 모습이 더 빛날 수 있도록 돕겠다고 다짐했다. 하지만 스스로에게 한 약속을 실행으로 옮기는 것은 말처럼 쉬운 일이 아니었다. 수시로 조급함과 답답함이 밀려와 격한 감정의 소용돌이에 휘말려야만 했다.

그럴 때마다 나는 스스로에게 한 약속을 떠올리면서 조급함을 내려놓고 아들에게 진심으로 다가가고자 노력했다. 정보가 필요할 때는 전문 서적을 읽거나 부모코칭교실 등에 참여하면서 자녀에게 사랑하는 마음을 오롯이 전하는 방법을 찾았다.

여전히 아들은 내 목소리에 반응하지 않을 때가 많았지만, 잔소리하기보다는 그저 묵묵히 믿고 지켜봐 주었다. 아들이 무언가를 말하려

웅얼거리면 알아듣기 어려워도 일단 하던 일을 멈추고 눈을 맞추며 최대한 이해해 보고자 노력했다.

전보다 훨씬 자주 아들을 안아주고 사랑한다고 표현해 주었다. 어린이집에서 하원할 때나 착한 일을 했을 때, 내 말에 반응을 보일 때도 두 팔을 활짝 벌려 품을 열어주었다.

스스로에게 한 약속들을 꾸준히 실행에 옮기자 믿기 힘든 변화들이 일어났다. 먼저 나를 옥죄던 조급함과 불안감이 사라져 마음이 평온해졌다. 특히 아들을 대할 때 내가 정한 기준이나 세상의 잣대를 내려놓고 아들을 있는 그대로 바라볼 수 있게 되었다.

더 놀랐던 건 아들의 변화였다. 아들을 위해 하루하루 약속을 실천해 온 나의 노력이 아들의 마음에 와닿은 듯했다. 하루는 갑자기 아들이 다가와 "엄, 엄마, 꽃 좋아? 무슨?"이라고 물었다. 평소와 다르게 내게 먼저 말을 걸어주는 게 너무 기뻐 "응. 엄마는 분홍색 카네이션 꽃이 제일 좋아. 카네이션을 보고 있으면 활짝 웃게 돼"라고 말했다. 내가 무슨 꽃을 좋아하는지 궁금해하는 아들을 보고 어쩐지 기분이 좋아졌다.

며칠 후 어린이집을 다녀온 아들이 가방에서 무언가를 주섬주섬 꺼내 내 앞에 내밀었다. 알록달록한 색종이로 만든 카네이션 꽃다발이었다. 고사리 같은 손으로 정성스레 한 송이 한 송이 접어 내려갔을 모습이 떠올라 나도 모르게 미소가 지어졌다.

"엄마, 이거 선물. 카, 카네이션 꽃!"

아들은 카네이션 꽃을 선물로 내밀며 해맑게 웃었다. 사랑을 주는 것에 서툰 부족한 엄마를 위해 아들이 큰 사랑을 한 아름 안겨주었다. 나는 종이로 만든 카네이션 꽃을 품에 얼싸안았다. 아들이 만든 카네이션 꽃다발이 온통 회색빛이던 내 마음을 푸르게 바꿔놓았다.

나는 아들의 얼굴을 내려다보며 씽긋 웃어보였다. 내가 웃으니 아들도 따라 웃는다. 가지런히 이를 드러내고 웃는 모습이 참 사랑스러웠다. 카네이션 꽃도, 꽃이 놓인 테이블도, 아들까지도 내 눈길이 머무는 곳마다 온통 눈부시게 빛이 났다.

그동안 아들이 나와 소통하지 못하고 돌발적인 행동을 하는 모습을 볼 때마다 혼자만의 세계에 빠져 있다고 생각했는데, 그게 아니었다는 걸 이제야 비로소 알게 됐다. 아들은 자신만의 방식으로 꾸준히 내 마음에 노크했지만, 엄마인 내가 마음을 헤아려주지 못하고 내 기준대로만 판단하고 답답하게 여겼던 것이다. 아들이 늘 같은 자리에 멈추어 있다고만 생각했는데, 느리지만 조금씩 앞을 향해 나아가고 있었다는 걸 깨닫게 됐다.

나를 빤히 올려다보며 눈을 맞추는 아들의 모습을 보니 서로 교감을 나눌 수 있는 지금 이 순간이 더없이 소중하게 느껴진다. 얼마 전까지 마음속을 파고들던 매서운 들숨은 온데간데없이 사라졌다.

아들과 보폭을 맞춰 천천히 걷겠다는 약속이 편견 없이 아들을 바라볼 수 있게 해준 것 같아 참 다행이다. 내 팔에 매달려 어리광을 부리는 아들의 미소에서 달큰한 행복이 전해진다.

제1부

아들 결혼식장에서 한 말

가금현

우리가 살면서 늘 접하는 것이 약속이다. 언제 만나자고 하는 것도 언제 여행 가자고 하는 것도 언제 밥 한번 먹자고 하는 것도 모두 약속으로 이뤄지는 일이다. 이에 많은 사람들이 약속을 지키며 우의를 다지는 것은 물론 사업의 발판을 삼는 것이다. 또 약속을 지키지 못해 좋은 만남도 틀어질 수 있고, 잘 나가던 사업도 어려움에 처할 수 있어 약속은 우리들이 살아가면서 반드시 지켜야 할 마음의 규범이다.

약속을 지키지 않았다고 벌 받는 일은 없다. 하지만 한쪽은 분명 상처를 받을 수 있다는 것은 서로 공감하고 있다. 특히 친한 친구들과의 약속은 가볍게 치부하는 경우가 많다. 친구니까 봐주겠지, 이해하겠지 하는 안일한 마음을 먹는다. 약속을 지키지 않는 사람은 늘 약속을 지키지 않는 습관으로 남아 있는 경우가 많다. 그러다 보니 한쪽은 늘 더 기다려야 하는 불편을 겪게 되는 것이다.

나는 어린 나이 때부터 아버지로부터 약속의 소중함을 누누이 듣고 자랐다. 아버지는 "약속은 반드시 지켜야 할 일이며, 이는 사람 됨됨이의 값을 매기는 정도"라고 강조하셨다. 그 같은 교육을 통해 약속만큼은 어떠한 상황에서도 지키려고 노력하고 있다.

나는 나 자신과 약속한 것이 있다. 그중 하나가 어떠한 상황에서도 아내를 폭행하지 않고, 극단의 말 즉 헤어지자, 이혼하자, 당신과 못 살겠다 하는 식의 말을 하지 않겠다고 하는 것이다. 현재 결혼 32년 차에 접어들고 있지만 내 스스로 약속한 것은 지켜가고 있고, 이는 죽을 때까지도 지켜져야 한다고 생각하고 있다.

아이들 넷씩이나 키우면서 부부갈등이 없었다면 거짓말이다. 더구나 신혼 초의 어려운 살림과 아이들을 내팽개치고 봉사활동에 빠져 나다니며 매일 같이 술을 마시는 남편에게 잔소리를 듣는 나도 괴로운 일이었을 것이고, 매일 같이 잔소리를 하는 아내 또한 괴로운 나날이었을 것이다. 특히 성격이 다혈질인 나로서는 참기 힘든 일이었으나 나와의 약속으로 단 한마디 극단적인 말을 하지 않았다. 성질에 못 이겨 밥상은 몇 번 엎고, 주먹으로 문짝을 부순 적은 있지만서도 말이다.

이렇게 우리 부부는 어느덧 아들을 결혼시키게 되었다. 그때 주례 선생께서 아버지로서 아들 며느리에게 덕담 한마디 해주라는 말과 함께 나는 내가 가슴에 담고 있던 약속을 아들과 며느리에게 지킬 것을 강조한 바 있다. 이것이 우리 가족이 현재까지 무탈하게 지켜온 비결이 아닌가 싶다.

◆ Profile

CTN, 교육타임즈, CTN방송 발행인

묘비명(墓碑銘), 마지막 약속

가재산

한 사람의 인생을 한 줄의 문장으로 표현하는 것만큼 어려운 일이 없다. 산 자들이 죽은 자에게 주는 인생 성적표 같은 묘비명(墓碑銘)에는 인생철학과 삶의 흔적이 응축돼 있다. 묘비명은 어쩌면 성불을 한 스님이 마지막 화장할 때 남기는 사리처럼 삶을 응축해 놓은 결정체, 나 자신과 세상에 남기는 마지막 약속이라고 할 수 있다.

묘비명의 역사는 오래되었다. 고대 이집트의 피라미드 내부 벽화나 무덤 안의 글귀들도 넓은 의미에서 묘비명이라 할 수 있다. 서양에서는 르네상스 시대부터 19세기까지 저명인사들의 묘비명이 점차 길어지는 경향을 보였다. 현대에 와서는 간결하면서도 함축적인 문구들이 선호된다.

묘비명의 세계는 다양하다. 묘비명은 개인의 삶을 요약하고 정의하는 도구다. 묘비명은 살아있는 사람들에게 영감과 교훈을 준다. 어떤 이는 죽어서도 사람들을 웃기려 하고, 또 다른 이들은 깊은 철학적 사유를 남기려 한다. 또 어떤 이들은 삶의 교훈을 전하려 한다. 이처럼 다채로운 묘비명의 세계로 한번 여행을 떠나보자.

먼저 '해학적 묘비명'을 만나보자. 이들은 죽음의 문턱에서도 유머를 잃지 않았다. 대표적인 예로 버나드 쇼의 묘비명을 들 수 있다. "나는 우물쭈물하다가 결국 이렇게 될 줄 알았다." 한 문장으로 그는 자신의 삶을 유머러스하게 정리하면서도 우리에게 살아있는 동안 주저하지 말고 살라는 메시지를 전한다. 괴짜 걸레스님으로 유명한 중광스님의 "에이, 괜히 왔다 간다"라는 묘비명 또한 인생의 허무함을 담백하게 표현하면서도 미소를 짓게 만든다.

이런 해학적 묘비명들은 삶과 죽음이라는 무거운 주제를 가볍게 만들어준다. 그들은 마지막 순간까지도 우리에게 웃음을 선사하며 삶을 너무 심각하게 받아들이지 말라고 조언한다. 삶이 힘들 때 이들의 묘비명을 떠올리며 한번 웃어보는 건 어떨까. 어쩌면 그들이 우리에게 전하고 싶었던 마지막 선물일지도 모른다.

다음으로 '철학적 묘비명'은 어떤가? 이들은 죽어서도 무언가를 생각하게 만든다. 천상병 시인의 묘비명이 그 대표적인 예다. "나 하늘로 돌아가리라. 아름다운 이 세상 소풍 끝내는 날, 가서 아름다웠다고 말하리라." 짧은 문장 속에는 깊은 철학이 담겨 있다. 그는 우리의 인생을 '세상 소풍'으로 정의하며 죽음을 두려워하기보다는 감사하는 마음으로 맞으라고 말한다.

니체의 묘비명 또한 그의 철학을 함축적으로 담고 있다. "이제 나는 명령한다. 차라투스트라를 버리고 그대들 자신을 발견할 것을." 우리에게 맹목적인 추종보다는 자아의 발견과 초월을 강조하는 메시지를 전한다. 이들의 묘비명을 읽고 있으면 무덤 앞에서 갑자기 철학자가 된 것 같은 기분이 든다. 그들은 마지막 순간까지도 우리에게 깊이 있는 사유의 기회를 제공한다.

세 번째로 '교훈적 묘비명'의 예를 들어보자. 이들은 죽어서도 뭔가를 알려주고 싶거나 가르치려 한다. 정주영 회장의 "이봐 해봤어"라는 묘비명은 그의 불굴의 의지와 도전 정신을 단적으로 보여준다. 신격호 회장의 "거기 가봤나?"라는 묘비명도 같은 맥락으로 어떤 어려움 앞에서도 포기하지 말고 먼저 저질러볼 것을 권유하는 강한 메시지를 전한다.

시인 조병화의 묘비명 또한 깊은 울림을 준다. "나는 어머님의 심부름으로 이 세상에 왔다가 어머님의 심부름을 다 마치고 어머님께 돌아왔습니다." 이 문장은 삶의 의미와 사명에 대해 생각하게 한다. 우리 각자가 이 세상에 온 이유와 해야 할 일에 대해 깊이 고민하게 만드는 것이다. 이들의 묘비명을 읽고 있으면 무덤 앞에서 갑자기 인생 수업을 듣는 것 같은 기분이 든다.

이렇게 다양한 묘비명을 보고 나면 자연스럽게 자신의 묘비명에 대해 생각하게 된다. "나는 어떤 묘비명을 남길 것인가?" 이 질문은 단순히 죽음 후의 일을 준비하는 것이 아니다. 이는 살아있는 지금의 삶을 되돌아보고 어떤 가치관으로 살아갈 것인지 성찰하는 기회가 된다.

이러한 묘비명에 대한 고민은 고대 로마의 '메멘토 모리(Memento mori)' 전통과 맥을 같이 한다. '너의 죽음을 기억하라'는 뜻의 이 라틴어 문구는 승리에 도취한 장군들에게 삶의 유한함을 상기시키기 위해 사용되었다. 단순히 죽음을 두려워하라는 의미가 아니라, 오히려 죽음을 인식함으로써 현재의 삶을 더욱 충실히 살라는 역설적 메시지를 담고 있다. 즉 웰다잉(Well-dying)은 웰빙(Well-being)을 위해서 필요하다는 이치이기도 하다.

우리가 남기고 싶은 묘비명은 곧 자신이 추구하는 삶의 방향성을 보여준다. 그것은 이 세상에 남기고 싶은 유산이자 삶의 요약본이다. 묘비명은 우리의 삶을 객관적으로 바라볼 수 있게 한다. 이런 관점에서 보면 지금 걱정하고 있는 많은 것들이 사실은 그리 중요하지 않다는 점을 깨달을 수 있다. 묘비명을 생각하는 것은 삶을 의미 있고 더욱 풍요롭게 만들어준다. 우리가 어떻게 기억되고 싶은지 알면 그에 걸맞은 삶을 살기 위해 노력하게 되기 때문이다.

또한 해학적인 묘비명들처럼 삶의 고난과 역경 속에서도 웃음을 잃지 않는 법을 배울 수 있다. 중요한 것은 묘비명을 통해 우리가 자신의 삶에 대해 책임감을 가지게 된다는 점이다. 묘비명은 결국 우리가 선택한 삶의 결과물이 될 것이다.

이 모든 것을 생각하며 나는 내 묘비명을 건강할 때 수년 내에 정하기로 마음먹었다. 묘비명은 '메멘토 모리'의 정신과 내가 추구하는 삶의 가치를 담고자 한다. 묘비명에 담고자 하는 가치를 중심으로 살아간다면 언젠가 내 묘비 앞에 서는 사람들에게 작은 영감이라도 줄 수 있지 않을까. 나는 오늘도 내 묘비명을 써내려가는 심정으로 삶을 살아가려 한다. 묘비명은 나를 아는 세상 사람들에게 남기고 싶은 당부이자, 나 자신에 대한 마지막 약속이기도 하다.

♠ Profile

디지털책쓰기코칭협회 회장, 디지털문인협회 부회장, 한류경영연구원장

아내와의 약속

강세창

나이 서른에 어렵사리 울산 사는 매제 중매로 어머님 모시고 첫 맞선 보러 울산으로 향했다. 약속장소는 태화호텔 커피숍. 계절은 봄기운이 완연한 4월 중순의 화창한 날씨였다. 호텔 옆으로 태화강이 유유히 흐르고 강 둔치에서는 알 수 없는 민속행사로 시끌벅적하다. 어머님은 평소 못 보던 연한 연초록 바탕에 화려한 모란꽃으로 수놓은 비단 한복에 밝은 아이보리색 두루마기를 입고 나오셨다. 버스 좌석 내내 상기된 모습으로 둘째 아들과 나란히 설렘의 시간을 즐기시는 듯했다. 밀양 박 씨 한의(韓醫) 집안에서 자라 워낙이 억척 체력이셨다. 4녀 1남의 가정에서 태어나 일제 시절 오빠의 태평양 전쟁 징용을 피해 온 가족이 만주 길림성으로 이주, 외조부님의 한의원 명성으로 일찍이 동경 복장전문 학원 유학을 거쳐 결혼과 함께 유복한 젊은 시절을 보내셨다. 해방되던 해 고국행으로 서울에 정주, 남편과 3남매 가족 단란한 가정을 이루셨다. 행복한 기간도 잠시, 6·25 동란으로 남편을 떠나보내고 홀로 유복녀 막내딸 잉태한 채 나머지 어린 3남매를 둘러업고 혈혈단신 피난, 부산에서 터전을 잡으셨다. 모두 어려운 시절, 조국 근대화의 신작로(新作路) 험한 길을 건너, 선진국에 이르는 고속도로 길목에서 맨발로 부역(賦役)같은 삶을 개척해 오신 장한 우리네 어머니를 생각하면, 나에겐 허투루 행동 할 수 없는 이유가 가슴에 박힌다.

이런 어머님의 단 하나의 자랑이 "이 아이가 제 아들입니다"이다. 어디서든 듣기 싫을 때까지 외치셨다. 나의 대학 졸업식 때는 극에 달했다. 상과 대학 수석으로 부산직할시장 상을 받을 때는 실제로 큰 소리 치시다 주위로부터 선망 어린 주목을 받으셨다 한다.

"저 학생이 제 아들입니다."

처자 쪽에선 모친 큰언니랑 세 분이 참석해 함께 인사를 나누었다. 사돈 되실 두 분이 서로 딸 자랑 아들 자랑 막상막하였다. 나보다 2살 아래인 따님은 첫 인상에서 나의 마음 호숫가에는 보호본능이랄까 잔잔한 여울이 일렁이었다. 서로 찰 대로 찬 나이여서 한눈에 혹할 수 없는 노릇이지만 그녀도 싫은 기색이 없는 듯했다. 둘만의 시간을 가지며 태화강 변을 거닐었다. 오롯이 그녀에게만 집중해 보니 우리는 정반대의 성격인 것 같았다. 차가울 정도로 침착한 그녀와 달리 나는 좀 덤벙대는 성격이다. 첫 만남에서 당시 유명한 이영도 시조시인의 청초함을 연상시켰다. 우린 서로 애틋한 시간을 거쳐 8개월여 만에 결혼식을 올리고 단칸방 신혼살림을 차렸다. 지난날 결혼에 무관심했던 탓에 막상 결혼준비는 소홀해서 아내에게 미안한 마음이 너무 컸다. 그때 약속했던 말은 "그 대신 우리 집 마련은 5년 이내 올인할게요"였다.

입주한 단칸 셋방은 도심지에서 약간 벗어난 동래구 연산동 군수기지사령부(훗날 부산시청자리) 맞은편 골목으로 주인댁 별채였다. 맞은편 담벼락 너머 아담한 기와집은 한국전력 다니는 모 과장 댁으로 수년 전에 손수 그 집을 지어 단단한 건물로 소문이 자자했다. 그때 심었던 무화과나무가 남향집 대문 위를 무성히 덮고 열매가 탐스럽게 영글어 가면 'ㄱ'자 모양의 기와집은 한 폭의 동양화를 연상케 했다.

"여보, 나 오늘 국민은행에 상호부금 저축 가입했어." 생활비 줄어들어 미안한 마음이 앞섰다. 당시 월급이 대기업 A급 수준으로 10만 원 수준에 있었다. "잘 하셨어요. 나도 그동안 당신 월급 반을 통장에 넣고 있었는데." 결혼 5개월 만에 나눈 대화였다.

"당신 말대로 큰 집은 모르지만 앞집 같은 아담한 집 정도는 5년 내 살 수 있지 않을까." 아내는 신이 나서 벌써 내 집 장만한 것처럼 기대에 부풀어 있었다. 그녀는 임신 3개월 차였다. 그 후 1년여 시간이 흐른 어느 날 퇴근하고 집에 돌아오니 첫 딸아이 업고 있던 아내는 상기되어 있었다. "당신 글쎄, 앞집 천이백에 집을 내놓았네요. 사직동으로 새집 지어서…." 말끝을 잇지 못한다. 우리 부부가 살 수 있는 범위에 한참 벗어나는 금액이다.

지난 1년 사이 회사는 나를 창원에 D중공업 신설공장 건설 관리부분 실무 책임자로 발령을 내버렸다. IBRD차관으로 건설된 부산-창원 간 고속도로를 매일 통근버스와 함께 달렸다. 우리 부부는 그날 저녁 밤늦도록 머리를 맞댔다. "당신, 은행 상호부금 융자 받을 수 있어? 이 집 전세금 더해서 모자라면 친정에 얘기해 볼까 싶어요. 셋째니까 어느 정도 들어주실 거야."

"그래. 은행 상호부금 4백인데 대출조건이 1/4 부금이면 1차 대출대상이야. 내일 당장 부전동 지점에 가볼게." 엄두도 안 나던 내 집 마련이 그 꿈을 향해 출발했다. 다음날 아내는 앞집 주인에게 집 구입 의사를 전하고 울산 친정집을 찾았다. 친정은 울산 언양 읍내 중농(中農)의 집안으로 시내 상가 빌딩도 소유하고 있었다. 그날 저녁 늦게 퇴근하여 집에 돌아오니 아내는 시무룩해 있었다.

"결혼 2년 만에 무슨 집을 사느냐고? 통째로 집 살 돈 아니라고, 반만 보태달라고, 셋째 유산 몫 지금 주시라고…." 친정엄마와 싸우고 왔다며 눈물을 글썽이며 말을 잇지 못한다. "너무 걱정 말아요. 장모님 말씀대로 이제 우리 신혼이잖소. 장가 안 간 처남 둘이나 있는데 우리가 너무 앞서가는 거지." 나는 안쓰러워하는 그녀의 어깨를 다독여주며 말했다. "무슨 길이 있겠지. 다시 찾아봅시다."

며칠 후 해외 거래처 동광(東光) 상사 헤구리 사장이 최근 별다른 협의 안건이 없는데도 창원공장을 방문했다. 그는 D중공업 주요개발품목인 유압설비용 제조 기술은 가와사키 중공업과 전동지게차는 일본 유소끼와 기술제휴를 주선하고 있었으며 제조설비를 수입 오퍼하고 있었다. 나로서는 대단히 중요한 파트너였다. 그는 생뚱맞게 나의 집 고민을 알고 있었다. 아마도 은행 융자 일로 며칠 조퇴 사유서를 통해 정보가 흘러갔나 싶었다. 집사는 데 보태라고 일만 엔짜리 한 다발 봉투를 내밀었다. 그 돈이면 집 문제를 해결하고도 여차하면 2층 양옥으로 훨씬 큰 주택을 구입할 수 있는 금액이었다. 그 순간 내 머릿속이 복잡했다. 그리고 졸업식장 부산시장의 시상(施賞) 멘트가 가슴을 짓누른다. '국가사회 발전의 역군' 나의 자긍심과의 약속이 생각났다.

"사죠! 세이와 도데모 아리가다이데스가 고노 오까네 모랐데와 고노 가이샤 긴무데끼마생(사장님! 성의는 대단히 감사합니다만, 이 돈 받으면 이 회사에서 근무할 수 없어요)." 나는 단호했다. "추가로 제 업무에 관한 한 어느 누구에게도 과분한 촌지가 발견되면 귀사와 거래 끝입니다." 경고성 발언을 더했다.

은행 부금 가입 때부터 나에겐 계획이 서 있었다. 그중 하나가 창원공장 가동과 동시에 간부들에게 임대 아파트가 주어지게 된 일이다.

결국 은행 융자, 전세대여, 자기자금으로 결혼 2년 만에 누구 도움 없이 아담한 우리 집을 장만하게 되었다. 거기엔 아내의 헌신적인 노력이 있었다. 결혼 예물도 처분해야 했고 그녀의 퇴직금도 일시불로 찾아야 했다. 아내가 결혼반지를 처분할 때 눈물 머금고 서성거리던 모습에 나는 아연실색했다.

그로부터 2년 후, 나는 입사 6년 만에 D중공업 기획실장 자리를 꿰찼다. 그때 개발한 유공압(油空壓) 기술은 자동차 조선 항공 중장비 K방산 등 국가중공업 발전에 기초가 되었다. 한편 해외거래처 상납거절 사실이 오우나 CEO 귀에 들어갔다. 본 초고를 그분과 공유하던 날, 답신으로 〈내 인생에 가을이 오면〉 시와 영상을 보내셨다.

♦ Profile

NCN 전문위원(울산재능기부NGO), 칼럼리스트, 경영지도사

목신의 오후

고동록

가을의 서늘한 바람이 낙엽을 춤추게 하던 날, 설렌 가슴으로 '목신의 오후'라는 카페로 향했다. 내 발걸음은 꿈결 같았다. 내 친구의 여자 친구가 소개해 주는 처음 만나는 미지의 그녀와의 만남을 기대하며, 발걸음을 재촉했다. 카페에 도착하자 나는 입구 앞에서 잠시 멈춰섰다. 거울로 머리를 정돈하고 옷매무새를 가다듬으며, 첫 만남에 대한 기대감에 가슴이 두근거렸다.

하지만 운명은 때로 우리를 놀리기도 한다. 시간은 가을 낙엽처럼 손가락 사이로 스르르 빠져나갔다. 나는 카페 앞에 도착했지만, 문은 굳게 닫혀 있었고, 창문에는 공사 중이라는 팻말이 붙어 있었다. 혹시 날짜를 잘못 알았나? 장소를 착각한 건 아닐까? 하는 불안한 마음으로 30분을 기다렸으나 그녀는 나타나지 않았다. 심한 교통체증으로 내가 약속 시간보다 30분 늦게 도착했다. 그녀는 나와 만나기로 한 약속시간이 10분이나 지나도 내가 도착하지 않아서 기다리다가 이미 떠나버렸다는 것이다.

순간 당혹스러움이 밀려왔다. 제기랄, 왜 하필 약속 장소가 공사 중이란 말인가? 카페가 문을 열었다면 그녀는 혼자서 나를 기다리고 있었을까? 어떻게 대처해야 할지 몰라 몹시 당황스러워 카페 앞에 서서 한동안 움직이지 못하고 멍하니 서 있었다. 그녀가 기다리며 앉았을 의자를 상상하며 약속시간에 늦은 것에 대해 마음속으로 미안한 생각이 들었다. 한편, 뻔뻔스럽게 그녀가 조금만 더 기다렸더라면 하는 아쉬움으로 가슴을 채우며, 기대했던 만남이 이루어지지 않은 허탈함도 있었다.

그녀가 어떠한 감정으로 기다리고 있다가 떠났을까 생각하니 머릿속이 복잡해졌다. 첫 만남에 대한 기대를 안고 왔는데, 만남을 이루지 못해 아쉬움과 실망감보다 약속을 지키지 않는 믿을 수 없는 사람이라 낙인을 찍지는 않았을까? 그녀에게 배신감과 더불어 자존심을 상하게 하지는 않았을까? 정말 어쩔 수 없는 일이 생겨서 늦어졌다고 이해하는 마음을 가지고 떠났을까? 집으로 돌아가는 길, 가을 하늘의 붉은 노을이 마치 내 복잡한 감정을 대변하는 듯했다.

그래도 한편으로는 아쉬움이 남았다. 오늘의 만남이 이루어지지 못한 것에 대한 미련이 남았다. 친구에게 전화를 했다. 첫 만남은 실패했지만, 다시 일정을 잡아 만나게 해달라고. 한 달의 시간이 지나고, 다시 만날 기회를 잡았다. 새로운 날짜, 새로운 장소를 정했다.

운명은 또다시 장난을 쳤다. 그녀와 만나기로 약속하는 전날에 친구들과 저녁 모임이 있었다. 평소에 자주 가던 식당에서 우리는 웃으며 가볍게 맥주를 마시면서 함께 시간을 보내고 있었다. 문이 열리며 4명의 여자들이 들어왔다. 우리들의 눈이 그녀들 무리와 마주쳤다. 친구는 그녀들의 무리를 단번에 알아보고 숨을 멈추면서 말했다. 방금 들어온 여자들의 무리 속에 자기 여자친구와 나와 소개팅 하기로 했던 그녀가 함께 있다는 것이다. 내 친구는 꽃처럼 피어난 미소를 머금고 자리에서 일어나 여자들 무리 속으로 갔다. “안녕하세요. 여기서 이렇게 만나게 되네요. 내일 만나기로 한 친구가 여기에 있어요. 서로 인사하세요” 하면서 나를 그녀에게 소개했다. 짧은 커트 머리, 갸름한 얼굴, 하늘색 실크 블라우스는 그녀를 더욱 빛나게 했다. 이렇게 그녀를 예정보다 하루 일찍, 전혀 예상치 못한 장소에서 만났다.

친구들의 놀란 표정과 호기심 어린 시선 속에 어색했으나, 운명이 우리에게 장난을 친 것이 아니라 선물을 준 것 같았다. 첫 만남의 실패로 인한 아쉬움과 우연한 재회의 설렘이 뒤섞여 특별한 사랑의 이야기는 시작되었다. 우리는 함께 저녁을 먹었다. 친구들과 그녀가 어우러져 웃고 떠드는 모습을 보며, 우연한 조우의 시간은 너무도 빠르게 지나갔다.

우리의 대화는 강물처럼 자연스럽게 흘러갔다. 그녀의 꿈과 열정, 문학에 대한 사랑은 마치 한 편의 시처럼 아름다웠다. 교사였던 그녀는 방학을 하면 한적한 남해의 바닷가와 설악산으로 떠나겠다고 한다. 여가 시간에는 주로 소설을 읽는다고 하며 한국 현대소설과 세계문학에 대한 깊이 있는 설명을 했다. 개와 고양이 등 반려 동물은 좋아하지 않는다고 했다.

처음 어색함은 어느새 사라지고, 오랜 친구처럼 편안하게 다양한 분야의 대화가 임진강과 한탄강을 잇는 한강이 자연스럽게 유유히 강화도의 염화강과 예성강을 모두 품고 황해로 흘러가듯이 자연스럽게 이어져 갔다. 지난번 카페에서의 실패한 만남이 오히려 우리를 더욱 가깝게 만들어준 것 같았다.

내일의 약속은 이미 무의미해졌다. 가을밤의 선선한 바람이 우리의 앞날을 축복해 주는 것 같았다. 인생은 때로 우리가 계획한 대로 흘러가지 않지만, 예상치 못한 아름다움을 발견할 수 있게 한다. '목신의 오후' 카페에서의 만남의 실패가 오히려 더 특별한 시작을 선사했듯이 말이다.

목신은 로마신화에서 파우누스로 자연의 수호자이자 농업, 목축의 보호신으로 '친절한' 또는 '도움을 주는 자'라는 의미를 담고 있다. '목신의 오후'라는 작품은 자연과 인간, 현실과 환상 그리고 관능적 욕망 사이의 경계를 탐구하며 인간의 상상력과 현실의 충돌을 은유적으로 표현한다. 그녀는 여전히 목신이 되어, 35년의 세월 동안 한결같이 '목신의 오후'를 지켜가고 있다.

◆ Profile

퀀텀 브레인네트워크 대표, (사)피터 드러커소사이어트 이사,
전) 현대모비스 인재개발실장

미래에는 함께였으면

고문수

몇 년 전 장모님이 갑자기 돌아가셨습니다. 슬픔을 달랠 겨를도 없이 장례 절차를 치르느라 가족들은 정신이 없었습니다. 장모님께서는 평소에 자연을 좋아하셨고 특히 나무와 꽃을 무척 사랑했습니다. 어느 곳에 편안히 모실까 많은 고민을 했습니다.

여러 곳을 물색하던 중 당신의 아들딸들이 마침 한곳을 방문하여 상주들은 의견을 모아 수목장을 하기로 결정했습니다. 장모님이 평소 생각하시던 곳과 일치하고, 장모님 마음에도 흡족하시리라 생각했습니다.

장모님을 모실 자리 옆의 왕벚나무는 힘차게 하늘을 향해 뻗어있고 꿈을 향해 성장해 나갈 기세였습니다. 사방으로 갈라진 가지는 가족들과 친척들이 오순도순 모여 지내는 것 같습니다. 특히 이 자리는 추모 및 방문객들이 지나가는 길옆에 위치해 장모님께서 외롭지 않을 것 같았습니다.

생시에 많은 사람에게 선행을 베푸신 것을 감사하게 생각하면서 두 손을 꼭 잡아 줄 길목인 듯했습니다. '장모님 이곳이 마음에 드시는지요?'라며 속으로 물었습니다. 시골에 살고 있는 장인 형제분들의 많은 자제들이 서울에 와서 학업을 할 수 있도록 장모님께서 의식주(衣食住)를 해결해 주신 것을 알고 있습니다. 맏사위인 저도 장모님께 많은 은혜를 입었거든요.

결혼을 허락해 주신 점도, 당신의 딸이 저와 혼인할 팔자라며 객지생활, 무일푼인 저를 무조건 신뢰하셨습니다. 손자인 상윤이가 젖먹이일 때 키워주셨고, 경복궁 근처 장모님 댁에서 개봉동 우리 집까지 먼 거리를 마다하지 않고 반찬거리를 만들어 수시로 오신 것도 알고 있습니다. 항상 저의 얘기를 귀담아 들어주시고 용기를 북돋아 주신 데 대하여 무한 감사드립니다. 당신의 딸이 남편과의 섭섭하고 서운했던 것을 일러바치면 오히려 쓸데없는 얘기 하지 말라며 타일렀던 일도 잘 알고 있습니다.

장모님을 이곳에 안치하던 날은 비가 촉촉이 내리고 있었습니다. 왕벚나무가 큰 우산이 되어주었고, 코끝에 와닿는 나무 향기와 앞이 확 트여 전망이 좋았습니다. 그 순간 저의 가슴속 깊이 자리 잡은 장모님과 교감을 나누는 무지개다리가 펼쳐졌습니다.

애지중지 길러주신 당신의 아들딸을 비롯하여 저를 포함한 동서들이 모였습니다. 미국 샌프란시스코에 거주하는 처제도 소식을 전해왔습니다. 이곳보다 좋은 천국에서 다시 인간의 몸으로 환생하시어 평안하고 행복하게 지내시기를 간절히 축원하고 명복을 빌었습니다. 얼마 후에는 벽제에 혼자 쓸쓸히 영면해 계시던 장인어른도 이곳으로 옮겨 장모님 곁에 모셨습니다.

우리 가족들은 '앞으로도 서로 격려하고 화목하게 지내겠습니다. 기쁠 때나 슬플 때나 서로 연락하여 돈독한 정을 나누겠습니다'라고 다짐했습니다.

아참! 그간의 저희 가족 근황이 궁금하시지요? 장인어른께서는 지금으로부터 20년 전인 2004년 4월에 별세하셨으니까 제 아들인 손자 상윤이가 결혼한 것만 보셨을 거구요. 장모님께서는 5년 전에 돌아가셔서 대부분을 아실 것 같네요.

증손자인 유찬이는 상윤이의 아들로 벌써 대학교 2학년입니다. 유치원 때부터 태권도 도장을 다니기 시작했었고, 초등학교 3학년 때는 할아버지인 저와 함께 청계산 이수봉을 몇 번 다녀왔습니다. 10년 전에는 유찬이를 데리고 중국을 거쳐 백두산 정상까지 다녀왔는데 그 녀석은 백두산 공기가 맑아 자신을 괴롭혔던 비염이 다 나았다고 좋아하기도 했습니다.

유찬이는 본인이 원하는 대학교 체육교육학과에 합격했습니다. 국제스포츠 지도사 및 트레이너 자격증을 획득하여 세계 일류선수의 매니저 겸 트레이너로 일하고 싶은 꿈을 가지고 있습니다. 더 나아가서 본인이 가능성 있는 사람을 발견하여 세계 선수로 키우는 방법도 연구하고 있다고 하네요. 내년에 공군에 자원입대할 준비를 하고 있는 중입니다.

유찬이의 여동생 고유진 양은 어릴 때부터 발레와 한국무용을 열심히 배우러 다니더니 중3이 되어서는 브라질리언 주짓수에 스스로 등록하여 아주 재미있다고 난리입니다. 오빠처럼 대학교는 체육 관련 학과를 지망하지 않을까 심히 우려(?)가 됩니다.

손녀인 승연이네는 딸만 둘을 두었는데 큰 증손녀인 한지원 양은 성적표를 제출하고 면접까지 보고 난 후 합격하여 원하는 고등학교에 다니고 있습니다. 둘째 증손녀인 한지혜 양은 중1로 공부가 제일 싫다고 하면서도 뒤에서는 자기 할 일은 다하는 야무지고 당찬 여학생입니다.

가족 얘기는 이정도로 마무리할까 합니다.

마지막으로 장인, 장모님께 상의 말씀드릴 일이 있습니다. 장인, 장모님이 잠들어있는 이곳 수목장은 열 명을 안장할 수 있도록 계약했습니다. 당신의 직계인 아들과 딸이 미래에 여기에 오겠다고 해도 두어 자리는 남을 것 같습니다. 그 한자리를 저에게 함께 동행할 수 있는 영광을 베풀어 줄 수 없는지요.

저와 아내가 12간지의 여섯 번째를 지나 일곱 번째로 달려가고 있어 이제는 죽음을 생각하지 않을 수 없네요. 고향인 울산까지 왕래하기에는 솔직히 저뿐만 아니라 자식들한테도 부담이 되기도 합니다. '오케이'라고 약속해 주시는 거죠!

저는 지난해 가족과 함께 금혼식을 치루었으며, 2024년 12월 말로 그동안 정들었던 직장을 떠나 야인으로 돌아갑니다. 사랑하는 장인 장모님! 부디 하늘나라에서 두 분이 손 꼭 잡으시고 행복한 나날 보내시길 기원합니다. 그리고 제 부탁도 잊지 마시고요.

◆ Profile

한국자동차산업협동조합 전무이사

나와의 약속

고지석

나이가 들어가면서 서판교나 수지 쪽으로 먼저 이사를 간 친구들이 "공기도 좋고, 조용하고, 골프 치러 다니기도 좋으니 그쪽으로 이사 오라"라고 계속 부추겼다. 그래도 교통도 편하고 30년 이상을 살아온 강남이 정이 많이 들기도 하였으며, 또 서울을 벗어나는 것에 대하여 아내의 호응이 별로 좋지 않아 한동안 망설이고 있었다.

1년 이상 계속 검토하던 중 마침 서판교의 운중천변길 바로 옆에 남향으로 좋은 집이 매물로 나왔다고 한번 보라고 연락이 왔다. 일단 구경이나 해보자는 생각으로 가서 보자마자 마음에 꼭 들었다. 다음날 아내와 같이 가서 보여주자 아내도 맘에 들어 해서 바로 계약을 하여 2021년 11월 말에 서판교로 이사를 했다.

집에서 20m만 나가면 바로 운중천 천변길이라 접근성이 좋아 운동하러 다니기가 너무나 쉽고 편했다. 처음에는 운중천 변을 따라 해가 돋아 오르는 쪽으로 다니다가 며칠 후에는 서쪽 상류 쪽으로 산책 겸 걷기 운동을 다녔다.

얼마 지나고 나니 집 뒤쪽으로 보이는 야트막한 산으로 올라가면 더 좋겠다는 생각이 들었다. 마침 한가한 일요일에 산 쪽으로 걸어가 보았다. 산 밑에는 판교도서관이 있었다. 도서관 옆길로 들어서니 산속으로 관리가 잘된 산행길이 나 있어서 계속 정상 쪽으로 올라가 봤다. 한 30분 만에 산 정상에 도착했다. 등산길의 경사로도 별로 급하지 않고, 집에서 왕복 한 시간이면 충분한 거리라 산책 겸 아침 운동하기에 딱 좋겠다는 생각이 들었다.

다음 날 아침 6시에 옷을 따뜻하게 챙겨 입고 뒷산으로 올라갔다. 12월 초라 그런지 아직 해가 뜨지 않아 숲이 우거진 산속 길이 잘 보이질 않았다. 어두워서 겨우 길을 따라갈 수 있을 정도였다. 아무도 없는 산속 길을 나 혼자 걸어가자니 기분이 좀 으스스하고 머리카락이 쭈뼛쭈뼛 섰다. 순간 막연한 공포감 같은 것을 느끼기도 하였다.

적막감 속에 좀 무서움을 느끼며 걷고 있는데 갑자기 다람쥐가 화들짝 놀라 나무 위로 올라가는 소리에 나도 깜짝 놀랐다. 순간 무서움증이 들어서 그만 내려갈까 하는 생각이 들었다. 그러나 '팔십이 다 되도록 귀신이나 도깨비를 한 번도 본 적이 없잖아, 또 만약 있다면 진즉 한 번이라도 나타났겠지' 하고 마음을 다스리며 계속 걸었다. 그리고 나는 '큰 죄 지은 것도 없을 뿐만 아니라 남에게 원한을 산 일도 없는데 무엇을 겁내나' 하고 주먹을 불끈 쥐고 계속 올라갔다.

산꼭대기에 있는 망루가 가까워지자 동쪽 하늘이 새빨개지며 먼동이 텄다. 정상에 도착하니 상큼한 새벽공기를 내가 제일 먼저 마시는 것 같아 아주 기분이 좋았다. 심호흡을 하고 떠오르는 새 아침의 붉은 태양을 바라보며 "매일 아침 이 정상으로 등산을 겸한 운동을 다니자"라고 다짐을 하였다.

나는 어려서 교통사고로 좌측 폐가 파열되어 죽었다 살아났고, 위궤양으로 그동안 고생을 많이 해서 몸이 약한 편이다. 그래서 나는 젊었을 때부터 가능한 무리하지 않고, 건강관리를 잘 하려고 노력하며 살아왔다. 그러나 건강을 위해서 운동을 열심히 해야 한다고 생각은 하지만 실천은 잘 못하고 있었다. 다행히 운동하기 아주 좋은 집으로 이사를 왔으니 이제부터 매일 아침에 운동을 열심히 하기로 결심을 하였다.

아침에 산에 다니는 운동을 계속하는 것이 한겨울에는 어려움이 많다. 6시쯤에는 몹시 추울 뿐만 아니라, 해가 뜨기 전이라 등산길이 전혀 보이지 않아 산행이 어려웠다. 할 수 없이 내복과 파카를 입고, 헤드랜턴을 머리에 쓰고 다녔다. 그래도 발 앞 몇 m만 환하고 산속이 칠흑같이 어두워서 문득문득 뭐라도 나올 것 같은 막연한 공포심으로 머리끝이 곤두섰다.

그렇게 산 운동을 시작한지 50일쯤 되어 습관이 좀 되어갈 무렵 큰 문제가 생겼다. 집 1층 상가 주방에서 요리하는 중에 연통에 기름이 많이 쌓인 그을음에 불이 붙어 집 한쪽에 화재가 조금 발생하여 집수리를 한 달 동안이나 하게 되었다.

어쩔 수 없이 분당에 있는 아들집에 가서 한 달간 더부살이를 하게 되었다. 한 달간 아침 운동을 쉴까도 생각을 하였다. 그러나 이제 겨우 산 운동에 습관이 되어가고 있는데 한 달씩이나 쉬어버리면 습관이 깨질 것 같아 힘들어도 계속 하기로 마음을 먹었다. 산으로는 못 가더라도 중앙공원으로 아침운동을 다니기로 했다.

아들집이지만 새벽에 모두들 곤히 잠들어 있는 시간이라 부스럭거리기가 조심스러웠다. 운동하러 나가기 위해 조심성 있게 준비를 하는데도 세 마리나 되는 강아지들이 야속하게도 큰 소리로 짖어 댔다. 너무 시끄러웠다. 아들 내외와 손자가 새벽잠을 곤히 자고 있을 시간인데 강아지 세 마리가 서로 경쟁이나 하듯이 목청껏 짖어대어 모두들 잠을 깨우게 되니 너무나 미안했다. 더더구나 손자는 고3이라 늦게까지 공부하고 아직 더 자야 할 시간인데 시끄러워 잠을 설치게 하니 너무나 미안했다.

강아지들 때문에 아침 운동을 그만둘까도 생각을 했으나 아버지, 할아버지가 건강을 위해서 운동하러 가는 일이라 이해해 줄 것으로 믿고, 또 한편으로는 아들과 손자도 새벽에 운동을 열심히 다니는 것을 보고 자기들도 본받기를 바라는 마음으로 그냥 강행을 했다.

그 뒤로도 계속 아침 일찍 산을 오르고 있다. 어떤 날은 친구들과 등산을 갔다 와서 다리가 뻐근하거나, 전날 저녁에 회식이 있어 술을 좀 마신 뒤에는 몸이 찌뿌둥해서 6시에 일어나기가 힘들어 침대 위에서 뒹굴 거리고 있을 때도 있었다.

그럴 때마다 나는 '나와의 약속을 안 지키면 아무 일도 못한다. 또 아침에 운동을 계속해야 습관이 되어 매일 아침 운동을 계속할 수 있게 될 것이 아닌가?' 하며 자리를 박차고 일어났다.

그렇게 매일 운동을 열심히 하다보니까 요즈음은 소화제를 먹은 지가 오래 되었고, 피곤함도 잘 못 느끼고, 기력이 충만해져서 아주 기분이 좋다. 더 기분이 좋은 건 친구들과 골프를 가면 친구들 보다 드라이버 거리가 훨씬 더 멀리 나가게 되어 자신감도 생기고 삶에 대한 의욕도 더 강해졌다.

매일 아침 운동을 하는 습관이 1년이 넘고 2년이 넘게 되니까 이제는 습관이 되어 아침에 일어나기가 쉬워졌다. 또 나는 어려서부터 몸이 아주 약한 편이었는데 이제는 팔십이 다 된 요즘이 내 평생에 가장 건강한 몸이 되었다.

돌이켜 보면 사람들은 살면서 누구나 '자기와 약속'을 많이 하며 살아간다. 세상을 살아보니 인생의 성공여부는 '자기와의 약속'을 얼마나 잘 지키고 실천하였느냐에 달려있다는 것을 깨닫게 되었다. 또 "타고난 본성은 비슷하지만, 습관에 의해 달라진다"라고 한 공자의 말씀이 정말 옳다는 생각이 들었다.

◈ Profile

세무법인 내일 대표, 전) 한국세무사석박사회 회장, 전) 서울고등법원 조정위원.
저서: 《아버지의 유산》

작은 신뢰가 만든 큰 변화

김규진

우리는 인생을 살아가면서 수많은 크고 작은 약속을 하게 됩니다. 약속들은 단순한 언약을 넘어, 때로는 삶의 방향을 결정짓고 관계를 더욱 단단하게 만들어주는 중요한 역할을 합니다. 그중에서도 신뢰는 인생에서 가장 중요한 약속 중 하나입니다. 결혼은 두 사람이 서로의 삶을 함께하며 수많은 약속을 지켜나가는 과정입니다. 특히, 결혼 생활 속에서 신뢰를 기반으로 한 약속은 가정의 안정과 발전을 위한 핵심이 됩니다. 결혼 43년이라는 세월을 지나오며 돌아보면, 신혼 초에 아내에게 했던 소소하지만 중요한 약속이 우리 가족에게 얼마나 큰 영향을 미쳤는지 새삼 깨닫게 됩니다.

신혼 초, 나는 아내에게 우리의 가정 경제를 전적으로 맡기기로 했습니다. 당시 우리 둘 사이에서 큰 의미를 가진 중요한 결정이었습니다. 나는 가정의 경제권을 아내에게 전적으로 넘겼고, 대신 아내는 꼼꼼하게 가계부를 쓰는 역할을 맡았습니다. 작은 약속은 단순히 역할 분담을 넘어서, 서로에 대한 신뢰를 더욱 견고하게 만드는 기반이 되었습니다. 아내가 재정을 책임지고 관리하는 동안, 나는 경제적 큰 방향을 결정하는 역할을 내려놓고 아내를 믿고 맡겼습니다. 그렇게 시작된 우리의 작은 약속은, 우리 가정의 성공과 안정을 이끄는 중요한 원동력이 되었습니다.

이러한 과정에서 모든 것이 순탄하게만 흘러간 것은 아닙니다. 그 시절, 우리는 대가족 제도하에서 살고 있었고, 부모님과 남동생 그리고 미혼인 막내 이모까지 한집에 함께 생활하고 있었습니다. 내가 가장으로서 가정을 이끌어 나가야 했고, 여러 책임과 부담이 나에게 집중되었던 것은 사실입니다. 그런 와중에 아내가 40대 초반에 큰 병고에 시달리며 위기도 찾아 왔지만, 아내와 나는 서로에 대한 신뢰를 바탕으로 지혜롭게 문제들을 해결해 나갔습니다. 아내는 가정의 경제를 책임지며 흔들리지 않았고, 나는 가족을 돌보며 조화로운 생활을 유지하기 위해 노력했습니다. 어려운 시간들을 함께 극복하면서, 우리는 더욱 단단한 유대감과 신뢰를 쌓아갈 수 있었습니다.

약속이 주는 진정한 의미는 단순히 누가 경제를 관리하는지에 대한 문제가 아니었습니다. 서로의 신뢰를 확인하고, 신뢰를 바탕으로 한 책임을 분담하는 과정이었습니다. 처음에는 아주 작은 약속처럼 보였던 결정이, 시간이 지나면서 얼마나 큰 영향을 미쳤는지, 우리 가정의 경제적 안정과 더불어, 자식들에게도 중요한 교훈을 남겼습니다. 아내는 매일 성실하게 가계부를 기록했고, 더불어 그 시기에 큰 일이 생길 경우에는 가계부 안에 메모형태로 기록해, 재정은 물론 가정사까지도 계획적으로 관리할 수 있었습니다. 이것은 단순한 절약이 아니라, 계획적인 삶을 사는 법을 익히게 했고, 우리 가정은 경제적 여유를 가지게 되었습니다.

특히 우리가 강남에 집을 마련했던 순간은 신뢰와 약속의 결실이었습니다. 30대 중반이라는 다소 이른 시기에 독립해 내 집 마련을 할 수 있었던 것은 단지 운이 좋아서가 아니었습니다. 아내가 꾸준히 가계부를 기록하며 가정의 재정을 관리한 덕분에, 우리는 계획적으로 재산을 모을 수 있었고, 적절한 시기에 집을 살 수 있었습니다. 집은 단순한 재산 이상의 의미를 지닙니다. 우리가 서로를 믿고, 약속을 지키며 함께 이룬 결실이었기 때문입니다. 이 경험을 통해 나는 진정한 성공은 큰 선택이나 도전에서만 오는 것이 아니라, 매일의 작은 약속을 지키며 실천하는 데서 비롯된다는 사실을 깨달았습니다.

우리의 결혼 생활에서 작은 약속이 보여준 가장 큰 교훈은 신뢰의 힘이었습니다. 경제권을 아내에게 맡긴다는 것은 나의 중요한 권한을 내려놓는 것이었지만, 단순한 권한의 이양이 아니라, 나와 아내가 서로를 신뢰하고 존중하는 관계임을 보여주는 상징적인 행위였습니다. 신뢰는 시간이 흐를수록 더욱 견고해졌고, 우리 가정이 안정되고 성장할 수 있었던 이유가 되었습니다. 우리는 각자의 역할을 존중하며 협력했고, 과정에서 더 큰 성취를 이룰 수 있었습니다.

작은 약속이 우리 가정에 미친 영향은 단순히 경제적인 성공에 그치지 않았습니다. 우리는 자식들에게도 약속과 신뢰의 중요성을 자연스럽게 가르칠 수 있었습니다. 자식들은 우리의 모습을 보며, 약속의 소중함과 신뢰를 바탕으로 한 관계의 중요성을 배웠습니다. 그들은 각자의 삶에서 작은 약속들을 지키며, 약속이 쌓여 큰 성취로 이어질 수 있음을 깨닫게 되었을 것입니다. 나는 그들이 인생에서의 성공을 이루기 위해 반드시 큰 결심이나 거창한 계획이 필요한 것이 아니라, 일상의 소소한 약속을 지키며 책임감을 가지고 살아가는 것이 중요하다는 사실을 알게 되기를 바랍니다.

약속은 말로 끝나는 것이 아니라, 행동으로 이어져야만 진정한 의미를 가집니다. 아내와의 작은 약속을 통해 나는 사실을 배웠습니다. 비록 소소한 약속일지라도, 지켜나가는 과정에서 우리는 더 큰 신뢰와 성취를 경험할 수 있었습니다. 결혼 43년 동안, 아내와 내가 지켜온 약속들이 쌓여 오늘날 우리 가정에 탐스럽고 맛있는 열매를 맺게 했습니다. 우리는 신뢰와 협력을 통해 어려운 시기도 이겨낼 수 있었고, 우리 가정은 더욱 풍요로워졌습니다.

인생 최고의 약속이란, 단순히 한 번의 결정이 아닌, 서로에 대한 신뢰를 바탕으로 지속적으로 이어지는 약속들입니다. 신혼 초에 아내에게 경제권을 맡기고, 아내가 가계부를 쓰는 역할을 담당한 우리의 작은 약속은 그저 재정 관리를 넘어서 가정의 신뢰와 협력의 상징이었습니다. 신뢰가 있었기에 오늘날 우리가 이룬 모든 성취와 행복이 가능했습니다. 앞으로도 우리는 신뢰를 바탕으로 더 큰 성취를 이룰 것이며, 서로를 더욱 존중하고 배려하며 살아갈 것입니다.

가족 간에 쌓인 신뢰는 세대를 거쳐 이어졌습니다. 우리의 자녀들도 신뢰를 바탕으로 자신의 삶에서 중요한 약속들을 지키며 살아가기를 바랍니다. 인생에서의 성공은 단지 한 순간의 선택이나 결정에서 오는 것이 아니라, 매일의 작은 약속을 성실하게 실천하는 과정에서 이루어집니다. 우리의 가정이 그러했듯이, 자녀들도 그 약속과 신뢰의 실천을 통해 자신의 삶에서 소중한 열매를 맺게 될 것입니다.

◆ Profile

현) 롯데 이클럽 소속, 중국 심양 롯데 프로젝트 대표, 롯데건설 임원,
롯데그룹 기획조정실 근무

약속은 또 다른 인연

◆

김보경

"여보세요? 누구실까요?"

처음 낯선 전화를 받고서 좀 당혹스러웠지만, 이 전화 한 통으로 소중한 사람을 만나게 된 것이 나에겐 큰 행운이다. 전화를 준 사람은 우리 동네에서 단팥죽과 빙수를 판매하는 가게의 사장이다. 가게의 로고가 급히 필요한데 디자인을 부탁할 곳이 없어서 연락을 주었다. 아는 디자이너는 없고 무작정 동네 인쇄소에 들어가서 로고 디자인이 가능한지 물어보았다가 나를 소개해 받은 거였다.

당시 디자인 작업이 바빠서 로고 디자인까지 신경을 쓸 여유가 없어 거절했지만, 여러 번 부탁하여서 하는 수 없이 해보겠다고 하였다. 사실 나는 남의 부탁을 잘 거절하지 못하는 성격 탓으로 대답 먼저 해놓고 나서는 혼자 끙끙 앓는 일이 부지기수다. 그러나 한번 약속을 한 이상 절대로 어기면 안 된다는 나만의 철칙도 있다. 그 때문에 일을 하면서 손해를 보는 경우도 종종 있다. 일단 한 번도 본 적 없는 사람이지만 매장에 들러 미팅을 하자고 한 후 전화를 끊었다.

전화 통화를 마친 후부터 은근히 걱정이 밀려들었다. 보통 디자인 작업은 소개로 오는 경우가 많다. 그래서 작업 의뢰자의 정보를 조금은 알고 있는데 이번에는 어떤 정보도 없으니 왠지 부담스러웠다. 빠른 기일 안에 해야 한다니 초조해졌다. '어떤 분일까, 힘들게 하지는 않을까, 까다로운 요구를 하는 것은 아닐까?' 여러 가지 복잡한 생각이 머릿속에서 맴돌았다. 그런데 막상 만나보니 훤칠한 키에 옷도 아주 멋지게 차려입은 여성분이었다. 사람을 처음 만났을 때, 첫인상은 30초 만에 결정된다는 말이 있다. 그녀에게도 나의 첫인상이 맘에 들어서였을까? 붙임성 좋은 그녀가 나를 보자마자 "대표님~ 대표님~" 하면서 아주 친근하게 대해주었다.

로고 디자인 작업은 순조롭게 진행되었고 다행히도 사장의 마음에 드는 디자인이 나오게 되어 마무리까지 무사히 끝낼 수 있었다. 그런데 며칠 뒤 다급히 그 사장에게서 팝업스토어를 열게 되었는데 필요한 디자인이 있다고 다시 전화가 왔다. 역시 거절 못 하는 성격이라 무조건 해보겠다 약속한 것이다. 그런데 문제는 디자인 작업이 만만치 않다는 점이다. 대기업 마켓에서 여는 팝업스토어라 원하는 디자인 요구조건이 무척이나 깐깐했고 수정에 수정이 이어졌다. 심지어는 새벽 1시까지도 쉴 틈 없이 작업하기 일쑤였고 밤샘 작업을 해야만 기일을 맞출 수 있었다. 실시간 요구하는 수정작업에도 계속 수정작업이 이어졌기 때문에 몹시 짜증이 났지만, 그렇다고 중간에 포기할 수는 더욱 없었다. 그것은 내가 그녀에게 한 약속 때문이다. 아니, 나 자신이 한 약속을 힘들다고 깨는 것을 절대로 용납하지 않았다.

원래 결벽증이랄 만큼 약속은 꼭 이행해야 하는 것이 나만의 고집이며 잠재해 있는 신조로 살아온 탓이랄까. 어릴 때부터 부모님에게 약속의 중요성만큼은 누누이 교육 받아온 영향도 있나 보다. 그러다 보니 내 아이들에게도 사소한 약속이라도 꼭 지켜야 한다는 중요성을 늘 강조하는 편이다. 이런 나의 성격을 파악했는지 사장은 나에게 대하는 일들이 무리한 요구인 걸 알면서도 어쩔 수 없다는 듯 매우 미안해했고, 끝까지 자기를 믿어주고 함께해 준 나에게 감사해했다.

팝업스토어가 열리고 매장에 찾아가 보았다. 내가 디자인한 로고들과 이미지들이 팝업스토어 가득히 전시되고 있었다. 그동안 작업하면서 힘들었지만, 약속은 꼭 지켜야 한다는 책임감으로 버텼던 시간이 순식간에 주마등처럼 지나갔다. 밤샘 작업에 눈은 충혈되었고, 깜빡 늦잠이 들어 식구들 아침밥도 챙겨주지 못한 일, 종일 컴퓨터 작업으로 목 디스크 치료까지 받아야 했던 힘겨운 시간이 파노라마처럼 스쳤다. 다행히 팝업스토어에서는 매진 행렬을 이어가며 완판을 했다는 좋은 소식이 들려왔다. 힘든 순간들이 녹아내리며 고통이 싹 사라지는 순간 보람이 느껴졌다. '역시, 약속을 잘 지킨 것은 참 잘한 일이야.'

그 후로 나는 그녀의 매장으로 자주 놀러 가곤 한다. 매장에 놀러 가면 항상 나를 반겨주고, 따뜻한 커피도 손수 내려주며 내 얘기를 조곤조곤 들어준다. 어느 순간 '사장님'이란 호칭에서 자연스럽게 '언니'라는 호칭으로 바뀌면서 우리는 더욱더 가까워졌다. 마침 친언니가 없어 늘 아쉬웠던 나에게 이제 친언니가 생긴 것 같았다. 내가 만약에 그때 디자인을 해주겠다는 약속을 하지 않았으면 소중한 언니가 생기지 않았을 것이다. 비록 일로 만난 고객과의 만남이지만 약속을 잘 지킴으로서 가족과 같은 자매로 맺어진 것은 우연이라기보다 하늘이 맺어준 인연이라 생각한다.

◆ Profile

디자인 프리랜서, 유튜버(가볼쌤의 비쥬얼 가득한 세상)

자신과의 약속을 꿰매다

김상성

바늘은 구멍을 내어 꿰매지 않으면 상품을 만들 수 없다. 내면에 숨어있는 나와의 약속이란 지켜도 되고 안 지켜도 된다. 자신과의 약속은 본 사람도 없고 아는 사람도 없고 오직 본인의 가슴과 머릿속에만 남아있으니 '당신은 어떻게 하실래요?'라고 물어도 될까.

자신과의 약속은 개인이 스스로에게 다짐하거나 목표를 설정하는 것을 의미한다. 이 약속은 자신의 가치관, 삶의 목표 또는 자기 발전과 관련된 작은 결심들에서부터 큰 다짐에 이르기까지 다양할 수 있다. 자신과의 약속을 지키는 것은 자신의 삶을 더 나은 방향으로 이끌고 자아의 자존감을 높이며 신뢰할 수 있는 사람으로 자신을 발전시키는 중요한 과정이다. 직장 생활 38년을 하고 퇴직했더니 전 직장에서 앞으로 2년간 고문이라는 명함을 주고 사무실도 주었다.

처음 몇 주일은 적응이 잘 안 되었다. 사무실 나가도 할 일이 없으니 신문을 보거나 인터넷을 열고 이것저것 찾아보는 것이 고작이었다. 하루는 멍하니 앉아 있다가 문득 그동안 무엇을 했냐고 자신에게 물어보았다. 정말 한 것도 없고 아는 것도 없는 멍청하고 한심스러운 놈이 되어 있었다. 반성하는 마음으로 A4용지 위에 하고 싶은, 해야 할 것들을 써보기 시작했다. 사업거리, 배우고 공부해야 할 거리, 해보고 싶은 것들을 적다 보니 A4용지 두 장이나 되었다.

약속을 했으면 꼭 지켜야 한다. 그중에서 맨 먼저 선택한 것이 나 자신을 찾아보는 것이었고 인생에서 한 번쯤 도전하고 싶어서 지구상에서 6대륙에 있는 제일 높은 산을 트레킹(trekking)으로 갔다 오겠다는 계획을 세우고 이행한다는 약속을 마음속의 나 자신과 합의 사인을 하였다. 처음 약속 장소로는 히말라야의 안나푸르나 베이스캠프에서 만나기로 했다. 난생처음이고 그것도 60대 중반에 주제 파악도 못한 무모한 도전이기에 출발 전 기후나 음식, 준비물이나 잠자리, 비상약 등을 꼼꼼하게 준비했다. 비행기 티켓을 예매했고 네팔행 비행기에 몸을 싣고 6시간이 지난 후에 카트만두공항에 내려주었다. 다시 국내선 비행기를 타고 히말라야 중턱을 돌아 포카라라는 도시로 갔다. 포카라에서 숙소에 들어가기 전 페와호수에 비친 눈 덮인 안나푸르나의 환상적인 모습을 먼저 볼 수 있었다.

히말라야산맥의 품에 안긴다는 것은 상상만으로도 가슴이 뛰는 일이었다. 그 끝을 알 수 없는, 끝없이 이어지는 산맥을 직접 두 발로 오르겠다고 마음먹은 순간부터 이미 나의 여정은 시작되었다. 안나푸르나 베이스캠프로 향하는 길은 생각보다 더 가파르고, 때로는 숨이 차고 고소증에 시달리면서도 자연의 어머니 같은 따스함과 거대함이 나를 감싸며 한 걸음씩 앞으로 나아갈 용기를 주었다. 가면 갈수록 눈 덮인 봉우리와 파란 하늘만 보이는 이 길은 분명 하늘과 맞닿은 길이라는 생각이 들었다.

포카라에서부터 시작된 트레킹은 초반에는 비교적 평탄한 길이었다. 짙은 녹음 사이로 햇살이 내려앉고, 산속에서 들려오는 새소리와 함께 걸으니 마치 시간이 멈춘 듯한 느낌마저 들었다. 발끝에 느껴지는 땅의 질감이 날카롭게 스며들었다. 자연이 주는 평온함이 묘하게도 내 마음을 차분하게 만들었다.

시간이 흐를수록 그 차분함은 온몸을 덮쳐오는 피로감과 함께 긴장으로 변했다. 높이 올라갈수록 숨이 차오르고, 머리가 어지러워 급격히 변화하는 기온에 적응하기란 쉽지 않았다. 힘듦 속에서도 내 앞에 펼쳐진 풍경은 모든 고통을 잊게 하기엔 충분했다. 하얗게 빛나는 안나푸르나의 정상은 마치 어머니의 무명 저고리를 보는 듯했다. 히말라야의 웅장함은 더 큰 경외감으로 나를 사로잡았다.

추위와 고통을 끌어안고 드디어 약속의 장소인 안나푸르나 베이스캠프에 도착한 날, 약속을 잘못했다. 너무 힘들다. 약속을 하고 지키는 것이 얼마나 어려운지를 나에게 물었다. 해가 질 때의 하늘은 보랏빛과 주홍빛으로 물들어가며 나를 더 깊은 사색에 빠지게 했다. 밤이 깊어갈수록 추위는 날카롭게 몸을 떨게 했지만 마음만은 뜨거웠다. 내가 지금 서 있는 이곳, 이 순간이 오래도록 기억될 것이라는 확신이 들었다. 베이스캠프에서 맞이한 새벽은 추위보다 뜨거움이 더 컸다.

새벽, 산장을 나서자마자 내 눈앞에 펼쳐진 풍경은 숨이 멎을 듯 아름다웠다. 동이 트기 전, 검푸른 하늘 아래 우뚝 솟은 봉우리들이 달빛을 받아 은빛으로 빛나고 있었다. 산들바람이 얼굴을 스치며 지나갈 때마다 공기의 맑음이 피부에 닿는 듯했다. 마침내, 해가 떠오르자 안나푸르나의 만년 설산은 찬란하게 빛났다. 붉은빛을 머금은 봉우리가 하늘을 배경으로 서 있을 때, 그 장면은 마치 자연의 위대함을 찬양하는 무언의 기도 같았다.

트레킹을 마치고 돌아오는 길은 다른 의미에서 더 특별했다. 산을 내려오면서도 그곳에서 느꼈던 경외감과 평온함을 간직하려 애썼다. 세상 속에서 흔히 느끼지 못했던 자연과의 교감은 내면 깊은 곳에 새겨졌다. 그곳에서 보낸 짧지만 깊은 시간은 자신과의 약속을 하고 계획을 세우고 실행을 하는 것이 '인생에서 진정 소중한 것은 무엇인가'라는 질문을 만들게 했다.

안나푸르나 베이스캠프에서의 여정은 한 번의 모험이 아닌, 자연과의 대화였고, 자신과의 소중한 만남이었다. 다시 일상으로 돌아오지만, 히말라야가 마음에 담아준 큰 울림은 오랫동안 내 가슴속에 남아 있을 것이다. 이렇게 자신과의 약속을 지켰다.

자신과의 약속을 지키는 것은 개인의 삶에서 매우 중요한 부분이다. 이를 통해 자존감을 높이고, 더 나은 삶을 살 수 있는 기반을 마련할 수 있다고 생각한다. 자신과의 약속을 실천하는 과정에서 배움과 성장이 이루어지며, 결국 자신을 더 강하고 책임감 있는 사람으로 만들어줄 것이라 확신한다. 꾸준한 실천과 자기 관리는 성공적인 약속 이행의 열쇠인 것이다.

끊임없이 숨을 헐떡이며 가파른 길을 오르면서도 '나는 할 수 있다'는 다짐을 되새기며 한 발짝 한 발짝 올라갔다. 안나푸르나 베이스캠프에 도착 했을 때 단순히 높은 산을 오른 것이 아니라 나 자신을 넘어서고 있었다. 앞으로도 끊임없이 자신과의 약속을 이어가고 싶고 삶의 의미를 찾고 또 느끼고 싶다.

이제, 다시 한번 새로운 약속을 한다. 다음 목표는 알프스 삼대 미봉을 트레킹 할 것이다. 그 순간이 오면 또다시 자신과의 약속을 지키며 앞으로 나아갈 것이다. 생각만 해도 가슴이 벅차오른다.

♠ Profile

사회복지학 석사, 노인심리상담사, 나무치료사 전) 삼성화재 상무, 전) MG손보 대표

우연한 약속

◆

김연빈

엄청난 노력을 기울여도 이루어지지 않는 일이 있고, 우연한 인연으로 성사되는 일이 있기도 한다. 나의 평생 과제라고 할 바다수영 보급이 앞의 사례라면 한·일 바다수영 교류는 뒤에 해당한다고 할 수 있다.

나는 2005년 조오련 선수 등과 함께 사단법인 한국바다수영협회(AKOWS)를 설립하고 '해양수산부장관배 바다수영대회'를 창설하며 국내에 바다수영(OWS)을 보급해 왔다. 마침 장관배 바다수영대회에 첫해부터 일본인들이 참가해 자연스럽게 국제대회처럼 되었다. 거기에다 2006년 9월 서울에서 처음 열린 '한·중·일 물류장관회의'가 국제화에 더욱 기름을 부었다. 기념 오찬에서 김성진 해양수산부장관이 바다수영을 염두에 두고 '한·중·일 물류담당 공무원 친선 스포츠 교류'를 하자고 제안한 것이 양국의 호응을 얻은 것이다. 바다수영을 보급하는 입장이기도 하고 '물류장관회의' 실무 담당자이기도 한 나에게는 좋은 기회였지만 어려운 과업이기도 하였다. 나는 우선 일본 국토교통성 사무관이 참가하여 우승하기도 한 장관배 바다수영대회를 이용하여 해양수산부와 국토교통성 간의 친선 바다수영대회를 개최하고 점차 이를 중국 교통부까지 확대할 계획이었다. 그러나 정치적 수사보다 절차와 현실을 중시하는 국토교통성 실무자들의 소극적 태도로 일이 진척되지 않아 고민이 깊어가고 있었다.

그러던 중 2007년 1월 차관급인 가지야마 히로시(梶山弘志) 국토교통대신정무관이 부산항을 방문하게 되었다. 가지야마 정무관은 내가 평소 관심을 갖고 있던 이바라키현 히타치나카항을 지역구로 갖고 있기도 해서 직접 안내하게 되었다.

1995년 일본 운수성에서 연수할 때 히타치나카항을 방문한 적이 있었다. 태평양에 면한 광대한 모래밭에 거대한 항만을 건설하는 모습이 가슴을 뭉클하게 했다. 섬 하나 없는 망망대해에 4,000m의 방파제를 쌓고 그 안에 새로운 항만을 건설하는 대역사였다. 나는 2001년 부산신항 구역 안에 있는 욕망산을 깎아내기 전에 400여 기의 분묘를 이장하고 제2진입도로 용지보상 업무를 했다. 그때 욕망산 가설 전망대에서 내려다보던 부산신항 건설 초기의 삭막한 모습 속에 5~6년 전에 보았던 황량한 히타치나카항 건설현장이 겹쳐졌다.

나는 가지야마 정무관에게 부산항 현황을 설명한 후, 10여 년 전 건설 중인 히타치나카항을 견학했는데 아주 감동이 깊었다. 그 혹독하고 험난한 공사를 마치고 잘 준공이 되어 운영되고 있는지 궁금하다고 말씀드렸다. 그랬더니 뜻밖의 인연에 반색을 하면서 히타치나카항에 초청하겠다고 말씀하셨다. 정무관이 의례적 인사치레로 하는 말로 들었는데, 얼마 후 진짜로 국토교통성에서 나를 초청했다. 2007년 5월 국토교통성을 방문하여 가지야마 정무관에게 감사하다는 말씀을 드리고, 양국 장관이 합의한 해양수산부와 국토교통성 간 친선바다수영 경기를 7월 부산에서 열리는 해양수산부장관배 바다수영대회를 이용해서 개최하면 어떻겠느냐고 말씀드렸다. 그랬더니 잠시 생각을 하고 배석한 심의관과 상의를 하더니, 바로 팀을 꾸려서 친선경기에 참가하라고 담당 과장에게 지시를 하였다. 지성이면 감천이라더니 그렇게 고민하고 애태우던 양국 친선경기가 일거에 실현되게 되었다.

이렇게 해서 해양수산부와 국토교통성 간 숙원의 바다수영 친선경기는 나의 구상대로 2007년 7월 부산 해운대해수욕장에서 열리게 되었다. 두 부처 간 친선경기는 그해 9월 규슈 사가 가라츠(佐賀唐津)에서도 이루어졌다. 2008년에는 해양수산부가 해체된 관계로 추진을 하지 못했다. 2009년에는 국토교통성 사무관 2명이 물어물어 만리포까지 왔으나, 당일 바다 상황이 좋지 않아 대회가 취소되어 아쉽기 그지없었다. 그 후 2011년 장관배 바다수영대회가 뚜렷하지 않은 이유로 열리지 않은 이후 자연스럽게 맥이 끊기고 말았다. 2012년 주일대사관에 근무할 때 보니 한국 기획재정부와 일본 재무성 간에 매년 친선축구대회가 열리고, 양국 검사 축구대회, 국회의원 축구대회와 바둑대회도 열리고 있는 것을 보았다.

우리나라 바다수영 보급의 선도적 역할을 해온 해양수산부장관배 바다수영대회가 다시 개최되었으면 하는 바람과 함께 모처럼 연결되었던 해양수산부와 국토교통성 간의 친선경기도 부활해서 서로 우호를 다지고 상호 협력하는 가교와 밑바탕이 되기를 바란다.

2025년은 한·일 국교 정상화 60주년이 되는 해이다. 이를 기념하여 정부에서는 여러 가지 기념사업을 구상하고 있다. 2015년 정상화 50주년에는 나의 제안으로 주일대사관이 건의한 '한일해협 횡단 릴레이 수영'이 외교부 기념사업 과제로 선정되어, 양국의 메이저 언론사가 관심을 갖고 추진하려다 예산문제로 중단된 적이 있다. 정부에 의존하지 않고 협찬·광고 등으로 충분히 행사비용을 마련할 수 있었을 텐데 예산에 의지하려고 했던 것이 아쉬웠다. 10년 전에 추진하려 했던 '한일해협 횡단 릴레이수영'이 국교 정상화 60주년을 계기로 실행되면 좋겠다. 한·일 우호증진의 뜨거운 징표가 될 것이다.

나는 바다수영을 통한 해양사상 홍보와 국토사랑 운동의 일환으로 몇 가지 활동을 펼치고 있다. 우선 올림픽 정식종목인 바다수영을 전국체전 정식종목으로 지정하는 일과 함께, 청소년 해양교육, '독도, 영토의 시작' 국민운동, '여자만~순천만 종단 수영(전남 고흥-여수-보성-순천 30㎞)', '국토사랑 독도 일주 수영', 동북아 평화를 위한 '백령도~장산곶 국제평화수영'을 구상하고 있다.

나름대로 해양사상을 고취시킬 수 있는 이런 일을 위해 계속 사회에 메시지를 던지고 있지만 미약한 개인의 힘만으로는 성취하기 어려운 일이다. 또 열심히 주장한다고 해서 이루어진다고 기대하기도 어렵다. 그러나 의사결정의 힘을 가진 누군가가 관심을 갖게 되면 어렵지 않게 풀릴 수 있는 일이기도 하다. 가지야마 히로시 정무관의 우연한 약속이 미로에 빠진 한·일 바다수영 교류의 실타래를 풀어준 것처럼. 긍정의 힘을 갖고 정책결정력을 가진 누군가가 깨달을 때까지 끊임없이 주장을 하다 보면 어느 날 힘을 얻어 빛을 보게 될 날이 올지도 모른다. 블랙핑크 로제의 〈아파트(APT.)〉 흥행에 힘입어 40여 년이 지난 지금 다시 인기를 얻고 있는 윤수일의 〈아파트〉처럼.

◆ Profile

도서출판 귀거래사 대표, 전) 주일한국대사관 해양수산관. 역서: 《국제법으로 본 영토와 일본》《국가전략이 없다》《바다로 열린 나라 국토상생론》《손기정 평전》 외

불효녀는 웁니다

김영미

얼마 전에 큰오빠에게서 전화가 왔다. 오빠는 어머니 산소 이장에 대한 나의 의견을 묻는다고 하였다. 나는 "오빠 나이도 있는데 알아서 하시면 되지요" 하고 전화를 끊었다. 그런데 그 순간 일침을 가하듯 망치를 한 대 세게 얻어맞은 듯한, 아니 고압 전류에 감전된 듯한 전율이 온몸으로 찌릿하게 퍼져나갔다. 그리고 눈물이 주르르 쏟아지며 그 자리에 그만 주저앉고 말았다.

"엄마, 용서해 주세요, 죄송해요. 제가 잘못했어요."

꽃다운 열네 살 어머니는 아버지와 결혼하여 서른여덟에 남편을 잃고 혼자서 8남매를 키우셨다. 나는 2남 6녀 중 막내딸로 태어나 어머니 사랑을 그래도 많이 받은 편이지만 어머니와 함께한 추억의 시간은 가장 짧다.

어머니는 함안 오일장이 돌아오면 해 뜨기 전 미전에 가서 쌀, 찹쌀, 콩 등을 됫박질한 삯을 받았다. 공설운동장에서 행사가 있는 날은 천막을 쳐서 식당을 만들고, 온 식구가 힘을 모아 장사를 했다. 늦가을 밤에는 항아리에 감을 우려내 새벽에 기차역으로 가 장사꾼들 사이에 끼어서 팔며 쪽잠을 잤다. 자식들에게는 공부하라는 말씀조차 하지 않으셨다. 시험을 치는 날에는 찰밥을 해놓고 나가셨을 뿐, 시험에 합격하면 그저 "고생했다"라고 던지는 짧은 한마디가 전부였다. 조곤조곤 시험은 어려웠는지, 어떻게 그 어려운 시험을 잘 쳤는지? 우리 새끼들 참 대견스럽다는 칭찬 한마디라도 듣고 싶었지만, 한 번도 들어본 적이 없다. 자식들과 눈을 맞추며 일일이 챙겨주기에는 어머니의 시간이 역부족이었다는 걸 나중에 깨달았다. 그래도 자식들에게는 항상 자기 자신을 속이지 말고 부끄러운 행동을 하지 말라고 당부하였다. 그 말씀은 바로 벽에 걸리거나 멋지게 장식되지 않았지만, 보이지 않는 우리집 가훈으로 저마다의 가슴에는 아직도 걸려있다. 어머니의 단단한 철칙이 하나 있다면 8남매의 서열만큼은 엄하게 다스렸다. 한번은 바로 위 언니가 다섯째 언니에게 "숙자야, 숙자야!" 하면서 함부로 불렀다가 저녁밥도 먹지 못하고 쫓겨난 적이 있었다.

어머니는 본인 이름도 잊은 채 청춘을 지내다가 환갑이 지나서야 어머니 이름을 찾았다. 그것은 바로 친구들과 처음이자 마지막, '이외선' 이란 실명 여권을 만들어 해외여행을 가셨을 때다. 친구들과 비행기도 타고 수영복도 입고 호텔에서 잠도 자고 여기저기 다니며 수다도 떨며 지냈던 즐거운 시간을 비디오에 담았다며 자랑하였다. 그때 나는 평생 남에게 종아리도 잘 안 보인 어머니가 난생처음 수영복을 입었다고 부끄러워 떨리는 복사꽃잎처럼 발그레 상기된 모습을 보았다. 여행의 여운으로 들떠있던 어머니 모습이 마치 열네 살 시집올 때 소녀처럼 연상되었다. 그러더니, "얘들아, 우리도 당장 비디오 하나 사자. 여행 중 찍은 비디오 빨리 보고 싶어"라고 말씀하셨다. "언니 집에 가서 보면 될 건데 뭣 하러 사노. 돈 아깝게"라고 퉁명한 목소리로 기타 줄에서 튕겨 나오는 고음 톤으로 어머니에게 쏘아붙였다. 어머니는 잠시 한숨을 쉬더니 "그라모 됐다" 하시곤 아무 말이 없었다. 그 후 비디오에 대한 말씀은 두 번 다시 어머니 입에서 나오지 않았다. 왜 그리 분별없는 말을 툭 내던진 건지, 지금 와서 생각하면 그때의 내가 참 어리석고 바보스럽다.

내가 시집가던 때, 어머니는 결혼 혼수로 비디오를 챙겨주셨다. 비디오 상자를 보는 순간 번갯불이 번쩍이며 거세게 쏟아지는 소낙비를 맞은 것처럼 온몸이 흠뻑 젖었다. "죄송해요. 어머니." 지난날 내가 어머니에게 비디오를 사지 못하게 막은 것이 부끄러워 쥐구멍으로 숨어들고 싶었다. 그러면서 비디오를 꼭 사드려야겠다고 나에게 약속하였다. 바로 사드리지 못한 것도 핑계겠지만, 여러 가지 여건상 한참을 지내다가 비디오를 사러 가려고 하던 날이었다. 갑자기 17개월 된 둘째 아이가 간신히 두 단어 정도 하는 말로 "엄마 배 배" 손으로 배를 짚으며 "아파" 하고 말했다. 가까운 소아과에서 소화불량 약을 처방받아 왔지만, 차도가 없어 새벽에 종합병원 응급실에 갔더니 맹장염이었다. 채 10kg도 되지 않는 아기에게 주렁주렁 달린 주삿바늘을 보는 순간 나도 모르게 폭포수처럼 주체할 수 없는 눈물이 흘러내렸다. 아이의 맹장 수술로 입원하고 퇴원도 채 하기 전에 얼마나 힘들었는지 하혈하여 시어머니가 도와주며 힘든 날을 보냈다. 그러다 보니 어머니에게 비디오를 사드리겠다고 한 나 자신과의 약속을 또 까마득히 잊고 살았다.

자식은 어머니 사랑의 천분의 일만큼도 따라가지 못한다. 내가 아이의 맹장염 수술로 인해서 애간장이 타고 녹아내렸던 시간처럼, 우리 어머니는 8남매를 남편도 없이 기르면서 얼마나 힘드셨을까? 결혼 후 나는 5년이란 시간을 정신없이 보내는 동안 69세 어머니는 골수암으로 갑자기 세상을 떠나셨다.

막내딸까지 시집보낸 후 빈 둥지의 어머니는 얼마나 외롭고 적적하셨을까? 그 심정을 헤아리지 못하고 나 살기에만 급급했다. 잠 안 오는 밤이면 비디오를 켜고 해외여행 영상을 보면서 얼마나 좋아하셨을까? 8남매 중 유일하게 결혼식 장면을 비디오로 찍은 건 바로 위 언니와 나뿐인데, 그 결혼식 장면조차 한 번도 보지 못하게 하였으니, 나는 큰 죄인이다. 어머니 가시고 난 후, 큰오빠 집에 가보니, 어머니 유품 몇 가지를 건성으로 꾸며놓은 듯, 진정 어머니를 느낄 수 있는 따스한 체온은 느껴지지 않았다. 어머니는 여전히 침묵 속에서 우리를 지켜주시기 위해 비디오 속의 어머니 모습을 지우신 게 분명하다. 내가 지키지 못한 약속을 기억하지 말라고….

그날 이후 나는 어머니의 비디오를 머릿속에서 지우지 못하고 살았다. 그런데 어머니 산소 이장이라는 오빠의 말에 가슴에 박혔던 녹슨 대못이 갑자기 나의 정수리를 찔렀다. 나는 아직도 어머니와의 약속을 지키지 못하고 사는데, 되돌릴 수 없는 약속의 시간은 또 그렇게 흘러만 갔다.

밤하늘을 올려다보니 별똥별 하나가 북쪽하늘로 휙 지나간다.

"엄마, 미안해, 엄마 죄송해. 내가 미처 엄마에게 비디오 사드리겠다 한 약속을 지키지 못한 불효를 용서해 주세요."

어느새 어머니 모습을 닮아가는 나도 그때의 어머니처럼 육십 중반을 넘어서고 있다. 그러나 나는 아직도 어머니 앞에서는 철부지 막내라서 칭얼댄다.

'막내야, 괜찮아. 우리 아가 울지 마.'

부처님의 온화한 미소를 닮은 어머니는 여전히 나를 달래주신다.

◆ Profile

다온도서관 시산꽃 동인

오랜 친구가 열어준 제2의 인생

김영환

모처럼 비 내리는 한가로운 날이었다. 창밖으로 들리는 빗소리를 들으며 그동안 쌓아두었던 사진첩을 꺼냈다. 시간의 문이 열리는 순간이었다. 제법 많은 사진첩을 하나씩 넘기다 보니 어느덧 가정을 꾸리고 손자까지 둔 아들 생각이 났다. 어릴 적 사진을 골라 보내주면 어떨까 하는 마음에 사진들을 유심히 살펴보았다.

그때 한 장의 사진이 내 시선을 사로잡았다. 아들 백겸이가 한창 바이올린에 빠져 줄리아드 음대 프리 칼리지(Free college)에 다니던 시절의 모습이었다. 8살 때 카네기홀에서 연주한 후 함께 찍은 사진을 보는 순간 나는 깜짝 놀랐다. 그 옆에는 뜻밖의 인물, 바로 초등학교 동창 가재산과 함께 찍은 사진이 있었던 것이다.

40년 전 뉴욕의 기억이 생생하게 되살아났다. 당시 그 친구는 종합상사였던 삼성물산의 사원으로 뉴욕지사 출장 중 우리 집에 잠깐 들렀다. 운 좋게도 그가 도착한 다음 날 카네기홀에서 아들의 특별 연주회가 열려 함께 갔었다. 그 순간의 기쁨과 감동이 사진 속에 고스란히 담겨 있었다.

'가재산, 그 친구 지금은 어떻게 살고 있을까?'

머릿속으로 그의 모습을 그려보았다. 혹시 우리 대부분처럼 머리도 빠지고, 듬성듬성 남은 흰 머리에, 아랫배는 불뚝 나오고, 팔자걸음 하는 아저씨가 되었을까. 아니면 빈틈없는 자기관리로 건강을 유지하고 있을까. 늘 반듯한 몸가짐에 부지런했고, 자기관리가 철저해 빈틈이 없어 보이던 그 모습이 떠올랐다. 그래서인지 설렁설렁 게으름을 피우다가 순발력으로 세상을 살아가는 나에겐 비교의 대상이자 부러운 존재였다.

그렇게 사진을 보며 생각에 잠기다 보니 문득 세월의 무게가 내 어깨를 누르고 있음을 깨달았다. 자식 교육을 시켜보겠다고 제대로 준비도 하지 않은 채 무턱대고 낯선 미국 땅에 발을 들여놓은 지 어언 40년. 이제 나는 머리가 성성해지고 아랫배는 불러오고 얼굴에는 세월의 흔적인 주름이 여기저기 자리 잡았다.

낯선 이국땅에서 어린 자식을 데리고 치열한 경쟁 속에서 교육을 시키기 위해 나는 전문 지식도 없이 농수산물 유통업, 호텔 운영, 세탁소 운영 등 닥치는 대로 일하며 바쁘게 세상을 살아왔다. 덕분에 경제적 어려움은 없었지만 정신없이 달려오다 보니 어느새 칠십이 넘는 중장년이 되었다. 다행히 아들은 줄리아드 프리 칼리지를 무사히 마치고 자신이 원하는 길을 걸으며 단란한 가정을 꾸리고 있다. 딸 역시 큐레이터로 일하며 잘 살고 있어 다행이다. 집사람도 말도 잘 통하지 않는 이국땅에서 애들 뒷바라지를 잘 마치고 이제는 자기가 하고 싶은 일을 하며 즐겁게 살아가고 있다.

돌이켜 생각해 보니 나에게 지난 40년은 노도(怒濤)와도 같은 삶의 연속이었다. 이제 나는 앞으로 어떻게 살아갈 것인지, 뒤를 되돌아볼 시간이 다가왔다는 사실을 깨닫게 되었다. 그동안 앞만 보고 달려왔던 삶을 멈추고 제2의 다른 삶을 나름대로 살아보자는 생각이 문득 들었다.

그 순간 결심이 섰다. 오랜만에 서울을 가기로 했다. 그동안 정리할 일도 있었지만 무엇보다 사진첩에서 보았던 가재산 친구를 꼭 만나고 싶다는 생각이 들었다. 설레는 마음을 안고 서울행 비행기에 몸을 실었다.

서울에 도착해서 며칠간 급한 일을 마치고 친구에게 전화를 걸었다. 수화기 너머로 들려오는 목소리는 예전처럼 밝고 박력 있었다. 다음날 그가 일하고 있다는 역삼동 벤처텔로 향했다. '한국디지털문인협회'라는 간판이 붙어있는 사무실 앞에서 설레는 마음으로 문을 열었다. 안으로 들어서자 놀라운 광경이 펼쳐졌다. 책이 3천여 권쯤 꽂혀 있는 서재와 아담한 테이블이 놓인 공간이 눈앞에 펼쳐졌다. 이곳에서 교육도 이루어지는 모양이었다.

그리고 그곳에 서 있는 친구 가재산. 내가 상상했던 그의 모습은 완전히 빗나갔다. 아직도 염색을 하지 않았다는 그의 머리숱은 젊은이 못지않았고 나와는 완전히 대조적이었다. 몸 관리도 잘해서 균형 잡힌 몸매를 유지하고 있었고 눈빛은 여전히 초롱초롱했다. 40년의 세월이 무색할 만큼 건강해 보였다.

우리는 그동안의 40여 년간의 미국 생활에 대한 이야기를 털어놓으며 시간 가는 줄 몰랐다. 서너 시간이 훌쩍 지나갔다. 그는 그동안 책을 40여 권이나 썼다고 하면서 칠순 기념집으로 썼다는 《아름다운 뒤태》란 책을 나에게 읽어보라며 다른 저서 몇 권과 함께 건네주었다. 그 책은 2년 전 칠순 기념으로 자전적 에세이 형태로 쓴 것이었다. 표지를 보는 순간 나는 또 한 번 깜짝 놀랐다. 나를 되돌아보면서 제2의 삶을 살아야겠다고 마음먹은 나에게 이 책은 앞으로의 삶을 밝혀주는 등불과도 같았다.

평소 책을 잘 읽지도 않고 읽더라도 대충 훑어보는 습관이 있었지만 이 책은 달랐다. 그날 밤 나는 밤을 새워가며 책을 다 읽어버렸다. 어쩌면 내가 생각하고 하고 싶었던 이야기가 모두 담겨 있는 듯했다. 이 책을 통해 자신의 삶을 과거, 현재 그리고 미래의 모습으로 생생하게 그려내고 있었다. 특히 나를 깜짝 놀라게 한 것은 앞으로는 그가 죽어서도 향기가 세상에 남는 일을 하고 싶다며 쓴 글이었다.

그 일환으로 70세가 되면서 제2의 삶을 '삼미(三味) 인생'으로 산다는 내용이 인상적이었다. 삼미란 흥미(興味), 재미, 의미(意味)로 나이와 관계없이 세상의 변화나 새로운 일에 흥미를 잃지 않으며, 하고 있는 일은 재미있게 하고, 마지막으로 의미 있는 삶을 사는 것이었다. 그동안의 삶이 앞만 보고 달려왔다면, 이제는 뒤를 돌아보며 '미얀마 청소년 장학회', '디지털 책쓰기 대학', 종친회 일 등을 맡아 봉사와 헌신을 통해 이타적인 삶을 살아가겠다는 그의 다짐이 가슴에 와 닿았다.

이 책을 읽으면서 나는 아차 싶었다. 나도 이 친구와 똑같은 길을 걸을 순 없겠지만, 그동안 살아왔던 방식과는 다른 새로운 삶의 방식이 필요하다는 생각이 강하게 들었다. 나를 되돌아보며 '나는 누구인가? 나는 무엇을 위해 살 것인가?'라는 질문을 스스로에게 던지게 되었다. 앞으로 백세시대에 남은 인생을 어떻게 의미 있게 살 것인가를 준비해야 한다는 생각을 해왔는데, 이 책을 통해 그 확신이 더욱 굳건해졌다. 아무튼 나는 그동안 앞만 보고 살아오다 보니 나 자신을 제대로 돌아볼 시간이 없었다는 사실을 뼈저리게 느꼈다.

이번 서울 여행은 나에게 정말 큰 선물이었다. 최근에 제2의 삶을 위해 무언가 변화가 필요하다고 생각했는데, 너무나 소중한 힌트를 얻은 것이다. 이제 내 앞에는 앞으로의 삶을 어떻게 살 것인지에 대한 커다란 숙제가 놓여있다. 지금과는 다른 삶을 살아야 되겠다는 약속을 꼭 지키기 위해 나는 지금부터 나의 습관을 하나씩 바꿔나가기로 했다. 그리고 나도 책 한 권을 써야겠다고 마음먹었다.

"친구야, 다시 한번 고마워. 넌 모르겠지만, 네가 내 인생의 제2막을 열어줬어!"

◆ Profile

와엔비스 주식회사 대표, 미국 거주

글로벌 시대, 더 나은 세상을 위한 '약속'

부이 티 투 히엔

한 걸음, 한 걸음. 낯선 땅 한국에서의 첫 발걸음은 떨렸지만, 그것이 내 인생을 바꿀 거대한 여정의 시작이 될 줄은 몰랐다. 나는 부이 티 투 히엔, 한국 이름으로는 정수연이라고 한다. 베트남에 사는 세 아이의 엄마이자, 한때 꿈과 희망을 품고 한국 땅을 밟았던 유학생이었다.

하노이대학 졸업 후 운명처럼 찾아온 기회를 잡았다. 2년간의 주베 한국 NGO 활동을 마치고 꿈에 그리던 한국 이화여자대학교의 문을 두드렸다. 석사과정 전액 장학금이라는 믿기 힘든 행운을 거머쥐고 나는 한국행 비행기에 몸을 실었다. 그때는 잘 몰랐다. 이 여정이 단순히 학위를 얻는 것을 넘어 내 삶의 방향을 완전히 바꿔줄 것이라는 사실을.

한국에서 보내는 대부분의 시간은 꽤 순조로웠다. 그러나 어려움이 없는 것은 아니었다. 새로운 전공에 대한 학습 강도가 매우 강하여 책을 읽고 전공과 관련된 활동에 참여하는 데 많은 시간을 투자해야 했다. 또 심층면접을 통해 석사학위 논문을 준비하기 위해 베트남 다문화 가정 여성들을 많이 만나면서 인생 이야기를 들어주고, 상담 전문가로서 부득이하게 하면서 겪는 일을 공감해 줘야 했다.

현지인이 아닌지라 한국어로 논문을 쓰자니 어려움이 적지 않았다. 논문을 쓰는 시기가 가장 긴장되는 시기라고 할 수 있었다. 한계를 느낄 때도 있었고, 그만둘 생각이 들 때도 많았다. 하지만 교수님과 동문들의 지원 덕분에 어려운 시기를 잘 이겨낼 수 있었다. 논문을 다 쓰고 나서 중요한 것을 깨달았다. 모든 일을 할 때 끝까지 포기하지 않고 노력해서 최선을 다하면 달콤한 열매를 얻는다는 사실이었다.

한국에서의 나날은 학업만으로 채워지지 않았다. 항상 내가 매우 운이 좋은 사람이라고 생각하기 때문에, 기회가 있을 때마다 사람들을 돕고 좋은 일을 해야 한다는 약속을 항상 마음속에 지켜 왔다. 이 약속은 내 유학 생활의 나침반이 되었다. 심장 수술이 필요한 아기들의 통역을 돕고, 한베 다문화 가정의 아이들에게 베트남어와 문화를 가르치는 일. 이런 활동들은 나에게 단순한 봉사가 아닌, 삶의 의미를 찾는 과정이었다.

매 순간 좋은 일을 할 때마다, 내 마음은 기쁨으로 가득 찼다. 마치 내가 만나는 모든 이에게 사랑과 친절을 퍼뜨리는 것 같았다. 이 긍정적인 에너지는 마법처럼 작용했다. 내 주변에는 점점 더 많은 좋은 사람들이 모여들었고, 그들은 또 다른 소중한 인연으로 나를 이어주었다. 봉사활동에서 시작된 이 연결고리는 점차 확장되어, 내 가족의 안정까지 책임질 수 있는 좋은 기회들로 이어졌다.

지금 나에게는 세 아이가 있다. 초등학교에 다니는 두 딸과 네 살배기 아들. 이 아이들에게 나는 항상 내가 한국에서 경험한 이야기들을 들려준다. 단순한 동화가 아닌, 실제 경험에서 우러나온 이야기들로 아이들의 마음에 선한 영향력의 씨앗을 심고 있다. “항상 좋은 일을 하고, 기회가 있을 때 다른 사람을 도와라.” 이것이 내가 아이들에게 그리고 내가 가르치는 제자들에게 전하는 가장 중요한 메시지다.

얼마 전 나는 큰딸과 함께 한국을 찾았다. 10일이라는 짧은 여정이었지만, 그 안에 내 인생의 전부를 담아 딸에게 보여주고 싶었다. 내가 공부했던 이화여자대학교, 나를 가르쳐 주신 은퇴한 교수님, 그리고 내 인생에 중요한 영향을 미친 여러 인연들. 서울과 부산의 아름다운 풍경들. 이 모든 것을 통해 나는 딸에게 말하고 싶었다. “네 엄마가 왜 이토록 운이 좋았는지, 왜 좋은 사람들을 많이 만날 수 있었는지.”

열 살배기 꼬마 딸이 이 모든 것을 완전히 이해했을까? 아마도 지금은 아닐 것이다. 하지만 언젠가 이 기억들이 그 아이의 마음속에서 싹을 틔워, 엄마가 걸어온 길을 따라 더 넓은 세상을 향해 나아가길 바란다.

현재 나는 베트남 하노이의 외교 아카데미에서 초빙 강사로 일하고 있다. 매주 금요일, 아홉 시간 동안 이어지는 3개 반 강의에서 나는 단순히 전공 지식만을 전달하지 않는다. 내 인생의 경험, 그리고 그 속에서 배운 교훈들을 학생들과 나눈다. 전공 실력도 중요하지만, 어디서든 잘 해낼 수 있는 정신적 토대를 만드는 것. 그것이 내가 생각하는 진정한 교육의 의미다.

이러한 나의 믿음은 위대한 지도자들의 가르침과도 일맥상통한다. 마하트마 간디는 “지식이 없는 인격은 쓸모가 없고, 인격이 없는 지식은 위험하다”라고 말했다. 이 말은 젊은 학생들에게 특히 중요한 메시지를 담고 있다. 학업 성취도 중요하지만, 그에 못지않게 인격과 품성을 함양하는 것이 필수적이다.

우리가 배우는 지식은 어떻게 활용하느냐에 따라 세상을 더 좋게 만들 수도, 해롭게 만들 수도 있다. 따라서 나는 학생들에게 항상 강조한다. 공부를 열심히 하되 그 지식을 어떻게 올바르게 사용할 것인지 어떻게 하면 더 나은 사람이 될 수 있을지를 항상 고민하라고. 이것이 바로 글로벌 시대에 우리가 필요로 하는 진정한 리더의 모습이 아닐까.

우리는 급변하는 세상 속에서 살아가고 있다. 좋은 변화도 많이 있지만 때로는 우리를 시험하는 어려움도 있다. 내가 학생들에게 그리고 내 아이들에게 가르치고자 하는 것은 바로 이것이다. 어떤 상황에서도 긍정적인 마인드를 유지하고, 남을 돕는 일을 계속하는 것. 그것이 바로 우리가 더 나은 세상을 만들어가는 방법이다.

우리는 모두 다른 배경, 다른 꿈을 가지고 있다. 어떤 이는 부를 추구하고, 어떤 이는 건강을, 또 어떤 이는 세상을 변화시키는 것을 꿈꾼다. 하지만 우리 모두가 공통으로 바라는 것이 있다. 바로 더 나은 세상에서 살아가는 것이다.

내 경험은 작지만 특별할지 모른다. 하지만 그 속에 담긴 메시지는 보편적이다. 우리가 서로를 돕고 선한 영향력을 펼칠 때 그것이 모여 세상을 변화시키는 힘이 된다. 글로벌 시대를 살아가는 우리에게 필요한 것은 바로 이 '약속'이다. 나 자신만이 아닌 타인을 생각하고 돕는 마음. 그것이 바로 더 나은 세상을 만드는 첫걸음이다.

우리의 작은 행동들이 모여 더 밝고 따뜻한 미래를 만들어갈 것이다. 이것이 바로 내가 꿈꾸는 그리고 내가 가르치는 학생들과 함께 이루고 싶은 글로벌 시대의 새로운 비전이다. 이는 단순한 개인의 경험담이 아닌, 글로벌 시대를 살아가는 모두에게 전하는 공통된 메시지다.

◆ Profile

하노이대학교 한국어 전공, 이화여자대학교 졸업, 베트남에서 한국어학원 운영

제2부

아비투스로 빚어내는 중년의 사치

김영희

인생은 각자 고유한 색채로 물들어간다. 살며 수많은 경험과 선택을 통해 자신만의 색을 가진다. 특히 중년에 이르면 그간 쌓아온 지혜와 경험이 풍성한 팔레트가 되어 삶을 더욱 다채롭게 한다. 이것이 바로 '아비투스(habitus)'의 매력이다.

아비투스는 일상적 행동과 취향, 습관을 형성하는 보이지 않는 힘이다. 마치 제2의 본능과도 같다. 독일 심리학자 도리스 메르틴은 이 아비투스를 7가지 빛깔로 나누어 설명했다. 이 7가지 빛깔은 삶의 품격을 결정하는 중요한 요소들이다.

아비투스란 인간 행위를 상징하는 무의식적 성향을 뜻하는 단어로 피에르 부르디외가 처음 사용했다. 타인과 나를 구별 짓는 취향, 습관, 아우라로 표현되며 사회문화적 환경에 의해 결정되는 제2의 본성을 말한다. 상위계층 및 사회적 지위의 결과이자 표현이기도 하다. 아비투스에서 가장 중요한 요소는 교육으로 복잡한 교육체계를 통해 이루어지는 무의식적 사회화의 산물이라고 볼 수 있다.

아비투스의 7가지 빛깔의 약속인 자본을 잘 활용해 루틴화하면 행동이 되고 습관이 되며 고품격이 된다. 어떤 이는 나이 들며 품격과 인품을 갖추고 또 다른 이는 그렇지 못하다. 이는 곧 7가지 아비투스의 영향이 아닐까 생각한다. 이 기본적인 7가지 '아비투스'를 잘 장착한 사람은 자연스레 '중년의 사치'에 이르게 된다.

첫째, 심리자본은 자신감, 회복탄력성, 긍정 마인드 등의 심리적 요소다. 자신감 넘치는 이는 역경 속에서도 굴하지 않고 도전하며, 회복탄력성 높은 이는 실패를 딛고 재도전한다.

둘째, 문화자본은 예술, 음악, 문학 등의 문화적 요소다. 예술을 즐기는 이는 문화적 취향을 높이고 이를 통해 품격을 승화시킨다.

셋째, 지식자본은 교육, 경험, 전문성 등의 지식적 요소다. 학식 있는 이는 지식을 바탕으로 새로운 배움을 쌓아 전문성을 키운다.

넷째, 경제자본은 소득, 자산, 신용 등의 경제적 요소다. 경제력 있는 이는 여유를 바탕으로 다양한 경험을 쌓아 품격을 높인다.

다섯째, 신체자본은 외모, 건강, 체력 등의 신체적 요소다. 건강한 이는 체력을 바탕으로 다채로운 활동을 즐기며 품격을 높인다.

여섯째, 언어자본은 언어 능력, 커뮤니케이션 능력 등의 언어적 요소다. 언변이 능숙한 이는 원활한 소통으로 품격을 높인다.

일곱째, 사회자본은 인맥, 네트워크, 평판 등의 사회적 요소다. 인맥이 넓은 이는 다양한 정보를 얻어 품격을 높인다.

이 7가지 자본은 서로 긴밀히 연결되어 있다. 심리자본이 높으면 문화자본과 지식자본을 쉽게 쌓을 수 있고, 경제자본이 높으면 신체자본과 언어자본을 쉽게 향상시킬 수 있다. 품격 향상을 위해서는 그것을 균형 있게 발전시키는 것이 중요하다. 자신의 강점과 약점을 파악하고 보완하는 노력이 필요하다.

일상에서 품격을 높이는 노력은 다양하다. 매일 아침 거울을 보며 미소 짓고 긍정적 생각을 하는 것도 좋은 방법이다. 이런 아비투스는 하루아침에 만들어지지 않음을 명심해야 한다. 나는 20여 년 전《이미지 메이킹》이란 책을 우연히 접하고 미소 짓기 연습을 지금까지 이어오고 있다. 예술에 문외한이었지만 예술을 즐기려 미술관이나 공연장을 찾거나 독서로 지식을 쌓곤 했다. 이 모든 것이 조화를 이룰 때 비로소 품격이 자연스레 따라온다.

저질체력이었던 나는 수년 전부터 매일 걷기와 중장거리 걷기, 근육운동 등을 혼용해 지금은 최상의 컨디션을 유지하고 있다. 건강한 식습관 유지와 규칙적인 생활은 건강 축적에 빼놓을 수 없다. 평범한 옆집 엄마였던 내가 인맥 확장과 평생교육의 차원에서 몇몇 조찬모임 등에 나간다.

또한 봉사활동의 일환으로 책쓰기를 돕는 스마트폰과 챗GPT를 활용한 책쓰기 강좌를 열어 '1인1책갖기 새마음운동'에 기여하고 있다. 마지막으로 타인을 돕는 것은 인생의 방점을 찍는 것과도 같다. 사랑의 꽃밭에 씨앗뿌리기에 해당한다. 우연찮게 미얀마 유학생들을 돕는 '코미희망장학회'의 단장을 맡아 활동 중이다. 이로 인해 오히려 돕는 내가 더 행복하고 삶의 희망이자 원동력이 되고 있다. 이런 '아비투스'를 생활화해 품격을 높이고 중년의 사치까지 누릴 수 있다. 일거양득이다. '중년의 사치'란 자신의 삶을 스스로 조정하며 품격 있게 최상층으로 사는 것을 의미한다.

올해 77세인 배우 윤여정이 2021년 4월 25일 한국 배우 최초로 아카데미 여우조연상 트로피를 안았다. 윤여정은 중년에 늦게 인생의 최전성기를 맞고 있다. 그녀는 "전에는 생계형 배우여서 작품을 고를 수 없었는데, 이젠 좋아하는 사람들 영화에는 돈을 안 줘도 출연한다"라며 "마음대로 작품을 고르는 게 나이가 들면서 내가 누릴 수 있게 된 사치"라고 말했다.

그에 비할 바는 아니지만 필자도 그간의 책임감과 압박에서 벗어나 좋아하는 것을 골라 하는 '중년의 사치'를 누리기에 감사한 마음이다. 인생의 정원에서 중년은 아비투스의 열매가 수년간 자신의 심리적, 문화적, 지적 자본 등을 육성하여 키워낸 존재의 사치로 익어가는 계절이다.

모두가 이 아비투스의 길을 함께 걸으며 각자의 삶에서 중년의 사치를 누리길 바란다. 그것은 단순히 물질적인 풍요로움을 넘어 삶의 깊이와 풍성함을 경험하는 것이다. 일상에서 작은 변화를 시작하여 점진적으로 이 7가지 자본을 쌓아가는 것이 중요하다.

이렇게 쌓아온 아비투스는 삶의 품격을 자연스럽게 높여주고 궁극적으로는 더 나은 인간으로 만들어준다. 중년의 사치는 단순히 나이 든다고 해서 오는 것이 아니라 이렇게 꾸준히 노력하고 가꾸어온 결과물이다. 우리 모두가 자신만의 아비투스를 찾아 키워나가며 풍요롭고 품격 있는 중년을 맞이하길 희망한다.

◈ Profile

3060시니어연구원(원장), 수필가, 칼럼니스트, 객원기자, 디지털코칭협회 교육본부장

총각인가 아닌가

김영희(창원)

"여보, 우리 결혼하기 전에 하마터면 일이 어긋날 뻔 했지요. 당신이 우리 친정아버지와 약속을 어기고 약속 장소에 나오지 않았잖아요. 그 때 일 생각나요? 당신의 꿈은 소박했지요. 자식을 낳으면 예쁜 아이들을 엄마 아빠 손그네 태우며 걷을 거라고요." 마지막 심장이 멈출 때 남편의 얼굴로 눈물이 주르르 흘러내렸다.

우리는 1960년에 약혼식을 했다. 당시 나는 26살이었고 신랑감은 30세 은행원이었다. 그 나이면 그 당시 노처녀, 노총각에 속했다. 6·25 전쟁으로 어려웠던 피난 시절 나는 늦게 야간중학교를 졸업하고 사범학교에 어렵사리 입학했다. 3년간 가정교사 생활을 하며 졸업을 했다. 다행히 부산 모 초등학교 교사로 발령받았다. 나는 맏이로서 동생 넷을 돌보며 어려운 살림살이를 했다. 어느새 꿈꾸던 결혼 적령기도 훌쩍 넘기고 있었다.

때마침 같은 학교에 새로 부임한 구 선생님이 은행원을 내게 소개해 주었다. 당시에는 은행원이 신랑감으로 가장 인기가 있었다. 첫 만남에서 그는 내가 서울 출신이라는 것에 매료되어 즉석에서 청혼했다.

약혼식은 외갓집에서 거행하기로 했다. 외갓집은 산부인과 병원을 경영해 부유한 편이었다. 약 500평 정도 되는 정원과 주택을 보유하고 있어 외관이 화려했다. 그 덕에 내 환경이 초라해 보이지 않아서 좋았다. 약혼식은 양가 가족 몇 분과 상견례 비슷한 행사였다. 이 약혼식이 이루어지기까지 약 두 달 사이에 우여곡절이 많았다.

신랑감은 구 선생님의 학부형인 은행 지점장 대리를 통해서 연결되었다. 그때는 서로 교제를 많이 하지 않았더라도 약혼식을 거치고 그 후에 교제하면서 결혼을 하는 경우가 많았다. 나는 아버지께 결혼상대자가 생겼다고 말씀드렸더니 듣던 중 반가운 소리라며 사윗감을 만나러 지체 없이 부산으로 내려오셨다.

아버지는 사윗감을 만나보시더니 마음에 드셨는지 그 즉시 "자네 의견은 어떤가?"라고 의중을 떠보았다. "네, 김영희 선생님과 결혼하고 싶습니다." 그 말에 옳거니 하고 아버지는 성미도 급하게 다음날 토요일 근무 마치고 부산 영도의 외갓집으로 3시까지 오라고 말씀하셨다. 약속한 날 3시가 되고 4시가 지나 5시가 되어도 신랑감은 나타나지 않았다. 그 당시에는 전화가 없던 때라 연락도 안 되었다.

신랑감이 장인 될 분과의 소중한 약속을 어길 정도라니, 무슨 일일까 궁금하기 짝이 없었다. 그날 밤 나는 마음을 조리며 밤을 꼬박 지새웠다. 다음 날이 일요일이라 어쩔 수 없이 월요일 아침 일찍 구 선생님을 만나 토요일에 있었던 해프닝을 전했다.

그 말을 들은 구 선생님은 부랴부랴 신랑감이 근무하는 은행으로 찾아갔다. 중매해 준 학부형인 은행 대리를 만나 어긋난 약속의 자초지종을 들었던 모양이다. 중매자인 은행 지점장 대리가 신랑감 조 씨에게 그 사실을 물었더니 신랑감 조 씨는 결혼을 무효화하겠다고 했다고 한다. 오해로 빚어진 어처구니없는 일이 벌어졌던 것이다. 내막은 이랬다.

우리 아버지가 모 다방에서 신랑감 조 씨를 처음 만나 약속한 그날에 사달이 벌어졌다. 조 씨를 만난 후 아버지는 부산에 내려온 김에 옛날 외갓집 근처에 살던 지인을 만났다. 지인에게 모 은행에 다니는 사윗감 후보를 만나러 왔다고 했다. 오지랖 넓은 김 사장은 대뜸 아버지에게 "내가 그 은행거래를 많이 하고 있으니 그 사윗감을 한번 알아봐 줄게"라며 나섰다.

이튿날 토요일 은행 근무 시간이 끝날 즈음, 김 사장은 신랑감을 탐문하러 은행으로 갔다. "무슨 일로 오셨습니까?"라고 묻는 은행직원에게 김 사장님은 "조ㅇㅇ 씨가 어디 있노? 총각인가 아닌가 알아보러 왔다"라고 큰 소리로 말했다고 한다. 얼떨결에 그 소리를 들은 신랑감 조 씨는 기분이 매우 나빴다. 로비로 나가 떠드는 분을 만났다. "당신이 누군데 나를 알아보러 왔다는 거예요? 누가 시켜서 왔어요?"라며 불쾌히 말했다. 일없으니 그냥 가시라며 신랑감은 아주 냉정하게 돌아섰다고 한다.

그로 인해 그런 결혼은 안 할 것이라고 조 씨는 다짐했다. 모욕까지 당하면서 굳이 그 여선생과 결혼할 이유가 없었다. 신랑감 조 씨는 마음을 다잡고 약속한 시간에 나타나지 않았던 것이다. 그런 사실도 모른 채 아버지와 구 선생님과 나는 은행 근처 다방에서 기다렸다.

중매쟁이 격인 김 대리는 양쪽의 사정을 들어봤다. 순전히 오해가 빚은 일임을 알고 당황스러웠다. 기왕 마음먹은 것 김 대리는 신랑감 조 씨를 다방으로 호출했다. 꽤 오랜 시간이 지난 후 조 씨가 다방에 나타났지만 그는 나를 거들떠보지도 않았다. 다른 쪽에 있는 거래처 손님과 한 30분을 상담하고서야 김 대리 옆으로 자리를 옮겨 앉았다.

김 대리는 조 씨에게 "요번 일은 오해니까 아무 소리 하지 말고 8월

2일로 약혼식 날짜를 잡도록 해"라고 명령조로 말했다. 고민에 빠진 조 씨는 별로 시원한 대답을 하지 않았다. 일이 그렇게 되는 동안 나는 자존심이 상했다. 신랑감과 교제를 한 것도 아니고 정이 든 것도 아닌 처지에 미련 없이 내가 먼저 거절해야 되겠다고 생각했다.

나는 곧바로 공중전화가 있는 곳으로 가 신랑감에게 전화를 걸었다. "여보세요, 저 김영희입니다. 이제까지 일은 모두 없던 걸로 하겠습니다"라며 냉정하게 끊어버렸다. 여자의 자존심도 있는데 그러고 나니 속이 좀 후련했다. 한 치의 미련도 없었다.

그 후 일주일이 지난 어느 날, 다리를 놔준 구 선생님이 교실로 나를 찾아왔다. 은행원 조 씨가 미련을 가진 채 김 선생님을 다시 만날 수 있겠는가 의견을 전해왔다고 한다. 사실 신랑감한테 나쁜 감정을 가지고 있지는 않았다. 외모로 보나 자격으로 보나 괜찮은 신랑감이라고 생각했기에 자존심을 조금 내려놓고 다시 만나기로 결정했다.

약속한 시간에 다방에 들어가니 그가 먼저 와서 활짝 웃는 얼굴로 나를 반겼다. 그날 이후로 우리는 자주 만나서 사랑하게 되었다. 하마터면 총각, 처녀의 자존심 때문에 소중한 '사랑'을 놓칠 뻔 했다는 사실에 웃음을 짓기도 했다. 우여곡절 끝에 그해 10월 26일 결혼했다.

'약속'이란 신뢰이고 인격이다. 세상을 살면서 뜻하지 않은 일로 약속이 깨어지는 일들이 허다하다. 특히 중요한 일은 결혼문제이다. 인생의 운명을 좌우하는 남녀 간의 선택이 평생을 좌우한다. 순간의 자존심과 말실수로 선택의 기로에서 어긋나 일생을 후회하며 산다면 얼마나 안타까운 일인가. 지나고 보니 가슴속에 뜨거운 사랑을 느낀다면 숨기지 말고 정열적으로 그 사랑을 표현하는 용기가 필요하다고 본다.

냉정하게 결별 선언했던 나를 다시 만나게 해달라고 했던 남편의 용기가 없었다면 우린 어떻게 되었을까. 그가 중매자인 구 선생님을 찾아가 김 선생과 결혼하고 싶다는 의견을 전한 것은 대단한 도전이었다. 남편은 1남 3녀에게 좋은 아빠였고 본인이 부모에게서 받지 못한 아버지의 사랑을 아이들에게는 주려고 노력하며 살았다. 우리의 사랑은 시간이 갈수록 더욱 깊어지며 주위 사람들이 우리를 천생연분이라고들 하곤 했다.

그 남편이 막바지에 노환으로 2년간 요양병원 생활을 하다가 84세의 10월에 평화로운 천국으로 돌아가셨다. 나는 남편이 숨을 거두는 순간, 귀에 대고 30여 분간 귀엣말로 속삭였다. "우리가 못 다한 '사랑' 아무 방해자도 없는 평화로운 천국에서 다시 만나 더 뜨겁게 사랑해요"라고.

우리의 부부의 연은 오해와 화해 자존심과 용기가 빚어낸 아름다운 결실이다. 나는 천국에 가 다시 만날 그날을 기다리며 우리의 사랑을 더욱 소중히 간직하리라. 우리의 사랑이 모든 장벽을 녹이는 열쇠임을 60년 세월이 증명해 주었다.

◆ Profile

부산사범학교 졸업, 초등학교 교사 13년, 마산가곡부르기 회원,
전) 창원가곡부르기 회장, 디지털책글쓰기9대학 회원

시도선생(時刀先生)

김용일

내 나이 고희를 넘겼다. 주경야독으로 대체의학을 서른의 나이에 시작했으니 족히 마흔은 넘은 것 같다. 지금은 서울 광화문에 대체의학 연구소를 개설하고 연구와 집필에 전념하고 있다.

나는 사혈요법 전문가로서, 수많은 환자들의 건강을 회복시킨 경험을 가지고 있다. 사혈요법은 모세혈관에 쌓인 어혈을 제거하여 혈액순환을 촉진하고 체내 노폐물을 배출시켜 건강을 증진시키는 치료법이다.

이 치료법으로 병을 고친 성공 사례가 수도 없이 많다. 몇 가지만 소개하면, 온몸이 아토피로 인해 삶을 포기하다시피 한 젊은 대학생을 낫게 한 일, 40여 년 이상을 위장병으로 고생한 사람을 3개월 만에 완치시킨 사례와 현대의학으로도 못 고친 여러 질환을 비롯하여 대상포진, 만성안과질환, 구안와사, 만성두통, 족저근막염, 회전근개파열, 하지정맥, 척추질환 어깨통증, 무릎관절, 심장질환, 간장병, 다리저림, 대퇴부무혈괴사, 호흡기 질환 등등 혈액순환이 안 되어 발생하는 모든 질병을 고친 사례 등이 있다.

사혈요법은 치료와 예방을 동시에 완벽하게 할 수 있는 탁월한 의술이다.

건강이 나빠지면서 나타나는 통증, 즉 아프고, 쑤시고, 저리고, 마비가 오고, 아려오고, 화끈거리고, 욱신거리고, 시끈거리는 증상 때문에 고통 받는 사람이 얼마나 많은가. 누구든지 병에 걸리면 삶의 질이 무너지고, 가족들의 걱정과 고통이 가중되면서 가정의 행복과 평화는 무너지는 결과를 초래하는 경우가 많다. 아픈 사람을 고쳐주는 게 나의 공부법이었다. 어느 날 내가 가지고 있는 의술을 통하여 몸이 아픈 사람의 고통을 덜어주는 게 나의 주어진 사명이라는 생각이 들었다.

그런 생각을 하게 된 동기는 수많은 사람들로부터 도움을 받고 살았지만 조금도 보답을 못하고 허송세월하고 있다는 사실을 깨달은 뒤부터다. 부모님의 은혜와 조상님의 음덕, 일가친척이나 선후배와 동료들의 보살핌 그리고 읽어본 책의 저자들과 의식주의 근원을 제공해 준 숱한 사람들과 물심양면으로 나를 도와준 많은 사람들의 고마움을 어떻게 갚아야 하나? 그리고 자연이 주는 무한대의 혜택, 즉 공기와 물, 바람, 햇볕 등등 공짜를 제공받으면서 값을 지불하지 않고 사용하는 것들은 얼마나 많은가.

여기서 시조 한 수를 감상하고 넘어가자.

말 없는 청산(青山)이요, 태(態) 없는 유수(流水)로다.
값 없는 청풍(淸風)이요, 임자 없는 명월(明月)이라.
이 중에 병(病) 없는 이 몸이 분별(分別) 없이 늙으리라.

조선조 성혼(成渾, 1535~1598)이 쓴 시조로 말 없는 청산과 꾸민 모양 없는 물을 벗하여 청풍명월을 즐기며, 세상의 속된 욕심으로 근심할 것 없이 마음 편하게 살아보겠다는 심정이 엿보이는 내가 좋아하는 닮아보고 싶은 글이다.

내 삶을 윤택하게 해준 모든 것들에 대한 감사함을 표현하는 방법은 없을까?

어떻게 해야 은혜를 조금이라도 갚을 수 있을까?

모든 사람들의 신세에 보답하는 길이 무엇일까? 생각하던 중 내가 잘하는 일을 통하여 봉사하면 될 것이라는 판단을 하게 되었다. 건강을 잃은 사람들에게 희망의 존재가 되는 것, 몸이 아픈 사람들을 안 아프게 해주는 것이라고 생각하고 이를 실천하기로 했다. 그렇게 해서 만난 분들이 대략 7,000명 정도 된다.

그중에서 나에게 "시간 약속이 칼 같다" 하여 '시도선생(時刀先生)'이란 별칭을 만들어 준 분에 대한 얘기를 하고자 한다.

10여 년 전, 나는 서울 남산의 한 아파트로 매주 수요일 오후 2시에 출장을 다녔다. 그곳은 육군사관학교 출신의 예비역 장성의 집이었다. 나는 그분의 군인정신과 철저함을 존중하며, 작은 실수도 하지 않기 위해 항상 다짐했다.

수요일 아침이면 나는 서둘러 출장 준비를 마치고 지하철로 이동했다. 아파트 현관에 도착하여 정확히 2시에 초인종을 눌러 도착했음을 알렸다. 6개월 동안 24주를 방문했으니, 총 24번 이상을 간 것이다.

매번 정각 2시에 초인종을 누르다보니 시간 약속이 정확한 사람으로 인정했다. 단 한 번의 예외도 없이 시간을 정확히 지키자, "선생님처럼 시간을 잘 지키는 사람은 처음이오. '시간 시자 칼 도자'를 써서 시도선생이라 불러야겠소"라는 말을 들었다. 그렇게 해서 시도선생이라는 별명을 얻었다. 나는 지금도 이를 마치 무공훈장처럼 마음속에 간직하고 있다. 그 뒤로 그분과 좋은 관계를 유지하며, 지금도 그 인연을 소중히 생각하며 시간 약속의 중요성을 되새긴다.

나는 신뢰의 출발점이 시간 약속이라고 믿는다. 사람들과 약속을 할 때, 100% 신뢰할 수 있는 사람, 절반만 믿음이 가는 사람, 약속을 지키지 않을 것 같은 사람이 있다. 시간 약속을 잘 지키는 것은 타인과의 신뢰를 쌓고, 자신의 이미지를 향상시키는 데 중요하다. 또한 자신과 타인의 시간을 존중하고 책임감을 갖게 되어 건강한 인간관계를 유지하는 데 도움이 된다고 굳게 믿는다.

◆ Profile

Up그룹 대체의학연구소장, 천하대의장 김경서(응서)장군기념사업회 회장,
(사)대한사랑 송파강동지부장

돈은 가지고 있는 사람 것이 아니라, 쓰는 사람 것이래요

김천규

"할아버지, 저 고등학교에 안 갈 거예요."

손주 리치가 선언하듯 말했다.

"학교는 왜 안 갈 건데."

내게는 폭탄선언이었다. 당황스러웠지만 침착하게 마음을 가라앉히고 물었다.

중학교 졸업식 날 아이에게 충격을 주지 않으려는 마음에 조심스러웠다. 고등학교에 가지 않겠다는 말에 당혹스러워 손주 리치와 무거운 대화를 나누었다. 그리고 시간이 꽤 흘렀다. 가을이 서서히 깊어 갔다.

오늘은 순주 리치를 만나기로 한 날이었다. 보슬비 내리는 10월 하순인 오늘, 손주와 일대일로 만나기로 약속했다. 기대와 걱정이 교차했다. 조금 있으니 멀리서 뛰어오는 훌쩍 커버린 손주 리치의 모습이 보였다. 고등학교 3년이란 시간이 아깝다며 진학하지 않겠다고 하여, 가족 모두를 당황하게 했던 리치였다.

걱정과는 달리 16세의 아이가 6개월 만에 우수한 성적으로 고등학교 졸업 자격을 얻었다. 그리고 자신이 선택한 서울 종로에 위치한 경험 중심 교육 학교인 '거꾸로 캠퍼스'에서 열심히 공부하며 스스로의 길을 개척하고 있었다. 좋은 소식이 있었음에도 리치의 선택에 두려움과 염려가 아직도 남아있었다. 정작 리치와 아이의 부모는 왜 걱정을 하냐며 우리에게 반문했다. 아이 부모의 마음과 할아버지와 할머니 마음에 간극이 있었다.

리치와의 일대일 만남은 오늘이 처음이었다. 항상 가족과 함께 만났다. 오늘처럼 둘만의 시간을 가지는 것은 매우 색다르고 특별한 경험이었다. 내가 리치에게 점심 식사 제안을 했다. 리치는 생기발랄했다. 구김살이 없는 아이였다. 정작 내가 은근 설레고 있었다.

반갑게 만나 식당은 어디로 갈 것인지 내가 물었다.

"제가 알아본 칼국숫집이 있어요. 할아버지."

나를 안내했다. 리치는 할아버지를 위해 식당을 준비해 놓았다. 어른스러운 모습에 대견스러웠다. 할아버지를 위해 잡은 식당은 '혜화칼국수'집이었다.

"그 식당은 할아버지가 옛날에 다니던 집인데 어떻게 알았어?"

나의 물음에 리치는 환하게 웃으며 답했다. 얼굴에 꽃이 피어나는 듯했다.

"엄마가 할아버지께서 칼국수를 좋아하신다는 얘기를 듣고 인터넷으로 맛집을 찾아보았어요."

아이는 커 있었다. 흐뭇했다.

우리는 우산을 받쳐 들고 로터리를 지나 큰 도로를 건넜다. 우측 언덕길로 올라가자 '혜화칼국수'라는 간판이 보였다. 순간 옛날의 추억이 떠올랐다. 허름한 식당에서 직장인들이 줄을 서서 기다리던 모습 그대로였다.

"옛날엔 칼국수와 먹음직스러운 삶은 문어 한 접시에 시큼한 막걸리를 반주로 먹었는데, 오늘은 무엇을 먹을까?" 리치에게 물었다.

"오늘은 칼국수에 수육 소자를 시키고, 제가 대접하려고요."

리치가 의젓하게 말했다. 리치의 당당한 모습에 살짝 놀랐다. 마음 안에 훈훈한 기운이 차올랐다. 떨어져 있던 잠깐 동안 아이는 성장했다.

"그래도 그렇지, 학생이 무슨 돈으로 음식을 대접하려고 해?" 내가 물었다.

"지금까지 받기만 해서 처음으로 할아버지께 대접하려고 알아봤어요." 리치는 흔쾌히 대답했다.

손주의 말에 할아버지인 나는 깊은 감동을 받았다. 항상 어리광만 부리던 리치가 이제는 누군가를 위해 준비하고 배려하는 모습을 보였다. 많이 성장했다는 생각이 들었다. 식사를 마치고 리치가 나가 먼저 계산하려던 때, 리치의 카드 잔액이 부족이라는 메시지가 떴다. 순간 리치는 핸드폰을 들더니 결제 통장으로 현금을 이체하였다. 아직 미성년자여서 신용카드가 없었고 현금같이 사용하는 체크카드만 있었다.

지켜보던 카운터의 주인은 웃으면서 말했다.

"학생이 돈을 계산하네?"

"오늘은 제가 할아버지께 점심을 사드리려고요."

리치가 아주 당연한 일을 한다는 듯이 대답했다.

착한 마음씨를 가진 학생이라며 종업원들과 주인이 칭찬을 했다. "미리 알았다면 음식을 서비스 했을 텐데"라며 아쉬워했다. 옆에서 바라보며 내 입가엔 흐뭇한 미소가 번졌다. 정말 뿌듯했고, 리치의 성장한 모습에 감사함을 느꼈다. 할아버지 마음에 빨간 풍선이 하늘로 올라가고 있는 듯했다.

식사를 마치고 시간이 남아 음료수를 마시기로 했다. 리치는 학교 근처에 좋은 커피숍 몇 군데를 알아보았다고 했다. 할아버지를 고려해 조용한 곳을 알아놓았다고 했다. 유명한 커피숍이었다. 내부는 대화하기에 충분히 조용하고 편안한 분위기였다.

"리치는 어떤 음료를 좋아해?" 내가 물었다.

"사실 이런 곳에 와본 적이 없어서 잘 모르겠어요." 나의 질문에 리치는 솔직하게 말했다.

"그런데 여기를 어떻게 선택했어?" 내가 다시 물었다.

"할아버지께서 아메리카노 커피를 좋아하신다고 하셔서 이곳을 알아봤어요."

리치의 말에 더욱 정감이 갔다.

"오늘은 리치와 함께 달달한 카페라테를 마시고 싶은데 괜찮겠어?"

리치가 라테 두 잔을 주문했다.

음료를 마시며 우리는 학교 친구들에 관한 이야기, 요즘 진행하는 프로젝트 내용, 리치가 앞으로 하고 싶은 일들에 대해 깊은 대화를 나누었다. 새로운 희망을 볼 수 있었다. 리치는 자기가 세운 루틴을 완전히 실행하고 새벽과 밤에는 운동하며, 책도 많이 읽고 정리하는 습관이 생겼다고 했다. 건강을 위해 술과 담배는 안 좋다는 것도 책을 통해 알았으며, 본인은 그걸 입에 대지 않겠다고 했다.

어릴 때부터 취미 삼아 시작한 골프도 시간이 많이 소모되어 당분간 그만두고 프로젝트에 전념하고 있다고도 했다. 한 가지 놀라운 것은 부모에게 말 없이 화내고 대화하길 거부하던 아이가 부모님을 존경한다고 자신감 있게 말하며, 자기를 위해 헌신하는 것에 감사하다고도 했다. 놀라운 변화였다.

"리치는 앞으로 무얼하고 싶어?" 내가 물었다.

"지금은 마음속에 씨앗을 심어 놓았으니 잘 자라도록 물만 주면 돼요."

순간 놀랐다. '어린애가 어떻게 이런 말을 하지' 하며 말문이 막혔다. 어른도 하기 어려운 말을 손주 리치가 자연스럽게 하고 있었다. 내 마음 안에서는 리치에 대해 괜한 걱정을 하고 있었구나 하는 마음이 들었다.

이야기를 들으며 손주의 성장한 모습에 놀랐고, 또 요즘 젊은이들의 각기 다른 입장을 이해할 수 있었다. 단기간에, 부모의 지시에 따라 수동적으로 학습하던 습관에서 벗어나 이제는 스스로 목표를 세우고 실행하는 능동적인 청년으로 변모해 있었다. 평안하고 진지한 표정과 열정적인 이야기는 나에게도 큰 자극이 되었다.

리치의 변화는 자발적인 학습 능력과 자기 성찰하는 능력을 일깨워 주는 자기주도학습과 주제발표 및 협동학습과 프로젝트기반교육을 통해 스스로 연구하고 토론하며 문제를 해결하는 능력을 습득함으로써 얻어진 교육의 결과로 보였다. 진정한 교육의 본질임을 깨닫게 되었다.

헤어질 시간이 되어 만날 때마다 주던 용돈을 주려다, 리치가 처음으로 누군가에게 대접하며 느낀 배려와 나눔의 기쁨을 오래토록 간직하게 하고 싶어 모르는 체했다. 용돈은 집에 들어와 흐뭇한 마음으로 저녁 늦게 리치의 통장으로 이체했다.

아내는 리치가 집에 와서 엄마에게 한 말을 전했다. 지금까지 계속 받기만 했는데 처음으로 할아버지께 점심을 대접한 것이 너무 기뻐 날아갈 것 같은 기분이었다고 했다. 아내는 웃으면서 나에게 전해주었다. 손주 리치가 자기 엄마에게 오늘 있었던 일에 대해 한 말을 귀띔했을 때 내 입가에 감사의 미소가 흘렀다. 리치는 아빠에게 할아버지, 할머니께 자주 전화드리라는 부탁도 했다고 한다. 윗사람을 공경하는 마음을 가진 성인이 된 것 같은 의젓함이 느껴졌다.

짠돌이 리치가 그토록 아끼던 용돈을 모아 큰돈을 쓰게 된 경험이 얼마나 큰 기쁨으로 남을지 짐작이 갔다. 더 가슴을 울리는 말이 있었다. '돈은 가지고 있는 사람 것이 아니라, 쓰는 사람 것이래요'라고 했단다. 아내를 통해 리치가 한 말을 전해 듣는 순간 소름이 끼쳤다. 고마움과 감사가 넘치는 소름이었다. 얼마나 다행스러운 변화인가.

생태학에서는 모든 생물은 환경에 따라 적응하고 자라나며, 인간 역시 그러하다고 한다. 나도 때로는 리치가 빨리 자라서 더 큰 사회에 필요한 인재가 되기를 바라는 마음에 조바심이 있었다. 또한 공교육에 참여하지 않는다는 것은 감히 생각할 수 없었다. 괜한 걱정이었다. 오늘 특별한 만남을 통해 깨달은 점이 있었다. 리치가 자신의 속도대로 성실하게 성장하도록 환경과 과정을 만들어주고, 기다려주는 것이야말로 리치의 행복을 위한 지름길이라는 사실이었다. 리치를 만나 당당한 모습을 보니 안심과 자부심이 느껴졌다. 그리고 리치와의 오늘 약속은 특별하고 감동적인 시간으로 남았다.

강물은 강물의 속도로 흐른다. 산은 산의 속도로 나무를 기르고 숲을 기른다. 리치는 리치의 속도가 있을 것이다. 리치는 리치의 속도에 맞춰 성장할 것이다. 흐르는 강물처럼, 숲을 기르는 산처럼 리치가 가는 길을 묵묵히 지켜보고 응원할 것이다. 오늘의 약속이 우리의 마음속에 오랫동안 따뜻하게 남아있기를 바라며, 깊이 감사하는 마음으로 하루를 마무리했다. (리치는 손주의 이름이다. 학교에서 부르는 닉네임으로 마음과 재력의 부자를 꿈꾸며 지었다고 한다.)

♦ Profile

미얀마선교사(목사), 교육학 박사, 전) 삼성그룹 임원, 전) 대학 교수

깨진 유리창

해강 김한진

꽃피는 봄날 아파트 베란다 유리창이 깨졌다. 유리창을 깨끗이 닦는다는 것이 실수로 유리창을 잘못 건드려 와장창 깨져 버린 것이다. 깨진 유리 조각을 주워 모아 보지만 한번 깨진 유리창 다시 붙일 수는 없다. 사람 사는 세상에 유리창만 깨진다? 정말 그럴까?

지난 봄, 나는 오래간만에 친한 친구와 소주 한잔하며 점심을 같이 먹었다. 나는 그 자리에서 부산 해운대에 당일치기 여행을 가기로 그 친구와 약속했다. 나는 기분이 너무 좋았다. 누가 말했던가 "봄은 꽃이 아니더라도 좋아라"라고. 우리는 약속을 확실히 하기 위해 바로 서울역에 가서 왕복 티켓을 끊었다.

여행 일정은 부산에서 고등학교를 나온 내가 짰다. 대략적인 일정은, KTX를 타고 부산역에 도착한 후 지하철을 이용해 서면에서 해운대로 이동한다. 그곳에서 바다를 바라보며 점심으로 싱싱한 회 한 접시를 먹고 함께 모래사장을 걷는다. 그리고 해운대 근처에 있는 동백섬 둘레길을 둘이서 한 바퀴 거닌다. 올 때는 자갈치시장 둘러본 후 저녁을 먹고 KTX 타고 다시 서울로 오는 일정이다.

모처럼 부산 여행 꿈에 기분이 한껏 부풀었다. 우리는 차 한잔하고 헤어졌다.

그런데 여행을 앞두고 내가 어느 모임 친구들과 국립박물관을 관람하고 있을 때다. 해운대 가기로 약속 한 그 친구로부터 한 통의 전화가 왔다. 나는 여행 가는 날이 며칠 안 남아서 좋은 소식을 전하려는 것이라고 생각했다. 웬걸 그게 아니다. 그 친구는 다짜고짜 화를 버럭 낸다. "저 말고 다른 사람에게 문협에 가입하는 방법을 왜 가르쳐 줬나요?" 하며 말을 쏟아 붓는다. 내가 자세히 설명하려 해도 막무가내였다. 여행 가는 날이 며칠 안 남아서 좋은 이야기가 나올 줄 알았던 나는 기대가 무너지고 말았다. 그 친구는 자기도 모르게 내가 한 것이 잘못이라며 불편한 심기를 마구 드러냈다. 그리고 며칠 지나는 동안 내게도 여러 가지 어려운 점이 있었다.

그런데 그것보다도 그 친구는 나에 대한 불만의 표시로 여행 약속을 못 지키겠다며 어렵게 예약한 티켓을 취소해 버렸다. 여행 약속은 깨지고 말았다. 허무한 약속 깨어진 유리창 시 한 수로 마음을 달래본다.

깨어진 유리창

물방울이 옥구슬처럼 구르던 유리창도 한번 깨지면
다시 꿰맬 수 없듯이 약속도 한번 깨지면 다시 엮기 힘들다.
너와 나의 허무한 약속 지금 와서 생각해 보면
티눈이 박혔던 것을 호호 불어 조심스레 뽑아 주면 됐을 걸
뒤늦게 후회 한들 무슨 소용이 있나
해운대 동백섬에 홀로 찾은 장년의 노신사 바닷가 인어공주 보고
회심의 눈물을 보인다.

올해 폭염으로 나는 늦은 여름에 가족과 함께 해운대에 놀러갔다. 그 친구와 했던 약속 코스와 비슷한 일정이다. 태풍 종다리 때문에 해수욕은 못하고 온천수에서 물놀이도 하고 해변열차 관광열차도 탔다. 그렇게 신나게 하루를 보낸 뒷날 아침에는, 가족들이 잠자고 있어서 혼자 동백섬 둘레길을 돌았다. 너무나 풍광 좋은 둘레길이다. 그러나 그 때 갑자기 생각나는 것은 몇 달 전에 친구와의 해운대 가기로 한 깨진 약속, 그 생각이 머리에 떠올랐다. '만일 그때 그 친구와 해운대를 걷고 맛있는 회를 먹고 동백섬을 돌았다면 얼마나 좋았을까?' 그러나 깨진 유리창을 다시 붙일 수 없었다. 그래도 올해는 해운대 구경 운이 따랐나 보다. 즐거운 가족 여행을 하게 되었다. 깨진 유리창을 대신하여 동백섬을 홀로 걷는 심정을 시 한 수로 그려본다.

동백섬 이야기

무궁국 황옥 왕비가 수정국 인어공주 시절을 그리워하며
동백섬 바닷가 돌 바위에 꼬리를 틀고 앉아
해운대 먼 바다를 바라본다.
옛 이야기 새록새록 토해내는 아름다운 모습
나 홀로 찾은 내 마음을 녹여준다.
고기잡이 나간 어부를 애타게 기다리다 죽은
아내의 피맺힌 한스러운 영혼이 붉은 동백꽃으로 피어나고
해운대란 이름을 남긴 최치원은 오늘도 동백섬을 굳건히 지키고 있다.
동백꽃향기 안개비가 내리는 동백섬에 해변 길 따라 출렁다리 건너
파란 바다를 지켜주는 하얀 등대 바라보며
걸어도 걸어도 그 친구는 보이지 않네

이번 여행 약속도 유리창처럼 한번 깨지면 다시 주어 담을 수 없었다. 그러나 그것을 대신하여 새로운 여행이라는 행운이 따랐다. '깨진 약속', 어쩌면 그것이 시가 되고 수필이 되는 건 아닐까 한다.

◆ Profile

연세대 정외과 행시15회 전상공부 이사관, 행정학박사, 시인, 수필가, 평론가.
저서: 시집 《삶이 뭐길 래》《숲속의 울림》, 수필집 《삶의 길목에서 백양로》

어느 5월 밤의 약속

김효곤

"새아가, 우리 한 이틀 더 있다 가면 안 되겠냐?"

어머니가 머뭇거리며 미안하다는 듯이 아내에게 말했다. 아내가 어디 편찮으시냐고 여쭈니 진작부터 어지럽고 머리도 아팠는데 오늘은 설사까지 난다고 하셨다. 아내는 그렇게 하자고 하면서 내일 병원에 모시고 가겠다고 했다. 우리 부부는 결혼 후 2년 만에 처음으로 부모님을 서울로 모셔서 창경원, 남산, 동대문시장을 차례로 구경시켜 드리고 다음 날 돌아갈 기차표까지 사 둔 참이었다.

1966년 5월 10일 아침, 날씨는 화창하고 맑은데 집안 분위기는 어쩐지 침울했다. 어머니를 모시고 동네 병원을 거쳐 결국 대학병원으로 갔다. 여러 가지 검사를 마치니 밤 8시가 넘었다. 어머니는 병상에 누운 채 애처로운 눈망울로 나를 바라보고 있었다. 담요랑 몇 가지 필요한 물건을 가지러 잠깐 집에 다녀오겠다며 병실 문을 나서려는데 어머니가 부른다. "야야! 오늘 저녁에 꼭 와야 헌다." 걱정 마시라며 10시 전에는 꼭 오겠다고 약속을 하고 병실을 나왔지만 느낌이 좀 이상했다. 평소에 어머니는 그렇게 다짐을 받거나 매사를 까다롭게 하는 분이 아니기 때문이었다.

택시를 타고 집에 왔는데 아내가 갑자기 토하고 설사하고 몸을 가누지 못한다. 하루 종일 몸과 마음이 힘들었던 모양이었다. 얼른 어머니에게 가야 하는데 몹시 당황스럽고 막막하였다. 인근 병원에 갔더니 주사 맞고 약 먹고 안정을 취하면 괜찮을 거라고 지극히 메마른 말을 한다. 그래도 많이 걱정했는데 천만다행이었다. 집에 오니 밤 11시가 넘었다. 아, 큰일 났구나! 아내는 거동이 불편하고 병원에 가져갈 물건도 아직 챙기지 못했다. 그렇게 안절부절못하는 사이에 통행금지 사이렌이 귓전을 때렸다. 이날따라 그 소리가 가슴을 후비며 절망처럼 다가왔다.

오늘 저녁에 꼭 와야 한다고 하던 어머니의 말이 밤새도록 귓전에 맴돌았다. 집에 전화도 없어 아무런 대책도 없이 밤새도록 애간장만 태웠다. 그렇게 밤은 가고 날이 밝았다. 여섯 시에 허둥지둥 담요랑 수건 등 몇 가지 물건을 싸들고 집을 나섰다. 아내도 푸석푸석한 얼굴을 하고 따라 나섰다. 혜화역 버스정류장에 내려서 온 힘을 다해 병원으로 뛰었다.

가까스로 병실 문을 열었더니 방안이 텅 비어있다. 온몸에 소름이 싹 돋았다. 간호사에게 환자 어디 갔느냐고 물었더니 새벽 두 시에 운명하셨다고 한다. 뭐라고? 어머니가 돌아가셨다고! 나는 악을 쓰고 어머니를 부르면서 시신이 안치되어 있다는 지하 냉동실로 허겁지겁 뛰었다. 문 앞에서 혼자 서성대고 있는 아버지를 보니 뜨거운 눈물이 왈칵 쏟아졌다. 아버지는 지켜주지 못해 미안하다면서 목이 메어 말을 잇지 못하고 울먹였다. 그러고 나서 의사 선생 말씀이 혈액암이 전신에 전이되어 많이 고통스러워했을 거라고 하면서 또 목 놓아 우셨다. 나도 울고 아내도 따라 울었다.

그 아픔을 참고 진통제로만 순간들을 견디셨던 어머니.

그토록 오고 싶었던 서울 큰아들 집에 와서 그렇게 쉽게 가신 어머니.

태어나서 효도 한 번 못 해본 아들이 처음으로 약속을 했는데 그 약속도 못 지킨 불효자식.

꼭 온다던 자식을 기다리면서 식어가는 육신을 쥐어짜면서 병실 문이 열리기를 학수고대했을 어머니.

얼마나 초조하게 안타까운 시간을 헤아렸나요?

어머니, 너무나 죄송합니다.

그날 밤 마지막 하시고 싶은 말씀이 무엇이었기에 꼭 오라고 하셨나요?

혹시 당신은 마지막 가시는 시간까지도 다 알고 계셨다는 말인가요?

불초 이 자식이 약속을 지키는 것은 아주 쉬운 일이었어요.

어머니가 곧 떠나실 줄 알았다면 어찌 제가 집에 갔겠어요.

밤이 열두 번 새더라도 당신 곁에서 지켜드렸을 거예요.

당신의 애끓는 소원을 눈치채지 못한 어리석은 자식은 원통하고 분해서 울고 또 웁니다.

속죄할 길이 없습니다.

아버지에게서 들었어요. 항상 머리가 많이 아프셨는데 병원에도 안 가셨다면서요?

8남매 키우느라 청춘이 허물어진 어머니!

나는 서울철도국에 부탁해서 전라선 열차에 화물칸 한 량을 배정받았다. 아버지는 객실에 모셔두고 아내와 함께 화물칸에서 어머니 시신을 모셨다. 완행열차라 여수까지 가는 데 10시간이 더 걸렸다. 무심한 밤 열차는 새까만 눈동자만 깜박거리면서 서러움에 몸부림치는 두 사람은 아랑곳하지 않고 때때로 요란한 기적소리를 울리며 남으로 남으로 기어가고 있었다. 간혹 목관(木棺)이 터지는 것처럼 "찌-익" 소리가 났다. 그 소리는 캄캄한 화물칸의 적막을 깨고 좁은 공간에 음산하게 울려 퍼졌다. 그럴 때마다 어머니가 살아 돌아오는 것 같은 착각 속에 어머니를 부르면서 관을 움켜잡고 통곡했다. 옆에 있던 아내는 귀신이 나오는 줄 알고 깜짝깜짝 놀라면서 나를 붙들고 부들부들 떨었다. 나는 아내를 끌어안고 안정을 시키면서 길고 긴 밤을 한숨과 죄책감으로 지새웠다.

전전긍긍하는 속에 밤이 가고 아침 해가 뜰 무렵 기차가 이리역에 도착했다. 화물칸에서 잠깐 내려서니 싱그러운 아침 햇살에 쪼그라진 육신이 풀리면서 살아있다는 것을 느꼈다. 온 세상이 찬란하고 바람도 잠시 멈춘 아름다운 오월이었다. 하늘도 무심치 않아 어머니 편히 가시라고 기원해 주는 것 같았다.

그때 아버지께서 허둥지둥 화물칸 쪽으로 다가 오셨다. 초췌한 모습의 아버지를 보니 서러운 눈물이 또 왈칵 쏟아졌다. 그렇게 엄중하신 아버지였는데 너무나 불쌍해 보였다. 아버지는 일찍이 홀로 된 할머니에게 효자 노릇 하느라 정작 아내에게는 혹독했던 남편이었다. 그런 아버지가 어머니 주검 앞에서 통곡하던 모습이 오래도록 잊히지 않았다.

어머니를 고향 선산에 모셔놓고 극락왕생하기를 빌고 또 빌었다. 쉬운 약속도 지키지 못한 죄인이 된 불효자식은 반세기가 넘도록 단 하루도 편한 날이 없었다. 하늘에 죄를 지으면 빌 데가 없다는 성현의 말씀, 자식이 효도하고 싶어도 부모는 기다려주지 않는다는 선인의 절규, 이제야 그 뜻을 마음으로 깨닫겠습니다. 어머니 죄송합니다. 불효막급한 소자는 오늘도 용서를 빕니다.

◆ Profile

전) 해양수산부 포항(목포, 제주)지방해양수산청장, 대한민국서예술대전 추천 서예가

보이지 않는 약속

♦

노영래

일요일 아침, 시내에 갈 일이 있어 버스를 탔다. 한산한 버스의 맨 앞자리에 앉아 차창을 스치는 도심을 넋 놓고 보고 있었다. 버스가 용산의 한 정류소에 정차하였고 기다리던 사람들이 승차하였다. 이때 "안녕하세요!"라고 밝게 인사하는 목소리가 들렸고 나도 모르게 시선을 돌렸다. 20대로 보이는 여성 3명이 버스를 타면서 차례로 버스 기사와 인사를 나누고 있었다. 이러한 인사 나눔은 고요함에 가깝던 버스 안의 분위기를 상쾌하면서 기분 좋게 바뀌게 하였는데 그 순간이 내게는 아침 햇살보다 더 신선한 느낌으로 다가왔다. 시내버스는 더 이상 단순한 대중교통수단이 아니라 일상에서 행복을 교감하는 장소의 한 곳이라는 점을 깨닫게 되었다.

현대 사회는 디지털 기술의 놀라운 발전이 이루어지는 가운데 경쟁이 심화되고 개성이 중시됨에 따라 자기중심적이고 폐쇄적인 특성이 강하게 나타난다. 자신의 이익을 우선 추구하고 이웃이나 공동체 등에 대한 관심이 떨어지는 현상이 날이 갈수록 팽배해지는 경향을 보임에 따라 우리 사회의 미래에 대해 염려하는 목소리도 많다. 그런데 나는 아침 버스에서 새로운 희망을 보았다. '우리 사회가 여전히 아름답구나!' '지금보다 더 나은 미래도 가능하겠구나!'라는 생각이 뇌리를 스치자 왠지 가슴이 뭉클해지면서 마음이 가벼워지고 기분까지 좋아졌다.

우리는 육체적으로 참 나약한 존재이다. 자연 상태에서 홀로 생존하기에는 가진 능력이 변변치 못하다. 추운 겨울을 버텨내기엔 털이나 지방층이 부족하다. 달리기를 잘하는 것도 아니고 나무를 잘 타지도 못한다. 이러한 인간이 지구촌을 지배하는 이유는 사회를 구성하여 전체의 삶을 안전하고 윤택하게 만드는 특출한 능력이 있기 때문일 것이다.

고대 그리스 철학자인 아리스토텔레스는 인간의 대표적인 속성을 사회성이라고 강조하였다. 인간은 사회적 속성을 갖고 있기 때문에 혼자 살 수 없다. 태어나면서부터 관계를 맺고 그 관계 속에서 삶을 영위하는데 신기하게 다른 동물들이 결코 흉내 낼 수 없는 무한의 시너지효과를 만들어낸다. 주어진 자연환경에 순응하는 삶에서 벗어나 자연의 이치를 발견하고 활용하여 더욱더 안정적이고 풍요로운 삶을 영위할 수 있는 사회를 스스로 만들어가는 놀라운 능력을 가진 것이다. 나는 종종 '인간이 어떻게 다른 동물들과는 비교할 수 없는 높은 시너지효과를 창출하는 사회를 형성할 수 있게 되었을까?'라는 생각을 하곤 한다. 우리 인간은 공동의 이익을 위해 협력한다. 언제나 각 개인이 갖고 있는 다른 능력을 공동의 이익을 위해 잘 규합하고 함께 노력하는 것이다. 이에 각 개인이 가진 능력은 비록 미약할지 모르나, 사회를 구성하여 상호 협력함으로써 개인으로서는 상상할 수 없는 문명을 창조할 수 있었다.

그러면 우리는 어떻게 이러한 협력할 수 있게 되었을까? 우리 사회에서의 협력은 '약속'에 뿌리를 두고 있다. 인간은 사회를 구성하는 일원으로서 생활하지만 본능적으로 자신의 안전이나 이익을 우선 추구하려는 경제적 동물의 속성을 갖고 있다. 이러한 개인의 사적 이익 추구로 인해 다른 사람이 손해 보지 않도록 하기 위하여, 그리고 넓게는 사회적 또는 공익적 이익이 훼손되지 않도록 하기 위하여 어떠한 장치가 필요하다. 우리가 사회생활을 하면서 다양한 형태의 약속을 하게 되는데 바로 그 '약속'이 우리가 협력하도록 유도하는 장치로서 역할을 하는 것이다. 이러한 약속은 여러 가지 형태로 존재한다. 어떤 약속은 법률 등으로 규정하여 지키도록 의무화되어 있으며, 어떤 약속은 상호 신뢰를 근간으로 이루어지는 것도 있다. 그런데 우리 사회에는 '보이지 않는 약속'이 있다. 우리는 정말 많은 것을 공개적으로 약속하지 않았지만 '마치 약속이나 한 듯이' 지키면서 생활한다. 부모와 스승을 공경하기, 나와 다른 사람의 다름을 인정하고 개성을 존중하기, 약자와 함께하기, 도서관에서 큰소리로 대화하지 않기, 엘리베이터에 먼저 온 사람이 먼저 타기 등과 같이 누구나 지켜야 하는 것으로 인식되는 사회적 약속인 예의범절이 있다. 그리고 다른 사람과 눈이 마주치면 가볍게 미소 짓기, 길에서 누군가와 부딪치면 먼저 미안하다고 말하기 등과 같이 소소해 보이지만 실천하면 함께하는 사람들을 기분 좋게 만드는 것들이 있다.

이와 같이 약속은 우리가 서로를 신뢰하고 협력할 수 있게 만드는 요소라 할 수 있다. 그런데 이러한 약속 중에서도 '보이지 않는 약속'이 으뜸이라 할 수 있다. 영국의 경제학자인 아담 스미스는 시장에 '보이지 않는 손'이 있어 사회 전체의 자원을 효율적으로 배분하고 복지를 증진시킨다고 하였다. 이와 비슷하게 우리 사회에는 보이지 않는 약속이 있어 사회 전체의 협력을 끌어내고 아름답고 살맛나는 세상을 만들어낸다. 보이지 않는 약속들이 잘 지켜지는 사회는 다른 사람으로 인해 눈살을 찌푸리게 될 일이 없고 언제나 밝고 활력이 넘쳐날 것이다. 약속하지 않은 것들도 잘 지켜지니 약속한 것들에 대한 지킴은 두말할 필요가 없다.

나는 오늘 시내버스에서 밝은 목소리로 버스 기사에게 인사를 건네는 젊은 여성들을 보면서 사소해 보이지만 행동하면 함께하는 모두를 기분 좋게 만드는 보이지 않는 약속을 찾아 실행하겠다고 다짐했다. 그리고 우리 모두가 일상생활에서 보이지 않은 약속까지 실천하는 아름답고 살맛나는 이상적인 사회가 이뤄지는 날을 꿈꾸어 보았다.

◆ Profile

현) 동국대학교 객원교수, 전) 한국은행 국장, 경영학박사

패배자의 눈물

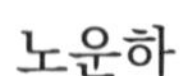

노운하

2011년 4월 1일 월례조회 도중에 나는 임직원들 앞에서 설움에 복받쳐 한없이 눈물을 흘렸다. 나도 모르게 콧물까지 흘리며 조회가 일시 중단되는 사태까지 발생했다. 전년도 목표 달성을 하지 못한 가슴 쓰린 패배자의 눈물로 나 자신이 너무도 미웠고 한탄스러웠다. 임직원들에 대한 한없는 미안함과 무기력한 허탈감에서 솟구쳐 나온 통한의 눈물이었다. 내가 이런 못난 모습을 보이기 위해 대표이사에 취임했는가라는 바닥 모를 되새김과 함께 나온 것이었다.

이는 임직원들을 행복하게 만들어야 한다는 무한 책임감으로 전율을 느끼게 했고 내 내면의 약속을 공고히 하는 새로운 동기가 되었다.

사람들 앞에서 울어본 적이 없었던 나로서도 어찌 그리 설움에 복받쳤는지 지금 생각해도 이해가 되지 않는다. 임직원들은 또 얼마나 어리둥절했을까? 10년 이상 강한 모습만 봐왔던 그들이 난생처음 흘리는 대표의 눈물을 보았으니 어떠했을까 상상이 간다. 그 당시 창피하다는 생각도 들었지만 한편으로는 후련한 느낌도 들었다. 그들에 대한 미안한 마음이 연중 가슴속 깊이 있었는데 눈물로 조금이라도 씻겨졌으리라고 자위했기 때문이다.

글로벌기업 파나소닉코리아의 한국인 최초 대표이사 사장에 취임한 지 1년이 되는 날이기도 했지만 2010회계연도(3월말 결산법인임)의 실적 공유와 새로운 회계연도를 시작하는 첫 날이었다. 전진의 깃발을 올려야 하는데 분위기는 초상집처럼 엉망진창이 되어버렸다. 지난 회계년도의 실적은 10% 성장 목표에 6% 성장으로 미달이었지만 한국 경제나 시장상황에 비추어보면 상당한 성과였었다. 하지만 그 결과로 인센티브 지급도 불가하고 연봉도 올리기 힘든 비참한 상황(관리지침 기준)이 되어버렸다. 전임 사장들의 경영하는 모습과 그들의 입지 및 행동거지를 보면서 늘 불쌍하다는 생각과 함께 절대로 이 회사의 사장은 하지 않으리라 다짐했건만 성공사례 몇 건으로 어쩌다 사장취임을 했다. 예년처럼 본사에서 쥐어진 목표를 열심히 수행했던 것뿐이었는데 결과는 일반적인 수준이 아니고 참담한 것이 되었다.

정신이 버쩍 들었다. 이렇게 본사 지침에 끌려다니다가는 모두가 열심히 일하고도 제대로 대접받기는커녕 수렁에 빠져 모두를 어렵게 만들고 악순환의 고리에서 벗어나지 못할 것이라는 생각이 들었다. 우리 스스로가 적절한 목표를 세우고 우리가 달성하여 성취감을 맛보는 회사를 만들겠다는 각오를 했다. 일본 본사 지침인 해외 법인들에 대한 10% 성장이란 굴레를 어떻게든 벗어나야겠다고 생각했다. 일본이나 미국 같은 선진국은 성장 목표 1~2%를 정하고도 전년 수준을 달성하지 못하는 경우도 있는데 한국을 개발도상국으로 취급하여 10% 성장 룰을 적용하는 것은 어불성설이라 생각했다. 자리를 걸고라도 이 룰을 깨리라 결심했다. 한국 시장 상황 등을 잘 정리한 후 달성 가능하면서도 본사를 설득할 수 있는 합리적인 성장 목표치를 제시하고 한국 현지화 경영에 대해 목소리를 높였다. 결과는 주효했고 우리 스스로 새운 수치대로 목표는 설정되었다. 목표 미달 시는 퇴임을 각오해야 했기에 불안한 면도 있었지만 자율자립경영에 대한 생각은 더욱 확고해졌고 임직원들을 끝까지 책임지겠다는 의지는 더욱 확고해졌다.

지지부진한 한국법인의 상태를 벗어나고자 사장 취임 3년 전에 마케팅과 광고에 대한 본사로부터의 독립을 선언하고 응전의 자세를 취하면서 혹독한 어려움을 겪었던 경험이 있어서 그렇게 두렵지는 않았다. 현지형 성공사례를 만들 수 있었기에 사장에 발탁되어 전화위복이 되었고 자신감은 충만했다. 목표는 초과 달성했고 결과는 성공적이었다. 성취는 선순환의 시발점이 되었다. 이후 매년 3~5% 선의 적절한 자율적 성장 목표를 수립하고 10년간 꾸준히 초과 달성하면서 모든 면에서 획기적 전기를 마련했고 선순환 구조를 정착시킬 수 있었다.

2000년도 회사 설립 초기에 유학파 직원들로 활기차고 자랑스러웠던 회사가 본사의 지침에 따른 경직된 경영으로 지지부진한 상태가 지속되자 모두들 떠나버렸고 수도권 대학 출신의 졸업생들마저도 거들떠보지 않게 되자 지방대 출신으로 사원을 채워야 하는 형편없는 글로벌기업으로 전락했었다. 선순환 구조를 확보하면서 2년에 걸쳐 임금을 27% 인상하고 당시로서는 각종 최고의 복리후생 제도를 도입하여 일명 SKY 출신도 입사하는 회사로 탈바꿈할 수 있었다. 실적은 꾸준히 호전되어 광고 등 재투자의 확대는 물론 임직원들에 대한 인센티브도 이전의 4, 5배 수준을 넘게 지급하게 되었으며 행복한 회사 생활을 영위하는 토대가 되었다. 한편, 대대적인 사회공헌사업을 통해 인지도 개선은 물론 사회적 기업으로도 발전할 수 있었다. 글로벌기업으로서 사회공헌사업비용을 매출의 1.8% 수준까지 집행할 수 있었던 것은 경이적이었다. 이렇게 하고도 이익이 많이 남아 본사로 엄청난 배당(자본금의 100% 선까지)을 할 수 있었다. 이러한 여력을 바탕으로 경영혁신을 추진하면서 딜러 및 협력사와는 공존공영하는 기틀을 마련하게 되었고 더불어 잘 사는 사회를 만드는 데 일조할 수 있었다.

경영책임자가 패배자의 절절한 심정으로 흘린 눈물은 임직원들을 무한으로 책임져야 한다는 마음속 깊은 내면의 약속을 지키지 못한 울분의 토로물이었던 것일까? 그 눈물이 자양분이 되어 새로운 씨앗을 울창하게 싹 틔었다고 한다면 패배자의 눈물로 한 약속을 굳게 지킨 것이 되지 않았을까? 하나의 마음속 자그만 약속이 우리들의 삶을 바꾸는 큰 힘이 되는 세상을 꿈꾸어 본다.

♦ Profile

한국미디어영상교육진흥원 이사장, 모피아이(주) 회장, PHP KOREA 회장, PHP국제교류회 회장, 좋은아빠멘토단 단장, 전) 파나소닉코리아 대표이사사장

공항의 약속

노일식

밤늦게 도착한 호찌민 탄손녓공항은 후끈한 열기로 나를 맞아주었다. 예약된 호텔로 가는 길에 대통령궁 근처를 지날 때쯤이었다. 긴 생머리를 날리며 허리를 꼿꼿이 세운 채 오토바이를 탄 젊은 여자들이 다가오더니 쉴 새 없이 질문을 쏟아냈다. "웟츠 유어 네임? 웨얼 유 프롬? 하우 올드 아유? …" 더 듣고 있다가는 자기소개를 해야 할 판이어서 웃으며 창을 닫자 기사가 쓴웃음과 함께 손을 좌우로 돌려 한심하다는 표정을 지었다. 거리를 가득 메운 오토바이 소음과 각자의 방식대로 밤을 즐기는 젊은이들 그리고 노점상과 식당들이 어우러진 거리에서 보이는 베트남의 첫인상은 역동적이었다. 문명사회에서는 찾아볼 수 없는 한국에서는 점차 사라져 가는 꿈틀거리는 생명력이 살아 있었다.

처음 호찌민 탄손녓공항에 도착했을 때 모든 것들이 낯설었다. 걸어 다니는 것은 외국인과 개밖에 없었고 사람들과 언어, 문화, 관습은 모두 새로웠다. 도이머이 정책으로 경제 개혁과 외국 자본, 기업을 선별적으로 받아들이기 시작하였으나 미비된 법체계를 관례에 의존하는 사회주의 체제에서 비즈니스를 시작한다는 것은 그리 녹록하지만은 않았다. 그럼에도 베트남인 특유의 친근함과 개방적인 문화, 풍부한 자원과 젊은 노동력은 비즈니스를 하기에 부족함 없는 조건을 제공하고 있었다.

주재국의 외식시장 개방에 맞춰 시장 선점 차원에서 진출한 법인은 사업 확대가 여의치 않자 돌파구가 절실했다. 자본을 투입해 기존 법인을 인수함과 동시에 외식시장 현황을 파악하고 경쟁 브랜드와의 차별화 방향을 모색했다. 건강과 음식에 대한 관심, 청결한 환경, 합리적인 가격 등 새로운 외식 경험을 갈구하는 소비자 트렌드는 비즈니스를 시작하는 데 중요한 요소였지만 낯선 음식에 대한 이질감과 소비자 니즈에 맞춰 현지화한 메뉴 개발이 시장접근을 위해 필요하다는 생각을 갖게 되었다. 풍부한 식재료를 활용해 현지인의 입맛에 맞는 메뉴를 개발하는 것이 첫 번째 목표였다.

음식에는 많든 적든 그 나라의 문화가 담겨있다. 시장조사를 하는 과정에서 먹어본 로컬 음식에서 어린 시절 먹었던 고향의 맛이 느껴져 놀란 적이 있었다. 농경사회와 유교문화에 뿌리를 둔 양국의 문화는 음식에서도 동질성이 느껴져 시장개척에 앞서 큰 힘이 되어주었다. 금융위기의 여파를 피해 가지 못한 현대 덤프트럭과 노란색 프라이드 비나택시가 도로에서 보일 때면 동병상련의 심정으로 바라보았다.

시장에 대한 이해와 함께 이를 실행할 내부직원의 신뢰를 구축하는 것이 시급한 과제였기에 소통의 시간을 갖기로 했다. 유유히 흐르는 사이공강을 바라보는 곳에 위치한 로컬 식당에서 점포 매니저들과의 첫 만남이 이루어졌다. 예로부터 물과 소금의 확보가 쉬운 지역에 도시가 형성되었듯 호찌민도 사이공강 유역을 중심으로 도시화가 진행 중이었다. 이곳을 식민지배한 프랑스인에 의해 동양의 진주라는 애칭으로 불리었던 사이공… 강물에 반사된 네온 불빛을 담아 남지나해로 흐르는 사이공강을 보고 있으면 어디선가 시원한 바람이 불어와 더위를 식혀주었다.

업무에 수동적인 한국 직원들과 달리 스무 살을 갓 넘긴 앳된 표정의 베트남 청년들은 한 명 한 명 자기소개와 주장이 명료했다. 토론위주의 교육과 사회주의 문화의 영향인 듯했다. 사업부진과 이로 인한 우려를 토로했지만 금세 현실문제로 돌아와 당면한 문제들에 대해 깊이 있는 대화가 이어졌다. 베트남은 다소 우유부단한 성격의 남성들보다 여성들의 역할이 중요했는데 오랜 기간 전쟁을 겪다 보니 여러 부문에서 자연스럽게 여성의 역할이 많아지고 그에 따라 사회적 지위가 높아지는 것을 자연스럽게 받아들이는 분위기였다.

그동안 마음속에 담아둔 얘기를 하지 못해 울분이 쌓였던지 식사에 맥주를 권하며 많은 대화가 오고 갔다. 허물없이 대화를 나누던 중 자연스럽게 베트남 음식 문화로 화제가 이어졌다. 누군가 도마뱀 튀김 두 접시를 주문했다. 건물 외벽이나 내부에서 네발을 이용해 빠르게 움직이는 것을 볼 수 있다. 모기나 날파리 같은 해충을 주로 잡아먹는데 사람들과 함께 살아서 그런지 생각보다 외모가 귀여워 징그럽게 생각하지 않는다. 도마뱀을 식용으로 판매하기 위해 사냥하는 사람들도 있다. 빈 페트병과 문구점에서 파는 고무줄을 들고 다니다 손가락으로 튕겨 맞추면 땅에 떨어지는데 이때 도마뱀을 페트병에 담아 버린다. 잡은 도마뱀은 식당에서 밀가루를 묻혀 튀긴 후 향채와 함께 접시에 담아 손님에게 제공된다.

처음 보는 음식을 두고 망설이자 21살의 비가 먹는 방법을 보여주었다. 다리를 잡아당기자 김이나는 뽀얀 속살을 드러내며 도마뱀이 둘로 나뉘었다. 생긋 웃으며 한쪽을 레몬을 뿌린 소금에 찍어 먹더니 나머지 한쪽을 먹어보라며 내밀었다. 거절할 수 없는 상황에서 후추가 뿌려진 소금에 찍어 먹어보니 닭고기와 비슷한 맛이 났다. 속으로 다행이라는 생각이 들었다. 도마뱀 튀김을 안주삼아 대화한 결과 회사가 국내 최대의 레스토랑이 될 때까지 함께 하기로 의기투합을 이룰 수 있었다. 모임을 끝낸 5인조는 취한 상태에서 오토바이를 타고 새벽의 어둠 속으로 사라져 갔다.

10년 후, 공항 출국장에는 5인조를 비롯한 주요 멤버들이 도착해 기다리고 있었다. 주재국에서의 지난 일들이 주마등처럼 스쳐 지나갔다. 바쁘고 정신없이 보낸 긴장된 시간의 연속이었다. 예기치 못한 시행착오와 에피소드만 남기고 주요 도시에 100개의 직영점을 개점하면서 베트남 최대 레스토랑이 되었다. 마음속 깊은 곳에서부터 믿고 따라준 것에 대한 고마움과 아쉬움이 점철된 작별 인사를 나눈 뒤 출국장으로 들어섰다.

보안구역을 지나 항공사 카운터로 가는 도중 누군가 부르는 소리가 들렸다. 돌아보니 직원들이 출구 주변에 몰려와 손을 흔들며 작별 인사를 하고 있었다. 잘 돌아가라고… 언제 다시 올 거냐고….

냉기로 인해 뿌옇게 변해버린 안경 너머로 손을 흔들며 화답했다. 건강하게 잘 지내라고… 언젠가 다시 돌아올 거라고… 시야를 가로막고 있는 물리적 공간을 넘어 서로를 향한 무언의 약속을 나누었다.

◆ Profile

롯데GRS 대표이사, 롯데리아베트남 법인장. 저서: 《베트남 외식시장 개척기》

내 인생 최고의 소중한 약속

목남희

매년 10월의 첫 일요일 남편과 나는 시아버지의 제사를 맞아 시어머니께서 자주 다니시던 사찰과 산소를 찾는다. 군청에서 제공하는 벌초 대행 서비스 덕분에 산소 주변은 나름 깔끔하게 정돈되어 있으나, 묘지로 이어지는 길은 여전히 우리가 손수 '가지치기'를 해야 한다. 나무가 자라 길을 막을 때면 장갑을 끼고 가지를 꺾고, 당기며 진입로를 터야 한다. 비록 이마에 맺힌 땀이 온몸을 타고 땅에 뚝뚝 떨어지는 힘든 작업이지만, 그 흐뭇함은 이루 말할 수가 없다. 푸른 하늘과 흰 구름 아래, 저 멀리서 회심의 미소를 짓고 계실 시부모님을 떠올리며 마음속으로 속삭인다. "어머님, 저희 하는 일이 맘에 드시나요?"

시어머니께서 그토록 고심하셨던 이유를 이제야 알았다. 20년의 미국 생활을 정리하고 귀국했을 때, 시어머니께서는 우리에게 산소 관리를 부탁하셨다. 여러 아들 중에서 넷째 아들인 우리를 선택하시면서 "친정이 가깝고, 네가 효자 집안의 딸이라 믿음이 간다"라고 하셨다. 처음 그 말씀을 들었을 때 나 역시 '난 넷째 며느리인데…'라는 약간의 망설임과 부담감이 잠시 스쳤지만, 자식이 해야 할 일이라 기꺼이 그 부탁을 엄숙하게 받아들였다.

대가족의 복잡한 가족제도와 관습에서 탈출하듯 미련 없이 한국을 떠났던 나 아니었던가? 어릴 적 우리 집은 15명이 넘는 대가족으로 늘 잔칫집 같이 북적였다. 시골에서 온 친척들까지 가족의 범위는 확장되었고, 손님들의 발길도 끊이지 않았다. 그 안에서 나만의 공간이나 시간을 갖는다는 것은 환상 속 사치였기에 오직 그 틀에서 벗어나기 위해서만 몸부림쳤다. 마침내 도미(渡美)하여 일상의 대가족제도와 관습을 훌훌히 털어버리고 새로운 나라에서 얻은 자유와 평화를 만끽했다.

인생을 스스로 개척하고 작은 가족의 주체가 되었다는 자부심을 느끼며, 홀로 목표를 설정하고 '이룰 수 없는 꿈'도 꾸었다. 그렇게 오래 갈망하던 해방감과 푸른 하늘을 향해 펼친 청운의 꿈들은 지금도 기억 속에 선명하다. 작은 꿈들이 실체로 이루어질 때 그 과정에서 감내해야 했던 모든 고통과 노력은 또 다른 꿈을 꾸게 했다. 하나의 결실을 볼 때마다 느낀 뿌듯한 감동과 또 다른 욕망은 끊임없는 새로운 목표를 향하게 했으며 20년의 타국 생활은 그렇게 흘렀다.

그 속에서도 문득문득 밀려오는 고국의 향기와 혈육의 그리움은 조국과 부모, 형제에 대한 깊은 사랑의 중요성을 더욱 간절하게 만들었다. 그들의 존재는 내 삶을 지탱하는 강력한 힘이 되었고, 비주류 시민의 삶 속에서도 뿌리를 지키는 동력이 되었다. 오랜 추억 속에 담긴 수많은 고뇌와 환희 그리고 다양한 희로애락은 깊은 산속 샘물처럼 내 가슴을 적시며 가족과 '대한민국'을 진정으로 사랑하게 했다.

1990년 초, 한국의 경제 발전이 세계의 이목을 끌기 시작했고, 남편 회사에서도 한국에 관심을 두게 되면서 한국 지사로 발령받았다. 중3, 고1이던 두 아들은 매사추세츠주에 있는 미국 최초 사립 기숙학교 '필립스 아카데미'에 입학하고, 우리 부부는 그토록 꿈에 그리던 고국에 첫 보금자리를 마련했다. 그동안 직장과 자녀교육에 몰두했던 우리 부부는 한국 귀국과 동시에 온전히 직장에 집중했고, 아이들은 새로운 기숙사 공동생활에 적응하느라 분투했다. 30년 후 지금, 아이들은 결혼하여 각자 가정을 이루어 미국에 살고 있다.

이제는 핵가족화가 당연한 시대다. 명절에 모이던 형제들도 각자의 가족과 명절을 보낸다. 기술 발전으로 소통은 쉬워졌으나 어쩐지 마음의 거리는 점점 멀어지고 있다. 예전엔 당연하던 제사도 이제 하나의 불필요한 형식처럼 느껴지고, 전통은 고루한 시대적 착오의 낡은 관습으로 여겨지기도 한다. 편리함 속에서 잃어버린 따뜻한 온기가 늘 그립다.

어언 30년, 이제는 산소 돌보는 일이 단순히 자식의 임무로서가 아니라 내 삶을 이어주는 끈이 되었다. 부모님께 물려받은 이 전통은 과거와 미래를 연결하며, 나 자신을 돌아보는 시간이다. 가족은 우리 삶의 시작이자 끝이며, 부모님의 사랑과 헌신 속에 내가 존재한다. 그 사랑을 되새기는 일은 자기를 성찰하고, 인생의 참뜻을 깨우치는 중요한 과정이다. 가족이라는 작은 공동체 안에는 사랑을 향한 믿음, 더 잘해주지 못한 것에 대한 안타까움, 얽힌 감정과 갈등, 좌절과 희망이 담겨 있다. 가족과 쌓은 추억은 무엇과도 바꿀 수 없는 저마다 마음속에 간직한 소중한 보물이다. 물질적으로 풍요로운 사회에서 느끼는 감정적 결핍은 가족의 진정한 의미를 되새기게 한다.

미국 중동부에서 태어나 일찍이 고등학교부터 부모를 떠나 공동 기숙사 생활을 거쳐 지극히 미국 생활이 몸에 밴 두 아들. 그런데도 '성묘'의 가치를 일찍이 자각한 아들들은 귀국 전 성묘를 위해 일정을 조정한다. '자식은 부모의 행동을 보고 배운다'라는 이 진실을 증명이라도 하듯이.

매년 제를 지내고 산소를 찾는 일은 '내 인생 최고의 소중한 약속'이며, 오늘도 그 약속을 지켜가고 있다.

◆ Profile

현) 이코노미컨 〈명가의 자녀교육〉 칼럼 연재, 전) 단국대학교 상경대 경영학부 교수, 미국 공인 회계사. 저서: 《평범한 가정의 특별한 자녀교육》

따뜻한 약사가 되었어요, 아버지

문성미

아버지는 학교에서 돌아오는 어린 나를 바라볼 때마다 안쓰러워 하셨다. 나의 나약함으로 인해 상처받을까 봐, 다른 사람과 다름으로 인해 소외감을 느낄까 봐, 늘 내 다리를 주무르며 말씀하셨다.

"성미야, 아빠가 돈 벌어서 다리 수술 해줄게. 독일에 가면 수술할 수 있다니 꼭 해줄게."

재주가 많은 아버지는 악기를 다루는 직업에 종사하였다. 아버지 덕분에 우리 4남매는 항상 흥이 넘치는 화목한 분위기에서 자랐다. 아버지와 함께 연극도 하고, 아버지의 연주에 맞춰 노래하는 행복이 넘치는 가족이었다. 낙천적인 아버지는 낭만적인 성격으로 당신이 가진 모든 것을 잃을 때까지도 남에게는 마냥 호인이었다. 타인에게 퍼주기를 즐겨하던 아버지 때문에 커다란 집에서 작은 집으로 여러 번 이사하였다. 그렇게 따뜻했던 어린 시절은 모두 지나고, 우리가 하나 둘 사춘기가 되었을 때는 여유가 없이 가난을 떠안고 살게 되었다. 지인들의 배신으로 우리 가족의 얼굴에 드리워진 그늘을 보며 사태를 파악하기 시작한 아버지는 이미 건강의 적신호로 병원에 입원하였다. 그 당시는 병원의 문턱이 높아 진료를 정기적으로 받지 못하는 시절이었다. 당뇨의 합병증이란 사실을 대학에 들어가서야 알게 되었다. 아버지가 병원에 입원해서 질병에 관해 이야기를 들어야 할 때는 어린 내가 함께 의사 앞에 있었다. 당뇨에 관한 예방과 치료에 대해 교육도 받고 주사 놓는 방법을 배워 매일 내가 주사도 놓아드렸다.

아버지는 내게 "성미야! 네 수술을 해준다는 약속 못 지키겠다. 미안하다. 내가 이렇게 매일 병원에만 있으니 너를 치료해 주기는커녕 내 몸 하나도 추스르지 못해 정말 미안하다. 네가 당뇨 치료법을 잘 배워 나를 고치게 해다오. 내가 나으면 건강관리 잘해서 오래 살고 그때 다시 생각하자"라고 말씀하셨다.

수술은 불가능할 거라고는 생각했지만, 나는 은근히 똑바로 걸을 수 있는 날을 기대했다. 친구들과 한번 맘껏 뛰어보고 싶었다. 내 마음은 아랑곳없이 수업이 없는 날에는 병실을 지키며 보냈다. 아버지는 여러 차례 입원, 퇴원을 반복했다. 아버지를 간호하는 동안 어릴 적 키웠던 '미미'라는 우리 집 개의 전설, 집안의 이야기, 엄마와의 연애 때 이야기 등을 들으며 더욱더 가까워졌다. 입원실 옆자리에 환자들은 모두 제각각 통증을 호소하고 의사 간호사들이 바쁘게 움직였지만, 나는 병실에 누워계신 아버지와 조곤조곤 따스한 대화를 많이 나눌 수 있었다. 아버지는 병실에서 고통을 겪는 많은 환자를 보면서 "성미야, 너는 따뜻한 약사가 되고 어려운 사람들을 잘 도와주어라. 많은 사람이 병원에 가기 전 약국에 오면, 빨리 치료할 수 있도록 잘 생각해서 상담에 응대해 주는 그런 사람이 되었으면 좋겠다"라고 말씀하셨다. 마치 당신이 살고 싶었던 인생을 말하고 있는 듯 당부하셨다. 비록 손가락 걸고 한 약속은 아니었지만, 아버지와 쌍방 합의된 약속이었다. 어쩜 내가 살아갈 삶의 방향을 제시해 준 계기가 된 것이다. 나는 막연히 따뜻한 약사가 되는 게 어떻게 하는 줄도 모르면서 아버지와의 약속이 내 인생의 신념처럼 되었다. 그리고 그대로 마음이 따뜻한 약사는 나의 사명으로 자리를 잡았다.

그러나 세상은 내가 생각한 방향으로 흘러가지 않았다. 나도 모르게 욕심을 부리고 각박해지고 '능력 대비' 효율성을 따지고 있었다. 사람과의 만남이 거의 사무적으로 되었고 바쁘게 약국 안에서 쳇바퀴를 돌리고 있었다. 그러던 어느 날 나의 기치를 발휘할 사건들이 발생하였다.

어둑어둑해지는 저녁에 단골인 80대 할머니가 "우리 딸이 죽어요" 하면서 약국 앞에서 소리치고 있었다. 넘어졌는데 소리도 못 내고 일어나지도 못한다고 했다. 나는 겁이 났지만 할머니를 따라 좁은 골목으로 접어들었다. 지금이라도 약국 때문에 갈 수 없다고 하고 도망칠까 하는 생각도 있었지만, 그래도 할머니는 나를 찾아왔고 도움을 요청했으니 가야 했다. 병원에 가기 전에 환자들이 오면 처치할 방법을 잘 찾으라던 아버지의 음성이 생생하게 들리는 듯했다.

방안에는 식은땀을 흘리며 간신히 눈을 떴다 감는 축 늘어진 덩치가 큰 여자가 보였다. 코에 손을 갖다 대고 숨을 쉬는지, 고개를 돌릴 수 없는 골절을 입었는지, 출혈이 있는 곳은 없는지 살피며 119로 신고했다. 전화기를 타고 흘러나오는 목소리의 지시대로 환자를 바로 눕혔다. 수건을 돌돌 말아서 목뒤 쪽을 받쳐주었다. 기도를 잘 확보해 주었는지 확인하고 대원들이 올 때까지 그 집에 머물며 할머니를 안심시켜 주었다. 구급대의 차가 보호자를 싣고 병원으로 이동했다. 내가 조금만 늦게 거기에 갔으면 그 환자는 위험에 빠졌을 거라고 환자의 딸이 와서 케이크를 내밀었다. 와! 내가 큰일을 했다. 뇌졸중으로 촌각을 다투던 사람과 그 가족을 구했다. 얼마나 천만다행인지, 나는 스스로에게 쓰담쓰담해 주었다.

그 일이 있고 난 뒤에 아주 활동적이고 밝았던 여자가 집안에만 있고 밥도 안 할뿐더러 웃지도 않는다고 여자의 남편이 찾아와 얘기했다. 나와도 사뭇, 친분이 있어 찬송 테이프를 주며 교회로 전도하려 했다. 또다시 내가 그 집을 방문했다. 정말 이불을 뒤집어쓰고 아무것도 안 했는지 집안은 엉망이었다. 잘하지는 못하지만 기도를 해주고 "약국에 나와서 놀자"라고 하며 손을 이끌고 나왔다. 10개의 테이프에서 뭐를 말하는지 함께 다 들어보고 그때까지 해답이 없으면 맘대로 하라고 해보았다. 매일 전화해 주고 그 사람의 애로사항을 전부 들어주었다. 몇 주가 지나자, 여자의 남편이 밥을 해줬다고 하면서 고마움을 표시했다. 나도 뛸 듯이 기뻤다. 희망을 품게 된 것이다. 와우! 이런 일을 하다니! 이렇게 나에게 그들의 필요를 채워달라고 요청하는 사람 수가 늘어났다. 내가 성심성의껏 할 수 있는 일이라면 거절하지 않고 흔쾌히 받아주었다.

아버지는 이미 나의 미래를 내다보시고 나보다 나를 더 잘 알았던 것 같다. 내가 어떤 꿈을 가지고 있었는지. 어떤 방향으로 가야 세상을 이겨나갈 수 있는지를 가르쳐 주신 거다. 나는 어떻게 해야 하는지 알 수도 없는 상황에서 얼떨결에 한 행동들이 아버지와 한 약속 때문에 이룬 것이다. 덕분에 나는 훌륭한 약사로 상도 받았다. 아버지는 내가 약국에서 환자들에게 하는 모든 행위를 듣고 늘 기뻐하셨다. 이제는 주어진 환경에 만족하며, 최상인 것이 늘 내 앞에 있었음을 아버지에게 몇 번이고 말씀드리고 싶다. 그러나 아버지는 수술에 대한 약속을 지키지 못해 마지막까지 미안해하면서 병상에서 일어나지 못하신 채 천국으로 가셨다. 당신이 하고 싶었고 펼치고 싶었던 일들을 모두 접었지만, 나를 사회에서 위상이 우뚝 설 수 있도록 만들어 주셨다.

약사는 단순한 직업이 아니다. 사람들의 건강과 생명을 책임지는 사명을 가진 행복의 길잡이여야 한다. 나름 사회적 책임이 주어진 자부심이 있는 전문가다. 사명감과 약속을 지키기 위해 끊임없이 노력하고 자기 계발을 해왔다. 사람들의 말을 잘 들어주고 사람들에게 좀 더 알아듣기 쉬운 말로 올바르게 이야기해 주어야 한다. 앞으로도 사명을 다하기 위해 최선을 다해 노력하려 한다.

"아빠 이젠 내 삶 전체를 만족해요, 아버지와 따뜻한 약사가 되겠다던 약속 잘 지켰지요?"

◆ Profile

디지털문인협회3대학 회원, 누리나래선교회 이사, 영락온누리약국 경영

지키지 않은 그의 약속

문영일

그의 약속이 내 운명을 바꾸고 말았다. 역사도 그렇지만, 어느 한 개인의 지난 삶을 가정해 본다는 것은 부질없는 일이다. 그러나 나는 가끔 가정해 본다. 만약 내가 그때 '그 책방'에서 그런 일만 저지르지 않았다면, 또 무엇보다 그분이 약속대로 그 장소에 나왔다면, 내 운명이 어떻게 바뀌었을까를.

부산. 대청동에서 국제시장으로 내려가는 끝자락. 보수동 골목길, 양쪽으로 헌책방들이 늘어서 있다. 1950년 한국전쟁으로 부산이 임시수도가 되었을 때부터 생겨났다고 한다. 요즘이야 헌 교과서를 사는 학생들이 없어 그때 같지는 않지만, 내가 중학생 시절인 50년대 말만 해도 입학이나 개학 때가 되면 그 책방 골목길은 온종일 북적거렸다. 지금도 그 헌책방 골목은 부산의 관광 명소가 되어 여행객들이 한 번쯤은 들르는 곳인데, 그동안 주인이야 몇 번 바뀌었을 테지만 아직도 '그 책방'은 그곳에 그대로 남아 있다.

휴전(1953년)한 지 몇 해 안 된, 1958년 2월. 만 60년이 지났지만 지금도 그날을 생생히 기억하는 것은 내 운명이 그날, 그곳에서 바뀌었다고 생각해 왔기 때문이다.

중학교 3학년 진학을 앞두고 새 교과서를 사야 했다. 전쟁의 참화가 휩쓸고 간 뒤라 모두가 가난한 시절이었다. 그래도 집안 형편이 괜찮은 부산 토박이 아이들은 학교에서 새 책을 사지만, 나같이 형편이 어려운 학생들은 헌책방에서 교과서를 사야 했다.

나는 그날, 그 책방에서 어머니가 마련해 주신 돈으로 사야 할 책들을 간신히 다 살 수 있었다. 그 책들을 양 겨드랑이에 끼고 나오는데, 책방 문밖 좌판 위에 '지리부도' 책들이 수북이 쌓여있었다. 그 책은 꼭 사지 않아도 되는 참고서 같은 책이었다. 방금 산 내 책들을 진열대 밑에 내려놓고 그 많은 지리부도 중 거의 새 책에 가까운 한 권을 집어 들고 펴보았다.

아! 가슴 설레는 그 그림들. 오대양 육대주. 씨줄 날줄에 각 나라를 오가는 항로 표시의 빨간 선들이 그려져 있고 그 선 위에는 기선과 비행기들과 세계 각국의 만국기들이 책 가장자리에 인쇄되어 있었다. 구호물자 포대에서 보았던 미국기와 내가 그때까지 보지 못한 여러 나라의 국기들이 알록달록 너무나 예쁘고 신기했다. 사고 싶었다. 꼭 안사도 되는 책이지만 정말 사고 싶었다. 그 책이 있다면 밤새도록 보기만 해도 좋을 것 같았다. 그러나 돈은 이미 다 쓰고 없지 않은가.

가슴이 뛰었다. '그냥 몰래 가져가자. 여기 이렇게 많은데 팔리지도 않잖아. 나중에 용돈 모아 책값을 가져다드리면 되지 뭐. 그래도 지금 도둑질하려는 거잖아. 훔치면 안 돼!'

욕망과 양심의 가책. 쿵쾅거리는 가슴으로, 그 짧은 시간에 나는 얼마나 많은 생각을 했는지 모른다. 나는 떨리는 손으로 그 지리부도를 내가 방금 산 책들 위에 올려놓았다. 무섭고 떨렸다. 골목길을 뛰었다. 다리가 후들거렸다.

'내가 지금 무슨 짓을 한 거야?'

다시 책방으로 되돌아가 그 책을 놓고 와야 한다면서도 한참을 더 뛰었다. 숨이 찼다. 잠깐 멈춰 뒤를 돌아보고 다시 빠른 걸음으로 걷기 시작했다. 그때였다.

"학생, 거기 서! " 하는 고함에 되돌아보는 순간, 대학생 같은 청년 하나가 내 어깨를 붙잡았다. 나는 그 자리에 '풀썩' 주저앉았다. 책들은 사방으로 흩어졌다. 나는 아저씨 다리를 두 손으로 감싸 안았다.

"아저씨 잘못했어요. 용서해 주세요!"

"일어나!"

많은 사람이 우리 두 사람을 둘러쌌다. 순간, 시장 어귀에서 재봉틀을 돌리고 있는 어머니 얼굴이 떠올랐다. 두렵고 창피한 마음에 온몸은 떨렸고 내 두 볼에는 눈물이 흘러내렸다.

"어서 책 들고 날 따라와!"

내가 흩어졌던 책들을 주섬주섬 모아들자, 그는 야트막한 계단이 있는 골목까지 나를 끌고 가서 세웠다. 책을 안은 내 두 팔은 덜덜 떨렸다. 그는 조용히 말했다.

"왜 그랬어?"

나는 대답도 못 하고 떨며 울기만 했다.

"내일 3시까지 반성문을 써서 이 자리에서 줘. 약속이다. 약속! 알겠지?"

나는 얼굴을 숙인 채 훌쩍거리며 고개를 끄덕였다. 그러고는 떨리는 손으로 그 지리부도 책을 골라내 그에게 내밀었다.

"됐어. 그냥 가지고 가!"

그날 저녁, 가족들한테는 숙제한다며 밤늦게까지 반성문을 썼다.

지금도 기억한다. 그 첫머리. '저는 서울에서 태어났습니다. 우리 집은 부잣집이었는데 공무원인 아버지가 서울에서 인민군에게 납치당해 1·4 후퇴 때, 어머니가 우리 삼 남매를 데리고 부산까지 피난을 와서 우릴 키우며 공부시키고 있습니다. 나는 아버지도 안 계신 피난민입니다. 어머니 홀로 우리 삼 남매를 키우며 공부시키고 있습니다.' 그렇게 써 내려가며 인민군에게 끌려가시던 아버지 생각이 떠올라 얼마나 눈물을 흘렸던가! 어머니께 미안하고 내가 너무 불쌍했다. 새벽녘까지 수십 번을 찢었다가는 다시 고쳐 쓰기를 되풀이했다. 나는 그날 이후 버스 같은 데서, 구걸하는 사람이 '부모님은 육이오 때 돌아가시고 어린 동생들은…' 어쩌고 하는 전단을 받으면 피식 웃음도 나오지만, 그냥 지나치지 못한다.

그 이튿날, 반성문을 가지고 약속한 시각에 그 장소로 갔다. 그런데 그 사람은 오지 않았다. 날이 어두워질 때까지 나는 그 골목 그 계단에 앉았다 섰다 하기를 얼마나 했는지 모른다. 종일 먹지 않아 배가 고파왔다. 날이 어두워져 사람들의 왕래가 뜸해지자 그냥 그 자리를 떴다. 집으로 돌아오는 길. 그가 오지 않아 다행이다 싶으면서도 혹시 기다리던 장소가 틀렸던 게 아닌가 하는 생각이 들자 다시 불안한 마음에 덜컥 겁이 나기 시작했다. 난 다시 그 약속 장소로 되돌아가서 깜깜한 골목에서 두 시간을 더 기다리다 왔다.

왜 그 사람이 자기가 한 약속을 지키지 않았을까? 내 운명을 쥐고 있던 약속을….

그날 이후, 내가 느껴야 했던 공포감과 그 고통을 어찌 표현할 수 있을까. 밥도 잘 먹히지 않았다. 공부도 할 수 없었다. 집에서도, 학교에서도 그가 날 잡으러 올 것만 같았다. 동네에서는 아이들과 놀지도 못하고 골목 어귀를 살펴야 했고, 학교에서는 수업도 제대로 받지 못하고 창문 너머 복도를 지켜봐야 했다. 시도 때도 없이 경찰에게 두 손이 묶여 끌려가는 내 모습이 떠올랐고 그때마다 어머니, 누나와 동생, 그리고 담임선생님과 친구 얼굴이 어른거렸다. 그런 공포는 중학교를 졸업할 때까지 이어졌다.

부산사대부중을 졸업하고 명문인 부산고등학교나 경남고등학교를 거쳐 서울대 법대를 졸업, 판검사가 되겠다는 나의 꿈은 접어야 했다. 중학교를 졸업하고 무조건 부산을 떠나고 싶었다. 우연히 알게 된 서울에 있는 국립체신고등학교에 지원하게 되었다. 서울대 시험도, 고시도 보지 못했다. 고등학교 졸업 후, 국비생 의무 복무기간에 묶여 서울대는 고사하고 바로 대학도 가지 못하고 공무원으로 근무하며 주경야독으로 대학과 대학원을 다니며 공무원, 공기업, 개인기업의 직장 생활을 하게 되었다.

'사람은 책을 만들고 책은 사람을 만든다'라고 하는데, 내 경우는 책을 읽어서 아니라 책을 훔쳐서였다. 절대 죄는 짓지 말아야 한다는…. 많은 세월이 흘렀지만, 범인이 범행 현장을 찾아가듯 나는 그동안 출장 또는 처가를 방문할 때면 어김없이 그 책방 골목을 찾아간다. 그와 만나기로 약속했던 그 계단에 한참 서 있다가 돌아서서 그 책방에서 책 한 권을 산다. 내 평생의 '죄와 벌' 지난 내 인생을 위로하며 다독여 보려는 심정이 아닐는지…….

♠ Profile

현) 한국산문 작가협회 이사, 전) KT 국장/콤텍시스템 부사장,
2013 《한국산문》 등단, 2016 《한국산문》 문학상 수상

몽골 초원에서 피어나는 한 엄마의 꿈

하다스 아리온토야

1998년, 몽골의 끝없는 초원 위에 자리 잡은 작은 시골마을에서 내 첫 아들이 태어났다. 그날은 내 인생에서 가장 깊이 새겨진, 잊을 수 없는 순간 중 하나였다. 아들의 고사리 같은 작은 손을 처음 잡았을 때 그 따스함과 생명력이 내 온 몸을 전율케 했다. 모유 수유를 하며 아들을 품에 안고 있을 때 나는 이 세상 그 무엇과도 바꿀 수 없는 행복을 느꼈다. 그 시간들은 내게 가장 의미 있고 깊은 기억으로 남아있다.

하지만 현실은 냉혹했다. 우리 가족의 생활 여건과 경제적 필요는 우리에게 어려운 선택을 강요했다. 나와 남편은 아들을 시부모님의 보살핌에 맡기고 다시 수도인 울란바토르로 돌아가 교직에 복귀해야 했다. 아들의 웃음 짓는 앳된 얼굴을 마지막으로 바라보며 집을 나설 때 내 마음은 찢어질 듯 아팠다. 이 결정은 내 마음속에 무겁고 고통스러운 시련으로 남았지만 당시 우리 가족의 상황에서는 최선의 선택이라고 생각했다.

그로부터 얼마 지나지 않아 내 인생에 새로운 도전과 기회가 찾아왔다. 한국의 국민대학교에서 내 학문을 더 발전시키라는 초청을 받은 것이다. 이 기회를 받아들이고 한국으로 유학을 가기로 결정하는 것은 내게 큰 선택이었다. 미래의 학문적 성취를 위한 중요한 기회였지만 동시에 아들과 더욱 멀어지게 된다는 생각에 가슴이 아팠다. 나는 아들을 몽골에 남겨두고 그의 더 나은 미래를 위해 자신을 준비시키고 있다고 스스로를 위로했지만, 마음 깊은 곳에서는 항상 죄책감과 그리움이 남아 있었다.

한국에서의 생활은 도전의 연속이었다. 언어의 장벽, 문화의 차이, 그리고 끊임없는 향수와 싸우며 나는 하루하루를 버텼다. 그러던 중 인천에 있는 반석교회를 처음 방문하게 되었고, 이는 내 인생에 새로운 전환점이 되었다. 교회의 활동에 참여하면서 나는 복음 전도사의 역할을 맡게 되었고 많은 신자들의 신뢰를 얻어 그들에게 도움을 줄 수 있었다. 이 경험은 내게 새로운 도전이자 다른 사람들의 삶에 빛과 희망을 가져다주는 중요한 책임이었다.

성경 학교에서 공부하고 반석교회에서 4년간 복음 전도사로 일하는 동안 나는 한국어 실력을 크게 향상시켰다. "정말 몽골 사람 맞나요? 어떻게 이렇게 유창하게 한국어를 할 수 있나요?"라는 질문을 들을 때마다 나는 큰 자부심을 느꼈다. 4년간의 끈질긴 노력 끝에 나는 한국어를 자유롭게 구사할 수 있는 수준에 이르렀고, 이는 내 인생의 큰 성취 중 하나였다.

2011년 마침내 몽골로 돌아와 첫째 아들과 처음으로 한집에서 살게 되었다. 그러나 기쁨도 잠시 현실은 내 예상과는 전혀 달랐다. 사춘기에 접어든 아들은 나를 받아들이지 않았고, 이는 나를 큰 불안감에 빠뜨렸다. "왜 날 버리고 갔어요? 용서할 수 없어요." 그의 말 한마디 한마디가 내 가슴을 찢어놓았다. 그를 시골에 남겨두고 오랜 세월 함께하지 못한 것이 그의 마음에 깊은 상처와 불만을 남겼다는 것을 그제

서야 깨달았다.

그런 가운데 2013년 나는 둘째 아들을 낳았다. 그의 탄생과 함께 나는 스스로에게 한 가지 큰 약속을 했다. "이번에는 절대로 포기하지 않겠어. 내 손으로 직접 키우고 아이에게 모든 것을 바치겠어." 이 약속을 지키기 위해 나는 둘째 아들의 성장과 교육에 모든 관심을 쏟았다.

둘째 아들의 재능은 나를 놀라게 했다. 세 살 때 이미 수천 단위의 계산을 할 수 있었고, 다섯 살에는 중국어 기초를 익혔으며, 여섯 살에는 세계 암산 대회에서 금메달을 땄다. 여덟 살에 코딩을 시작해 600개가 넘는 코드를 작성했고, 아홉 살에 중국어 4급 시험을 통과했다. 지금 열한 살인 그는 중국어 5급을 공부하며 고등학생들과 함께 3년째 공부하고 있다. 이는 그의 뛰어난 재능을 증명하는 것이었다.

2016년 나는 셋째 아들을 낳았다. 이번에도 나는 아이에게 최선을 다해 사랑과 보살핌을 주며 직접 키우기로 결심했다. 나는 두 아들의 교육에 특별히 신경을 쓰며 그들의 지적 발달을 지원하기 위해 다양한 교육 방법을 활용하여 어릴 때부터 학습을 지원했다. 내 노력과 인내의 결실로 두 아들은 뛰어난 성취를 이루며 어린 나이임에도 불구하고 또래들과는 다른 능력을 보여주기 시작했다. 이는 내게 가장 큰 자부심이었다.

나는 두 아들을 성공적으로 양육하기 위해 교육 코칭과 멘토링 분야에서 전문성을 키우며 끊임없이 배우고 노력하고 있다. 내 아이들뿐만 아니라 그간의 경험을 바탕으로 다른 부모들에게도 조언을 제공하며 자녀 교육에 대해 관심을 기울이고 성공적인 미래를 이루는 데 도움을 주는 것이 내 인생에서 가장 행복한 순간 중 하나이다.

몽골의 수많은 부모들에게 한 가지 강조하고 싶은 점은 어린 자녀를 떠나 해외로 공부하러 가거나 일하러 가는 결정은 아이들한테 매우 힘든 상황을 초래할 수 있다는 것이다. 자녀들의 마음에 남는 상처, 그들의 신뢰와 감정이 상처받을 가능성이 많다는 사실에 신중을 기할 것을 권유하고 싶다.

현재 나는 미국의 대학교에서 가족 멘토링 분야에서 박사 학위를 목표로 공부하고 있으며 이는 내게 매우 중요한 기회이자 도전이다. 교육 코칭과 아동 발달을 지원하는 분야에서 얻은 지식과 능력을 바탕으로 몽골의 많은 아이들의 미래에 기여하기 위해 전문성을 더 쌓아야 하기 때문이다. 나는 내 아이들뿐만 아니라 몽골의 미래를 이끌어갈 아이들을 글로벌 수준의 교육을 받고 넓은 지식을 가진 지도자로 성장시키기 위해 최선을 다하고 있다.

몽골초원의 바람이 수천 년간 그래왔듯 나의 아이들에 대한 사랑과 헌신도 변함없이 흐를 것이다. 세 아들과의 약속, 그리고 글로벌 시대에 몽골의 미래를 이끌어갈 모든 아이들을 위한 나의 꿈. 이것이 바로 내가 지키고자 하는 '약속(約束)'이자 앞으로 걸어갈 길이다.

◆ Profile

교사, 교육 멘토 및 가족 코치, 가족 멘토링 분야 박사과정

제3부

지키지 못한 약속

문정이

붉게 물든 노을이 태양의 마지막 길을 배웅하고 있고, 백년송 가지에 앉은 독수리 두 마리. 나뭇가지 앞쪽에 있는 한 마리는 날개를 절반 정도 펼쳐 지금 당장이라도 나뭇가지에서 날아오를 듯한 모습입니다. 살짝 구부러진 부리, 무엇이든 움켜쥘 수 있는 힘찬 발톱, 하나하나 결이 살아있는 깃털, 아래를 응시하고 있는 눈빛은 눈에 들어오는 모든 것을 삼켜버릴 듯 타오르고 있습니다. 하지만 뒤에 있는 한 마리는 한쪽 날개만 살짝 펼치고 간신히 몸통만 스케치 위에 채색이 되어 있습니다. 심지어 그 독수리가 앉아 있는 소나무는 스케치만 되어 있습니다. 그림의 오른쪽은 바다를 표현하고 싶은 것인지 알 수는 없지만, 파란색 유화가 캔버스에 올라앉았습니다. 바로 독수리화가로 유명한 동양화가 청비 이극수 화백이 그리다 미처 완성하지 못하고 명을 달리하신 최초의 독수리 유화작품입니다. 그리고 그 작품은 우리집 안방 침대 위에 걸려있습니다. 남아 있는 모든 작품을 며느리인 저에게 주시겠다는 유언에 따라…. 하지만 유화로 독수리를 그려 며느리에게 주고 싶으시다는 약속은 끝내 지키지 못하시고 그리운 나라로 돌아가셨습니다. 완성하지 못한 채 걸려있는 독수리 유화는 시아버님의 지극한 사랑이고 약속의 증거입니다.

2002년 4월, 저는 6녀 1남 막내아들과 결혼을 했습니다. 이미 시아버님은 30년째 병석에 누워계셨고, 시어머님은 자궁암 수술을 하셨고, 20년 넘게 당뇨병을 앓아오셨습니다. 그래서 매주 토요일 장을 봐서 달동네인 시댁에 가서 일요일 밤에 신혼집인 수원으로 내려왔습니다. 결혼하고 두 달 만에 남편은 중국을 3개월 동안 다녀왔고, 남편이 돌아오자마자 시어머님께서 2달 동안 수술과 입원을 하셔서 병간호를 홀로 감당해야 했습니다. 심지어 의료사고로 시어머님께서 건강이 급격하게 나빠지는 바람에 거의 돌아가시기 직전까지 갔고, 병원에서 죽기 싫다는 어머님의 뜻에 따라 집으로 모셨습니다. 시아버님과 시어머님을 모두 케어해야 하는 상황!! 제가 시집오고 주말마다 좋은 음식과 보약으로 몸보신을 해드렸더니, 몇 달 동안 몸이 많이 좋아지신 시아버님께서 시어머님 점심을 챙겨주시겠다고 하셔서, 저는 짐을 싸 시댁으로 들어갔습니다. 당 조절이 안되어 인슐린주사를 놔드려야 하는데, 인슐린주사를 놓은 수 있는 사람이 저밖에 없었기 때문입니다. 남편은 수원 신혼집에서, 저는 서울 시댁에서 1년을 주말부부를 해야 했습니다. 그렇게 1년 정도 병간호를 지극정성으로 하는 동안, 30년째 병석에 누워계셨던 아버님은 건강을 되찾아 까만 머리가 나기 시작했고, 인슐린주사를 맞아야 했던 시어머님은 인슐린 약으로도 당뇨조절을 할 수 있을 만큼 건강을 회복했습니다. 그렇게 저는 남편과 다시 살 수 있었습니다.

그런데 제가 시댁에 있는 동안 했던 또 하나의 일은 낡고 고장 난 물건들을 하나하나 바꿔드린 것입니다. TV, 냉장고, 세탁기 등을 바꿔드렸습니다. 그런데 시아버님께서 절대 못 바꾸게 하시는 게 라디오

였습니다. 너무나 낡아서 안테나도 부러져 있고, 여기저기 부딪혀 찌그러져 있는데도 소리가 잘 나오는데 왜 바꾸냐고 난리를 피우셔서 끝내 바꿔드리지 못했습니다. 그게 불행의 시작이었습니다. 어느 토요일, 언제나처럼 장을 봐서 시댁에 갔는데, 시아버님께서 한쪽 눈에 네모로 접은 휴지를 노란 박스테이프로 붙이고 계시는 겁니다. 보는 순간 철없이 실웃음이 나왔습니다.

"아버님, 눈에 이상한 걸 붙이셨네요. 왜 그러셨어요?"

"아고 착한 며늘아가, 신경 쓰지 마라. 다래끼가 나서 붙였다."

(시아버님은 언제나 저를 부르실 때 수식어를 붙여 부르셨습니다. 착한 며늘아가, 사랑스런 며늘아가, 지혜로운 며늘아가, 현숙한 며늘아가 이런 식으로요.)

"어머나, 그러셨어요? 약국에 가면 눈가리개 파는데 전화하지 그러셨어요. 사 왔을 텐데, 이제라도 사 올게요."

그랬더니 괜찮다고 괜한 데 돈 쓴다고 절대 못 가게 하시는 겁니다. 병원에 대한 불신이 깊으셔서 절대 병원에 안 가시고 약국도 싫어하시는 시아버님이라 몰래 약국에 가서 사와도 분명 화를 내실 게 분명하니 그냥 참아야 했습니다. 그런데 다음 날이 되자, 시아버님께서 가린 눈이 아프신지 자꾸 인상을 쓰시면서 아파하시는 거였습니다.

"아버님, 정말 다래끼 맞나요? 엄청 아프신 거 같은데요."

"아니다. 별거 아니다. 우리 착한 며늘아기 괜히 신경 쓰게 했나 보다" 하시면서 괜찮은 척을 하시는 겁니다. 일요일 저녁 이제 집으로 돌아가야 하는 시간이 되어가는데… 아무래도 아버님 눈이 신경 쓰였습니다. 그래서 고집을 부려 박스테이프로 붙여져 있는 휴지를 떼어냈고 아버님의 눈을 보는 순간, 저는 그 자리에 털썩 주저앉아 대성통곡을 했습니다. 알고 보니 눈 다래끼가 아니라 낡은 라디오의 반으로 부러져서 뾰족한 안테나에 눈을 찔리신 것이었습니다. 제가 시집오면서 매달 생활비를 드리게 되었지만 아끼고 아끼던 습관이 몸에 배어 9시 이후에는 밤에 불도 잘 안 켜시는 시부모님!! 그날도 불을 안 켜고 화장실을 가시다가 발이 걸려 넘어지셨는데, 하필이면 라디오가 있는 곳으로 넘어져서 안테나에 눈이 찔리신 것입니다. 바로 병원에 가지 그러셨냐고, 왜 전화도 안 하셨냐고 묻자, 응급실은 비싸고 일하는 며느리 힘든데 어떻게 전화를 하냐고 그냥 참으면서 눈 주위를 마사지하면 다 낫는다고 하시는 겁니다. 일요일 저녁이라 문 연 병원이 없으니 응급실이라도 가자고 아무리 말해도 죽는 한이 있어도 병원은 절대 가지 않겠다고 고집을 피우시는 시아버님을 설득할 수 있는 방법은 그저 제 가슴을 치면서 목 놓아 우는 방법밖에 없었습니다. 아버님이 아무리 고집을 피우셔도 라디오를 새것으로 바꿔드렸어야 하는데 못 바꿔드린 내가 너무나 한심해서 울었고, 아프신 아버님을 병원으로 모시지도 못하는 내가 너무나 무능하게 느껴져 더 서럽게 울었던 거 같습니다. 온 동네가 떠내려갈 정도로 목 놓아 울자 시아버님께서 병원에 가시겠다고 약속을 받아낼 수 있었습니다. 그리고 정말 다행스럽게도 조금만 늦었으면 실명했을 수도 있었다는 겁니다. 착한 며늘아기 덕분에 병상에서 일어나고, 이번에는 눈이 실명할 뻔한 위험에서도 지혜롭게 구해줬으니 다시 붓을 들어야 할 이유가 생겼다고 하시면서, 시아버님은 저에게 그림을 그려주시기 시작하셨습니다. 그리고 유화로도 독수리를 그려주고 싶으시다고 새롭게 도전을 시작하셨는데 안타깝게도 얼마 후 시아버님의 치매가 시작되었습니다. 저의 병간호도 시작됐고요. 치매와 전립선암, 위염, 패혈증까지 겹쳐 거의 의식 없이 누워계시다가도 아주 가끔 정신이 돌아오시면, 언제나 같은 말만 반복하고 또 반복하셨습니다.

"보배로운 며늘아기. 보배로운 며늘아기, 내가 빨리 일어나서 독수리 그림 완성해 줘야 하는데… 그려줘야 하는데…." 나중에 콧줄을 꽂아 유동식을 위에 직접 넣어야 하는 상황에서도 정신이 가끔 돌아오시면 언제나 이 말만 반복하셨습니다. 그리고 끝내 유화로 그리는 독수리 그림을 완성하지 못하시고 2012년 10월 25일, 85년 아픔 많은 인생을 뒤로하고 그토록 그리워하시던 하늘나라에 올라가셨습니다. 그렇게 허망하게 시아버님을 먼저 보내드리고 저는 지금도 97세 시어머님 병간호를 하고 있습니다.

◆ Profile

기업체전문강사, 트라우마치유 전문 상담학박사, 자연환경국민신탁 미래영사

100세 시대 내 삶을 풍요롭게 할 약속들

박기화

우리 주변을 둘러보면 100세를 넘긴 어르신들의 이야기가 더 이상 낯설지 않은 시대가 되었어요. 100세 시대라는 말이 이제는 그저 먼 미래의 이야기가 아닌 바로 우리의 현실이 된 거죠. 하지만 문득 이런 생각이 들어요. 단순히 오래 사는 것만으로 우리의 삶이 더 풍요롭고 행복해질 수 있을까요.

100세를 살아간다는 것, 그것은 축복일 수도 있지만 동시에 우리에게 주어진 큰 도전이기도 해요. 건강하고 행복하게 살아가기 위해서는 여러 가지 요소들이 조화롭게 갖춰져야 한다고 생각해요. 오늘은 제가 100세 시대를 풍요롭고 행복하게 살아가기 위해 준비하고 있는 것들과 제 개인적인 경험을 여러분과 나누고 싶어요.

먼저, 건강에 대해 이야기해 볼까요. 아무래도 건강이 모든 것의 기본이 되니까요. 저는 13년 동안 꾸준히 헬스장을 다니면서 깨달은 게 있어요. 근력운동, 유산소운동, 유연성 운동을 골고루 하는 것이 정말 중요하다는 거예요. 특히 나이가 들수록 근력운동이 더 중요해져요. 근육량을 유지하면 신진대사도 활발해지고, 골다공증 예방에도 도움이 되거든요.

그리고 식단 관리도 빼놓을 수 없죠. 저도 처음에는 어려웠지만 조금씩 노력하다 보니 이제는 과도한 염분과 당분은 줄이고, 채소와 과일, 단백질은 골고루 먹는 게 습관이 되었어요. 그리고 정기적으로 건강검진을 받는 것도 잊지 않아요. 미리미리 건강 상태를 체크하고 관리하는 게 얼마나 중요한지 모르겠어요.

하지만 건강은 몸만의 문제가 아니에요. 마음의 건강도 정말 중요하죠. 저는 파크 골프를 통해 정신 건강을 챙기고 있어요. 골프라면 나하고는 먼 세계인 줄 알았는데 일반 골프와 좀 다르기는 하지요. 용어는 같지만 비용도 안 들고 집에서 가까운 거리에 한 조에 네 명이서 잘 자란 잔디에서 담소도 나누고 햇볕도 받으며 홀컵에 공을 넣기 위해 최선을 다한다는 매력이 있죠. 가끔 홀인원에 기쁨을 함께하고, 친선을 위해 함께 식사도 하며, 차를 마시는 여유가 있어서 정신건강에 이보다 더 좋은 것은 없어요.

요즘에는 마인드풀니스(Mindfullness) 명상에도 관심이 많아요. 현재의 순간에 집중하는 이 방법이 스트레스 관리와 감정 조절에 정말 효과적이더라고요. 마인드풀니스는 삶을 바꿀 수 있는 심리적 기술로 마음의 건강과 행복에 많은 이점을 줍니다. 또 지속적인 독서와 공부를 통해 계속 새로운 것을 배우려고 노력해요. 복지관에서 외국어와 인문학 강의를 듣는데, 이렇게 배움을 이어가는 게 제 삶을 더욱 풍요롭게 만들어 주는 것 같아요.

우리는 혼자 살아갈 수 없잖아요. 펜드로잉 수업에서는 비슷한 관심사를 가진 분들과 즐거운 시간을 보내고 있어요. 미술이라고는 초등 다닐 때 12색 색연필을 사주면 닳을까 봐, 혹여 부러질까 봐 살살 색칠하던 그때의 기억이 나죠. 인사동에서 합동 전시회를 꿈꾸며 연습에 연습을 하고 있는데 언젠가는 나도 지인들을 인사동 갤러리에 불러서 만날 날을 기대해요. 이 펜드로잉이야말로 정서적으로 안정과 행복감을 준답니다.

그리고 요즘에는 자원봉사활동에도 관심이 많아요. 다른 사람을 돕는 일이 제 삶에 새로운 의미를 더해주는 것 같아요. 젊은 세대와 소통하는 것도 중요해요. 그들의 새로운 시각을 배우면서 동시에 제 경험을 나눌 수 있어 서로에게 도움이 되는 것 같아요. 이렇게 사회적 관계를 유지하는 것이 외로움도 달래주고 삶의 즐거움도 더해준답니다.

100세 시대를 이야기하면서 경제적인 준비를 빼놓을 수 없겠죠. 은퇴 후의 삶을 위해 저축하고 현명하게 재정을 관리하는 것이 정말 중요해요. 여유 있는 재산을 가지고 있지는 않지만 연금, 보험, 투자 등 다양한 방법을 통해 노후의 경제적 안정을 준비하고 있어요. 그리고 저는 요양보호사 자격증도 취득했어요. 이는 경제적인 측면뿐만 아니라, 사회에 기여하고 제 가치를 확인하는 좋은 방법이 되고 있답니다.

우리가 살아가는 세상은 정말 빠르게 변하고 있어요. 무엇보다 중요한 건 변화를 두려워하지 않는 마음가짐이에요. 100세 시대는 우리에게 많은 변화를 요구하지만 이를 긍정적으로 받아들이고 적극적으로 대응하는 자세가 필요해요. 지금은 디지털 AI시대잖아요. 그 세상은 지금의 세상과 다른 뉴 월드(New world)라고 생각해요. 스마트폰, AI, 챗GPT 등 처음에는 어렵게 느껴졌지만, 하나씩 배워가니 이제는 일상생활에 없어서는 안 될 도구가 되었답니다.

100세 시대를 살아가는 것은 분명 도전이에요. 하지만 동시에 우리에게 주어진 새로운 기회이기도 해요. 신체적, 정신적 건강을 지키고, 사회적 관계를 돈독히 하며, 경제적 준비와 지속적인 학습을 통해 우리는 더욱 풍요롭고 행복한 삶을 만들어갈 수 있어요.

저는 매일 아침 일어나면서 제 자신과 한 약속을 떠올려요. 건강을 챙기고, 새로운 것을 배우며, 주변 사람들과 좋은 관계를 유지하겠다는 약속이죠. 헬스장에서 운동하고, 파크 골프로 친구들과 시간을 보내고, 펜드로잉으로 새로운 취미에 도전하면서 이 약속을 지키려 노력하고 있어요.

나이는 그저 숫자에 불과하다고 하잖아요. 정말 중요한 건 우리가 어떤 마음가짐으로 삶을 대하느냐 하는 거예요. 100세 시대, 우리 모두가 건강하고 행복한 삶을 살아갈 수 있기를 진심으로 바라요. 그리고 이 긴 여정에서 우리 각자가 자신과 한 소중한 약속을 끝까지 지켜나갈 수 있기를 응원합니다. 우리 함께 아름다운 100세를 향해 나아가요!

◆ Profile

한국디지털문인협회 회원

아빠의 약속

박동기

롯데월드의 아침 개장시간은 9시 반입니다. 정문 앞에는 개장시간이 한참 남은 이른 아침부터 기다랗게 손님들이 줄을 서기 시작합니다. 짧게는 수십 미터에서 길게는 수백 미터에 이르는 긴 줄이 1시간 전부터 형성되는데, 어린이날 같은 특별한 날에는 지하철 입구부터 긴 줄이 이어지기도 합니다. 모두들 일찍 들어가서 자기가 타고 싶어 하는 놀이기구에 먼저 타려는 욕심 때문입니다. 입장하고 나서부터는 하루 종일 피곤함도 잊은 채 대부분 폐장 시간까지 구석구석 돌아다니며 꿈같은 시간을 갖게 됩니다.

5년째 파크의 대표를 맡고 있는 저도 하루에 한 번씩 방문하는 현장 순찰 시간이 가장 행복한 시간입니다. 환한 웃음 속에 뛰어 노는 아이들을 바라보고 있노라면 온갖 스트레스가 순간에 사라져 버리는 통쾌함을 느끼게 됩니다. 진정 모든 어린이와 청소년들이 가고 싶어 하는 꿈과 환상의 공간이라는 생각입니다. 그러나 비싼 가격 때문에 아무나 마음대로 찾아올 수 있는 공간은 아닙니다. 서울에 있는 아이들도 1년에 한두 번 찾아보는 것을 커다란 행운으로 여기는 곳입니다. 지방에 사는 아이들은 더더욱 방문이 어려울 수밖에 없습니다. 제대로 즐기려면 서울에서 하룻밤을 자야 되기 때문에 결코 만만치 않은 비용으로 부모님들이 엄두를 못 내는 거지요.

얼마 전에 순천 교도소의 한 재소자로부터 편지를 받았습니다. 4장의 기다란 손 글씨 편지였는데 대충 읽어보니 자기 아이들의 파크 방문을 도와달라는 내용이었습니다. 흔하지는 않지만 그래도 가끔씩 발생하는 내용이라 직원들에게 건네며 진위 여부와 주변 동향 체크를 지시했습니다. 얼마 전에도 비슷한 편지를 받았던 기억이 되살아났기 때문입니다. 여 재소자의 편지로 아이들 파크 방문을 도와달라는 내용이었는데, 안타깝게도 고부 간의 갈등이 심하여 방문이 무산되어버린 경우였습니다. 적지 않은 어른들이 본인들의 입장에서만 상황을 판단하는 우를 종종 범하고 맙니다. 다행스럽게도 이번 건은 아이들도 특별한 사안이 없고 같이 사는 고부 간이나 떨어져 있는 부부 간의 갈등도 없어 보인다는 보고가 올라왔습니다. 다시금 시간을 내어 편지를 천천히 살펴보았습니다. 재소자는 경제 사범으로 6년형을 받고 복역 중이었습니다. 여타 파렴치범과는 달리 경영 악화로 죄를 짓게 되었던 것 같아서 가족과의 갈등도 비교적 약해 보인 듯합니다. 구속되기 전에는 매년 여행을 다닐 정도로 재정적인 여유도 있어서, 아이들에게도 차기 여행지로 롯데월드 방문을 약속했었다고 합니다. 구속되면서 모든 게 무너져 내렸겠지만 그래도 아이들과의 약속은 못내 마음에 걸렸나 봅니다. 가진 돈이라고는 30만 원이 전부여서 어쩔 수 없이 편지를 쓰게 되었다고 합니다. 구미에서 할머니와 엄마 그리고 아이들 셋이 살고 있는데 서울 롯데월드 나들이가 쉬운 일은 아니지요. 재소자가 가지고 있는 돈 30만 원의 의미를 알고 나서는 잠시 가슴이 먹먹해졌습니다. 한 달 내내 작업을 해야 하는데 2만 원 정도의 돈을 받는다고 합니다. 30만 원은 한 푼도 쓰지 않은 15개월 치 임금이지요. 비록 구속

된 몸이지만 아이들에게까지 신뢰를 놓치고 싶지는 않은 간절함이 있었나 봅니다. 하루라도 빨리 아이들과의 약속을 지켜주고 싶은데, 차마 생활고에 시달리고 있을 처에게 얘기할 수도 없으니 밤마다 고민에 밤을 설쳤을 거라 미루어 짐작해 봅니다.

재소자는 편지에서 조급한 마음을 이렇게 표현합니다. "상처가 아물고 난 다음에 약을 받게 되면 그 약은 쓸데도 없을 뿐더러 오히려 아픈 상처의 기억이 되살아나 마음을 아프게 합니다. 시기가 중요하다고 생각합니다."

편지를 쓸까 말까 수없이 망설이면서도 결국은 쓸 수밖에 없었던 재소자의 심적 갈등이 전달되어 오는 듯합니다. 아이들은 2남 1녀로 큰 아이는 중학생이고 둘째는 12살, 막내 딸아이는 7살인데 면회를 와서도 전혀 원망하는 눈빛들이 아니어서 더더욱 미안한 마음이라고 편지에 적어놓았습니다.

동시대를 살고 있는 같은 아빠의 입장에서 아리한 아픔이 가슴을 타고 내려옵니다. 다행스럽게도 나에게 자그마한 도움이라도 줄 수 있는 힘이 있다는 게 행운 같았습니다.

서울에서 1박 2일 동안 파크를 방문할 수 있도록 직원들이 정성스레 프로그램을 준비하였습니다. 할머니까지 합하여 다섯 식구의 서울 나들이가 이루어진 거죠. 이런 일들은 직원들도 신이 납니다. 남들을 행복하게 하는 일이니까요. 가족들이 부담스러워 할까 봐 먼발치에서만 바라보았습니다. 조금 긴장된 표정들도 보이지만 어느 가족들과도 비슷한 단란하고 화목한 모습이었습니다.

할머니가 자그마한 선물을 보내왔습니다. 아이들 나들이에 큰 도움이 되지 못해 미안했었나 봅니다. 2홉들이 소주병에 참기름을 담아왔습니다. 아이들 초청에 고맙다는 최선의 인사였겠지요. 돌아가신 어머니의 모습이 오버랩됩니다. 우리 어머니는 같은 상황이라면 어떤 모습을 보이셨을까? 통이 크셨으니 사장님을 직접 만나 뵙자고 하셨을까? 유과를 잘 만드셨으니 유과를 한 보따리 가져오셨을까? 표현은 조금씩 다르겠지만 모든 것을 자식들 생각에 쏟아 부은 우리 어머니들의 자화상은 같은 모습 아니었을까요?

아이들은 1박 2일의 서울 나들이를 무사히 마치고 구미로 내려갔다고 합니다.

2019년 말의 이야기이니 벌써 5년이 지났네요. 그런데도 절박했던 편지의 마지막 구절이 가끔씩 생각나 상념에 잠기곤 합니다.

"아픈 사람을 알아보는 건 더 아픈 사람일 겁니다. 상처를 겪어본 사람은 압니다. 그 상처의 깊이와 넓이의 끔찍함을… 그리고 아파봤기에 다른 사람을 아프지 않게 할 수도 있습니다. 반드시 재기하여 아픈 이들에게 돌려주겠습니다. 저희 아이들에게도 베풂과 나눔을 가르치겠습니다. 같은 하늘 아래 또 다른 세상에서 큰 용기를 내서 보냅니다."

진실된 마음이 아니고서는 나올 수 없는 표현이라는 생각입니다.

지금쯤이면 재소자도 만기로 출소하여 다시 가족이 복원되었을 것 같습니다. 어쩌면 종전보다 더 단단해지고 서로 아껴주는 사랑스러운 가족이 되었으리라는 확신을 갖는 게 저 혼자만의 바람은 아니겠지요. 같은 하늘 아래 같은 세상에서 멋지고 건강한 가정을 꾸려 나가기를 기대해 봅니다.

더불어 사는 세상은 생각보다 따뜻하고 사랑스럽습니다.

◆ Profile

전) 롯데월드 대표이사, 전) 대한스키협회장, 전) 테마파크협회장

어머니와의 약속

박미경

세상사 존재하는 그 어떤 약속도 가벼이 여길 일은 아니다. 작은 약속이라 해도 그 안에는 우리가 알지 못하는 깊은 의미와 가치가 숨겨져 있다. 모든 약속은 서로의 신뢰와 존중을 바탕으로 빚어지는 소중한 것이며, 사소해 보이는 순간에도 삶의 중요한 조각이 되어 우리의 인연을 이어주는 연결 고리 역할을 한다. 어떤 약속도 하찮게 여길 수는 없기에 인생에서 가장 어렵고도 귀한 약속을 생각해 본다.

1980년 즈음 같은 직장에 다니는 운순 언니는 손목시계 꿈을 꾸었고, 그 꿈을 꾼 뒤 이란성 쌍둥이 언니의 결혼이 성사되었다. 시계 꿈은 다양한 의미와 메시지를 내포하고 있겠지만, 나이가 나이인지라 그 생각이 자연스레 결혼과 연결지어 생각하게 된다.

꿈은 무의식의 한 조각이며, 잠든 동안 일어나는 정신적 활동이다. 어릴 적에는 절벽에서 떨어지는 꿈을 꾸면 키가 큰다고 했고, 하늘을 훨훨 자유롭게 날아다니는 꿈을 꾸면서 큰 꿈과 희망을 품기도 했다. 꿈속에서 불이라도 나면 온 사력을 다해 불을 끄려 애쓰다 깨어나고, 가위에 눌린 꿈을 꾸면 온몸이 말을 듣지 않아 식은땀을 흘린 적도 있다. 그렇게 수많은 꿈을 꿨지만, 많은 꿈은 결국 기억 속에서 사라진다.

꿈은 그저 꿈일 뿐이다. 참으로 단순한 꿈일 수도 있었겠지만, 어쩌면 나는 내가 꾼 꿈에 나름의 의미를 부여했는지도 모른다.

1987년 새해에 유난히 커다란 벽시계가 등장하는 꿈을 꿨다. 그것은 왠지 모르게 남다르게 느껴졌다. 가을이 지날 무렵 어머니께서 갑자기 선이 들어와 약속을 잡아놓았다고 말씀하셨다. 그 당시 엉겁결에 어머니가 정해놓은 약속을 거역할 수 없어 나가게 되었고, 직장에서 일하고 있으면 일방적인 어머니 전화 한 통화로 약속장소에 또 나가면서 나의 의사와는 상관없는 일이 진행되기 시작했다.

큰오빠, 큰언니는 이미 결혼하여 조카들이 초등학교와 유치원에 다니고 있었고, 두 살 터울인 작은언니와 작은오빠가 있었음에도 불구하고, 어머니는 내 결혼 문제에 대해 순번을 따지지 않고 우선적으로 진행을 하려는 의지를 보이셨다. 그 당시 어머니는 누구라도 보내고 싶은 심정이었다. 착한아이 증후군이 있던 나는 어머니의 말씀을 잘 따르며 착한 딸로서 효도를 중요하게 여기며 살다보니 그해 겨울 초입에 들어온 선은 일사천리로 빠르게 진행되었다.

그때가 직장생활을 시작한 지 8년이 넘어가다 보니 어느새 타성에 젖기도 하고, 날씨가 추워지면서 나태해지기도 했을 때였다. 나는 변화가 필요했다. 퇴근 후에는 안국동 현대에 들러 수영을 하고 가끔은 친구를 만난 뒤 귀가하면 또 다른 일이 기다리고 있었다. 집에 오면 오빠가 하는 사업을 온 가족이 매달려 도와줘야만 하는 입장이었다. 삼층집 맨 아래층에 완구공장을 운영했기에 직원들이 퇴근하고 나면 외주를 줘도 일이 밀려서 가족 모두 전동드라이버로 로봇을 조립하고, 전기프레스로 완구를 포장하는 일까지 하다 보니 자정까지 일을 해야만 했고, 또 은행 재무도 나와 얽혀 있어 여러모로 신경을 써야 했다.

그러던 어느 날 상대편 집안에서 급히 연락이 와 가족 만남을 가지게 되었다. 처음 소개받고, 만난 지 얼마 지나지 않아 상견례를 하고 선본 지 한 달 17일째 되는 날 결혼 날짜가 잡혔고, 그해 겨울 12월에 잘 다니던 국립과학관을 사직하고 결혼까지 이르게 되었다.

신혼생활은 마치 소꿉놀이하듯이 정신없이 지나갔고, 어느덧 6개월이 흘렀을 때 작은언니 역시 큰형부가 소개하여 1988년 7월에 약혼과 결혼을 하게 되었다. 또 6개월 후 그 이듬해 1989년 1월에는 작은오빠도 친구의 소개로 만나 부부가 되었다. 13개월 동안 우리집은 세 번의 청첩장을 돌리며 혼사 준비로 분주했고, 사랑스러운 두 아이들의 부모가 되기도 했다. 그렇게 혼사가 연달아 이루어지고 보니 신년에 꾸었던 커다란 벽시계 꿈에 기분이 묘해지며 감회가 새롭고, 벽시계 꿈이 신통방통할 수밖에 없었다. 신기하게도 무언가 특별한 의미가 있는 기분이었다. 물론 단순한 꿈에 과도한 의미를 담고 싶진 않지만, 한 집안에서 불과 13개월 사이에 세 번의 결혼식을 치렀다는 것은 흔한 일이 아니고, 과년한 자식을 둔 집에서는 한동안 부러워했다.

꿈, 또 다른 꿈, 약속, 결혼은 불가분의 관계가 되었다. 결혼이란 서로를 지지하고 각자의 삶을 존중하며 서로 이해와 배려로 다가서는 것이고, 사랑과 신뢰가 있어도 두 사람만의 결합이 아니라 집안과 집안이 하나로 엮이는 만남이니 쉬운 일이 아니다. 인생의 동반자로 서로의 장점과 단점을 서로 보완하며 때로는 고난을 함께 이겨내는 여정 속에서 결혼은 인생의 새로운 전환점이 된다. 결혼이라는 중대한 결정을 쉽게 내린 나 자신을 자책할 때도 있지만, 결국 모든 선택은 나의 의지에 따른 결정이다.

아이러니하게도 늘 순종적이고 착한 딸로 남으려 했던 콤플렉스에서 비롯된 일로 치부하기도 한다. 소박하게 현모양처를 꿈꿨던 나였지만, 실상은 착한아이 콤플렉스에 얽매여 살았다. 세 아이를 낳고 양육하며 살아가는 동안 어느새 나는 점점 사라지고, 형체 없는 그림자만 남아있는 것처럼 느껴지기도 했다. 책임감은 강했지만, 몸과 마음이 지쳐 누군가의 도움이 간절히 필요했음에도 불구하고, 스스로에게 인색하게 굴며 도움의 손길마저 외면했다. 그렇게 점차 비관적이고 편협한 마음에 갇혀만 갔다. 혼자 끙끙 앓는 시간 속에서 마음의 병이 찾아왔고, 그로 인해 가족들까지 오랫동안 힘든 시간을 겪게 했던 것 같다. 아플 땐 아프다고, 힘들 땐 힘들다고 말해야 했지만, 그저 괜찮다 괜찮다 하며 소리 없이 참아내며 버텨냈다. 가족들에게 상처를 남기고 싶지 않아 자존심을 세우며 내 감정을 묻어 두기만 했다. 표현하면서 살아야 했음에도 다 아무렇지 않은 것처럼 했던 그 힘겨운 시간들도 결국 세월과 함께 모두 지나갔다.

이제와 생각해 보니 일생을 결정짓는 일에 있어서 어머니와의 약속 덕분에 그래도 순탄한 항해를 했다는 생각이 든다. 몇 해 동안 마음의 병을 앓으면서 가족들을 힘들게 했던 그 시간들을 돌이켜 생각해 보면 지금도 마음이 아프다. 엄마가 아프면 집안에 웃음기가 사라진다. 가족이 있었기에 지금의 나도 있는 것이다. 약속을 지키기 위해 또 가문에 먹칠하지 않기 위해 나 나름 노력을 했지만, 마음 한편은 곪아 있어 가족들을 힘들게 했던 것 같다. 지금은 누구에게라도 싫으면 싫다고 하고 화낼 일이 있으면 감정 표현을 하려고 한다. 내가 하고자 하는 일들을 가정 속에서 병행하며, 지금 이 귀한 시간을 나에게 쏟아본다.

가을 햇살이 참 좋다. 하늘은 높고 바람에 흔들리는 풍경소리조차도 마음을 넉넉하게 해준다. 가을볕에 익어가는 곡식과 과실처럼 나 역시 천천히 익어가고 있는 듯하다. 나는 어려운 사람보다는 친구같이 격의 없이 편안하게 지낼 수 있는 사람을 택했다. 평소에도 늘 친구같은 사람을 선호했다. 결혼은 단순히 두 사람만의 결합이 아니고 두 사람이 만들어가는 과정이고 결혼을 통해 삶의 의미를 발견하고 꿈과 목표를 존중하며 함께 성장해 간다.

결혼하기 전 영화예매를 한 뒤 종로 서울극장 근처 경양식 집에서 남편이 내게 한 말을 떠올리면 지금도 웃음이 난다. 어찌 보면 그게 프러포즈였다. 일생의 배우자를 얻기 위한 그 순간의 용기 있는 표현이다. "저의 가족이 되어주신다면………." 어눌한 그의 말에 나는 코가 꼈다. 그리고 세 아이의 엄마가 되었다. 여행을 좋아하고 감성적인 나와는 달리 바다낚시를 좋아하고, 감정표현도 서툴고 무딘 편이지만 성실하고 부지런한 그는 내 평생의 짝이 되었다. 아플 때나 힘겨울 때 언제나 묵묵히 내 곁을 지키며 기다려준다. 가끔 내게 엄지척을 해주며 응원해 주는 남편과 든든한 첫째 소영, 살가운 둘째 경민, 다정한 셋째 영기 그리고 듬직한 사위와 친절한 양주 바깥사돈과 안사돈, 언니와 오빠 가족이 있어 감사하다.

살면서 서로 배려하고 돈독하게 지내며 잘 살아가면 무엇이 부러울 것인가? 명절에 다니러 갈 수 있는 이모부와 이모가 있어 감사하고, 횡단보도 3개만 건너면 언제든지 만날 수 있는 친구 같은 작은 언니가 있어 좋다. 남편 초등학교 동창의 인연으로 만나 친정어머니마냥 장까지 담가주는 경애 언니와 동네 인연으로 만난 언니와 친구들 그리고 내 동네에서 함께 하는 이웃이 있어 행복하다. 한 살 한 살 나이와 주름이 늘어가면서 서로를 위하고, 사랑하고, 감사하며 행복하게 살아가려 한다. 서로의 존재가 주는 소중함을 매 순간 잊지 않고 채워가며 함께 행복을 만들어 가기로 한다. 우리의 삶이 서로를 위하는 작은 약속으로 빛나길 바라며, 오늘도 내일도 한 걸음 두 걸음 내디뎌 본다.

◆ Profile

전) 국립과학관, 한국서가협회 국전작가, 디지털문인협회 회원

통일이 되면

박영애

약속이란 반드시 지켜야만 생명력이 있는 것일까? 아니면 지키고 싶은 마음에서 중요하다고 점찍어 놓고 그대로 됐으면 하고 기원하는 데 의미를 두는 것일까? 아니면 상대를 편안하게 해주고 싶어서 던지는 말에 불과한 것일지 모른다. 하지만 그 의미가 무엇이든 약속은 본질적으로 신뢰를 기반으로 한 사회적 계약이라 생각한다. 사리 판단 못 하는 어린아이에게도 약속하자 하면 꼭 지켜진다고 믿고 새끼손가락을 내민다. 이렇듯 약속을 통해 다른 사람과의 관계에서 신뢰를 쌓고, 그 신뢰는 우리가 서로 협력하고 의존할 수 있는 기초가 된다는 것을 자연적으로 알게 되었을 때는 내가 성장한 후였다.

나의 어린 시절은 늘 마음 한 곳이 비어 있는 상태였다. 나는 아버지에 대한 기억이 없다. 내가 돌이 되기 전에 납치되셨기 때문이다. 아버지가 연세대학교의 전신인 연희전문대학에서 경제학 교수로 재직하셨고, 러시아어에 능통해 러시아어 사전을 집필했다는 사실만 어렴풋이 엄마로부터 전해 들어 알고 있었다. 학교에서 강의 끝날 무렵이었단다. 그때 누군가가 와서 평양에 러시아 준장이 방문하게 되니 통역이 필요해 모셔갔다는 말만 인편으로 들었다는 것이다. 나에겐 어떤 이유도 중요하지 않았다. 나랑 친한 친구들은 아버지가 있었다. 아버지란 존재가 없다는 건 집에 무게감이 없다는 거였기에 화가 나고 샘도 났다. 매사에 지는 걸 싫어한 성격도 있었겠지만 아버지가 있는 아이들에게 지기 싫어 열심히 공부했다. 다행히 엄마의 강인한 생활력으로 남부러울 것 없이 부유하게 살았지만 등 따습고 배만 부르면 행복한 게 아니라는 걸 어린 나이에 우연히 알게 되었다.

어느 날 같이 놀던 친구가 장에 가셨던 엄마 아버지를 발견하곤 뛰어갔다. 그러더니 엄마 손과 아버지 손을 잡고 그네 타며 까르륵 웃는 모습을 보고부터 갑자기 마음이 허해졌다. 그때부터 마음 한 구석이 늘 공허했다. 텅 빈 그 자리를 대신할 것은 없었지만 난 늘 명랑하게 비쳤고 타인에게 어려움을 내색하지 않는 성격이 되어 갔다. 어느 날 나는 몇 번이나 엄마에게 우리 집엔 왜 아버지가 없느냐고 물었다. 그때마다 엄마의 대답은 한결같았다. 걱정 말라고. 곧 만날 수 있을 거라고. 통일이 될 거라고. 통일이 뭔지 모르지만 3·8선이라고 그어진 금을 지우면 될 거니까 믿었다. 사방치기할 때도 놀이가 끝나면 절대적이라고 믿고 규칙 지키자고 그었던 금을 집에 돌아갈 시간 되면 지워도 되곤 했으니 그깟 것 별거겠느냐는 생각에 엄마 말을 믿었다.

"정말? 언제? 진짜? 꼭?"

어린 마음에도 머지않아 아버지와 같이 살 수 있다는 사실에 학교에서도 당당했다.

조금만 기다리면 3.8선이 무너져 만날 수 있다는 엄마의 말을 듣고 나는 손가락을 걸며 약속했다. 그 약속은 나에게 커다란 위안이었고, 학교에서 호구 조사를 하면서 아버지가 없는 아이는 손 들라 했을 때도 절대 안 들었다. 그럴 때마다 맘속은 캥겼는지 자꾸 짝꿍에게 말을 시키곤 했었다. 못 들은 척하려고 내 딴에는 수를 쓴 것이다.

그러다 보니 친구가 집에 놀러 온다고 하면 나는 먼저 후다닥 방에 뛰어 들어가 벽에 박혀있는 못에 남자 바지를 걸어 놓고 나서야 방문을 열어줬다. 남자 바지는 먼 친척이 우리 집에 다니러 왔을 때 빨아놓은 바지를 몰래 장독 뒤에 숨겨 놨었다. 친척 아저씨는 결국 바지를 찾지 못하고 가셨다. 그 바지를 숨겨놓고 나는 학교 운동장 한 구석에서 하루 종일 배를 쫄쫄 굶으며 기다렸다가 해가 지고 나서야 들어갔다. 그리곤 그 바지를 내가 찾은 척 내놓았다. 그 후 그 남자 어른 바지는 내 재산 목록에 추가되었다. 물론 집에서는 딸이 아침에 나가 종일 안 들어 왔으니 동네 사람들까지 합심해서 찾으러 다니는 해프닝이 있었나 보다. 눈이 퀭하니 들어가고 힘없이 들어오는 딸을 보고 야단칠 수가 없었을 것이다. 그 후 이틀이나 아팠으니 귀하게 얻은 어른 바지다.

엄마의 약속은 끝내 지켜지지 않았다. 그 이유가 중요하지 않았다. 엄마가 나에게 아버지를 만들어주지 않았다는 데 불만이 컸다. 친아버지가 없으면 새아빠라도 만들어줘야 하는 거 아닌가 하는 생각이 은연중에 들었지만 입 밖에 낼 수는 없었다.

어쩌면 엄마가 나와 한 약속은 아버지를 다시 만나게 해줄 수 있다는 확신보다 엄마 자신이 아버지의 역할까지도 해주며 잘 키우겠다는 약속이 아니었을까. 왜냐하면 한 개인의 힘으로 해결될 문제가 아니기에 어린 자녀에게 내일이라는 희망을 주기 위해서 필요했을 것이다. 엄마가 그만큼 완벽하게 아버지의 자리까지 부족함 없이 채워주셨기 때문에 외견상 성장과정에서도 아버지로 인한 빈자리는 크지 않은 듯 엄마에게 보여졌을 것이다.

겉으로 채워지지 않는 아버지란 존재의 부재에 대한 어떤 공허함은 저 밑바닥에 남아 나를 때때로 고독하게 만들었다. 그 공허함을 어떻게든 극복하려고 매사에 열심이었고 적극적이었다. 약속이란 지켜지지 않아도, 그 순간 상대방이 나를 위해 무엇인가를 해주려는 마음을 받아주는 게 중요하다고 마음을 다지곤 했다. 약속한 그 당시, 그 마음 자체로 충분히 행복할 수 있으니까. 세상에서 내게 가장 큰 존재인 엄마의 약속을 믿었기에 성장 과정에서부터 성인이 될 때까지 희망을 가질 수 있었으니 오히려 고맙다는 맘이 들었다. 내가 그토록 이뤄지기를, 지켜지기를 바랐던 약속은 개인의 약속이었지만 통일이 되어야만 만날 수 있다는 약속은 너무 큰 것이라 나랏님도 어쩔 수 없다는 걸 커서야 알았다. 그것이 분단의 비극이니. 그런 일을 겪으며 자란 나는 스스로 많은 것을 깨달았다. 꼭 그렇게 해주고 싶다는 바람도 약속이라며 사소한 약속에 매달리지 않는 습관이 들었다.

삶에서 약속이란 결국, 상대가 나를 위해 무언가를 하려고 했다는 그 마음만을 받아들이면 늘 행복했으니까. 무엇을 해주겠다는 약속을 통해 그 사람의 진심을 그 순간 느끼면 됐다. 세상은 내가 마음먹은 대로 돌아가는 것이 아니니까, 그 순간의 행복에 집중하는 것이 더 중요하다는 것도 깨달았다.

나에게 아버지와 살게 해주겠다고 약속했던 엄마는 이미 돌아가신 지 오래다. 아마도 나의 아버지도 이미 이 세상 사람이 아닐 것이다.

인생에서 영원한 행복이란 없다. 순간순간의 작은 행복들이 모여 인생이 되듯 적어도 나에게 중요한 것은 아버지와 언젠가는 살 수 있으리라는 약속이 주는 기대감에 행복지수가 높았다. 그와 동시에 성장하면서 간절하게 통일이 되길 바라는 애국자가 되어가고 있었다. 대한민국이 부강하여 자연스럽게 통일이 되길~

♠ Profile

현) ERICA 한양대 인문학외래교수, 시인, 동화작가, 수필가, 동화구연가, 시 낭송가

맨 발로 걷다

박용호

세상에 태어나 말이 트이는 시점부터 사람은 주변 관계자들과 약속을 한다. 약속은 다른 사람과 맺는 유대감이자 우리의 의도를 미래의 행동에 묶어 두는 합의이다. 우리는 어릴 적부터 약속의 중요한 의미에 대해 배운다. 그리고 자라면서 약속된 사항을 평소 잘 지키는 사람인가, 쉽게 약속을 저버리는 사람인가 등을 종합적으로 판단하여 사람의 됨됨이를 평가하기도 한다.

나는 약속을 함부로 안 하는 편이다. 지키지 못하거나 지키기 힘든 일을 약속하는 것이 싫고 신뢰받을 만한 사람으로 주위 사람들에 인식되기를 좋아하는 성격이다. 지킬 자신이 없으면 약속 대신 최선을 다 해보겠다는 정도의 말과 글로 마무리하는 편이다. 그래서 가족, 친척, 친구 및 지인에게 큰 약속을 해본 적이 많지 않다. 단지 나 자신과의 약속은 많이 해왔고 지키지 못한 일도 많았다.

우리 집은 오지 산골 마을에서 농사를 지으며 살았다. 가난한 집이어서 큰형을 제외하고는 남매들이 교육 혜택을 제대로 받지 못했다. 늦둥이 막내 아들로 태어난 나는 행운아였다. 집안 형편이 나아진 덕에 순천에 있는 중·고등학교로 진학했다. 대학은 서울에서 다녔다. 많은 돈을 쓰며 긴 세월 유학 생활을 한 셈이다. 큰형 내외는 장손 아들을 낳으려다 딸 다섯 후 아들 둘을 낳았다. 내 대학 등록금, 수업료, 책값, 매달 하숙비 및 용돈 등이 만만치 않은 데다 성장한 조카들의 학자금 내는 시점과 겹치면 집안 고민도 많아졌다. 하숙비라도 아껴볼 양으로 인천에 사는 넷째 형집에 들어가 서울에 있는 대학까지 통학을 한 적도 있었다. 그러나 거리도 멀고 공부할 환경이 아니었다. 여러 생각이 스쳤다. 부모 봉양과 조카 7명 뒷바라지를 해야 하는 형 내외의 짐을 덜어주고 싶었다.

궁리 끝에 대학 졸업 때까지만 본가의 지원을 받고 그 후에는 일체의 지원을 받지 않아야겠다는 나와의 약속을 했다. 거기엔 미래의 상속도 포함되었다. 다소의 심적 갈등도 있었지만 그렇게 나와의 약속은 굳어져 갔다. 맨발로 서고, 맨발로 걸을 마음 준비에 들어갔다. 얼마간의 시간이 지나고 아버지와 큰형에게 나와의 약속 내용을 공개했다. 대학 졸업 때까지만 지원을 받고 상속도 안 받겠다고. 내 안의 약속이 내 밖과의 약속으로 전환되고, 두 약속이 마음의 끈으로 하나가 되었다. 대학 졸업 후 취직을 하여 2년 뒤 결혼을 해야 하는데 신혼집 얻을 돈이 없었다. 직장 생활 중에 악착같이 저축을 하지 않았던 탓이었다. 할 수 없이 본가에 연락하여 신혼집 전세 대금을 빌려달라고 부탁했다. 상환은 돈이 생기는 대로 수시로 갚아가겠다고 말씀드렸다. 궁색한 상황이 되니 포기하기로 했던 내 몫의 상속분 생각도 조금은 났다.

큰형은 농협에 전답을 담보로 넣고 천만 원을 대출받아 신혼집 전세금으로 빌려주었다. 조그마한 목돈이라도 모이면 상환액을 갚아갔다. 그간 2세들이 태어나니 돈 들어갈 데가 많아졌다. 바늘에 실 따라가듯 고민도 돈 움직이는 뒤를 따라 꿈틀거렸다. 가진 게 없는 촌놈에게 시집온 아내에게 미안했다. 상환금과 생활비 확보를 위해 아내도 돈을 벌어야 했다. 대학에서 피아노를 전공한 아내는 집 근처에 조그마한 피아노 학원을 열어 학생들을 가르쳤다. 아내는 아이들 돌보랴 피아노 가르치랴 정신없이 일해야 했고, 나는 나대로 직장 일에 쫓기며 대출 상환을 해나갔다. 월급이 들어와도 며칠 후면 모래에 물 빠지듯이 금세 없어졌다. 상환금, 기본 생활비, 아이 양육비 등 들어갈 곳이 많아 저축액은 늘지가 않았다.

이 와중에 발생하지 말아야 할 일까지 터졌다. 제3자의 은행 대출 보증을 선 게 잘못되어 상당한 금액의 미상환 대출금을 고스란히 떠안게 되었다. 재정 상태가 나빠져 애들 학비 걱정을 하는 친척이 사무실까지 찾아와 1년 이내에 은행 상환을 마칠 테니 보증만 서달라고 사정을 했다. 애들 학비 낼 돈이 없다는 말에 마음이 약해졌다. 아는 사람끼리 돈거래 하지 말라는 옛말을 무시하고 보증을 서줬다. 몇 개월 뒤 은행에서 내용 증명 등기물이 왔다. 원 대출자가 원금 및 이자를 일정대로 갚지 않아 보증인의 납득할 만한 조치가 없으면 불가불 나의 급여 구좌를 압류하겠다는 내용이었다. 아뿔싸, 발등이 찍혔다. 한숨이 절로 나왔다. 아내의 한숨까지 겹쳐졌다. 그간 그럭저럭 그려왔던 수채화에 물이 뿌려졌다. 원금과 이자를 바로 지급하지 않으면 이자율까지 대폭 상승한다는 말에 급하게 은행 대출을 받아 일부 상환 처리를 하였다. 계획에도 없는 지불 경비가 추가되니 가용할 돈이 부족해 카드 대출 돌려막기도 해야 했다. 상환일이 어찌나 빨리 돌아오는지 시쳇말로 죽어라 죽어라 했다. 친척에 대한 원망과 나의 어리석음에 대한 후회가 뒤섞였다. 한동안 잠도 설치고 얼굴 표정도 어두워졌다. 신경이 곤두서니 별것 아닌 일에도 아내와 다툼이 생겼다.

설상가상의 어려움 속에서 우리 부부는 더 열심히 뛰어야 했다. 둘 다 일을 하니 애들 돌볼 방법이 궁한데다가 돈도 아껴볼 요량으로 장모의 도움을 얻어 일시적 처가살이도 했다. 바삐 허덕이던 시간은 빠르게도 지나갔다. 보증 실수로 안은 은행 빚도 상환을 마쳤다. 본가에서 받았던 대출금 상환 잔액도 조금씩 줄어들고 일부 잔액이 남았을 즈음 그만 갚아도 된다는 큰형의 메시지를 접했다. 약속은 약속이기에 전액 상환을 마쳤다. 상환 의무 없이 전세금 지원을 받을 수 있거나 부모가 집을 마련해 주는 사람들의 세상살이 출발선은 훨씬 앞에 있다. 우리처럼 전세 대출금을 갚아 가는 사람은 갚는 기간만큼 시작점이 뒤쪽에 있다. 돌아보면 비록 뒤쪽 출발선에서 늦게 뛰었지만 당시 아내와 고민하며 울고 웃던 그 시절이 우리 가족의 성장사에 한 획을 그은 행복한 때였다.

나와의 약속은 마침내 지켜졌다. 대출금을 모두 상환할 수 있을까 걱정했다는 조카에게 큰형은 "막내 작은아버지는 반드시 약속을 지키는 사람이니 하나도 걱정 안 된다"라고 얘기했다는 말도 나중에 전해 들었다. 아버지처럼 맨손에 맨발로 걸어온 막내가 안쓰럽고 기특해 보였는지 아버지는 나를 무척 예뻐하고 자랑스러워했다. 죽음이 다가온 아버지 임종을 보려고 애태우며 서울에서 달려 내려가 "아버지, 용호 왔어요"라는 내 목소리에 아버지는 의사 표현도 못하시며 눈물을 흘린 뒤 얼마 후 눈을 감으셨다. 그렇게 나를 기다렸다는 큰형수의 목소리가 지금도 생생하다. 나와의 약속, 밖으로 드러낸 약속이 온전히 지켜진 것을 보셨던 한 분이 먼저 떠나고 세월이 지나 큰형도 뒤를 따라 떠났다.

맨발로 걸어온 나를 떳떳함으로 우뚝 서게 만든 사람은 아내다. 내가 나와의 약속을 끝까지 지킬 수 있게 힘이 되어준 사람이다. 가진 것 없는 빈털터리를 만나 고생을 많이 했건만 서운한 얘기나 원망의 소리조차도 멀리해 온 아내가 고맙기만 하다. 어차피 맨발이었던 어제와 여전히 맨발 같은 오늘을 사랑의 마음으로 담아가고 싶다.

◆ Profile

현) 디지털문인협회 이사, 전) 현대 모비스 해외영업실장 및 중소기업 경영진 역임.
저서: 《뜨겁게 전진하고 쿨하게 돌아서라》

내 고향 '새터'에 흐르는 정신

박현문

나의 고향은 경상남도 밀양 초동저수지 옆 '새터'라는 마을이다. 벼수확철 '밀양 새터 가을 굿놀이'가 무형유산으로 남아 있는 것을 보면 초동저수지 둘레 평야지대에 벼농사가 잘 되었던 것으로 짐작된다. 새터라고 하면 이북동포들이 사선을 넘어 남한으로 와서 새롭게 정착한 분들을 탈북민 또는 새터민이라고 부르는데 이들을 연상하게 된다. 고려의 국운이 끝나자, 고려 말 목은, 포은, 야은, 만은 등 팔은 중의 한 분인 송은(松隱) 박익(朴翊) 선생이 벼슬을 버리고 개경에서 밀양으로 내려오면서 둘째 아들 인당(忍堂) 박소(朴昭)가 새로운 티전을 마련하였다는 의미에서 새터, 새월이라고 명명하였던 것으로 이해된다.

이태조가 1392년에 조선을 건국한 후 3년 뒤 도읍을 한양으로 옮기고 송은을 공조판서, 형조판서, 예조판서, 좌의정으로 불렀으나 송은은 끝내 응하지 않고 이태조 7년에 별세하셨다. 세상을 여의던 전일 저녁 네 아들을 불러서 '나는 왕 씨 조정에서 벼슬했던 몸으로 마치지마는 너희들은 이 씨 세대의 사람이 되었으니 충성을 다하라'는 유언을 남기셨다. 정종 원년(1399년)에 춘정 변계량의 청에 의해 충숙(忠肅)이란 시호를 내려받으셨다. 경남 밀양군 청도면 고법리에 있는 송은의 분묘에서 2000년 7월 매죽도와 인물풍속도가 발견되었는데, 조선시대의 벽화묘로는 유일한 것이었다.

송은의 시에서 '선천의 영욕은 마음 속 말을 못함이 탄식되고, 옛길의 행장을 차리니 원통한 심혼이 벌써 늙었음에 운다' ' 송계 높은 나무에 피눈물이 속절없이 흐르고, 달 지고 꽃 떨어져서 천지가 아득하다'는 표현에서 보는 바와 같이 고려에 곧고 충성된 마음으로 죽기를 각오하고 이태조를 붙좇지 않는 절조는 상전벽해를 백겁이나 지난 후에도 사람에게 눈물 지우게 한다고 노산 이은상 선생이《송은 선생 문집》서문에서 밝혔다. 이 문집은 부친께서 교육공무원 재직 시절 새벽 시간을 이용하여 붓글씨로 직접 쓰신 것을 인쇄한 필사본이었다.

나는 유년시절을 새터에서 자랐다. 덕대산(622m)에서 뻗어내려 온 능선에 선산이 있고, 선산 아래 초동국민학교가 있는 마을이 새터이고, 종손댁을 비롯한 16촌 이내의 집안사람들이 모여 사는 집성촌이다. 어렸을 때는 1950년대 말이라, 경제적으로 어려움은 많았다. 이 당시만 하더라도 대가족사회라 집안마다 3대가 같이 생활을 하기도 했으며, 보통 6남매 이상 자녀를 두고 있어, 할머니를 따라 외출을 하면 동네 안방어른들이 많이 모여 있었으며, 젊은이들도 많아 동네는 활기가 있었다. 마을 남단에 일제시대 때 축조한 둘레가 약 4km나 되는 '초동 저수지'가 있는데, 이때부터 새터(新基)가 신호(新湖)로 바뀐 것 같다. 최근에는 낚시꾼들이 많이 찾는 명소가 되었다.

초등학교에 들어가기 전의 기억은 많지는 않지만 훗날 나의 인생에 영향을 미친 몇 가지가 선명하게 남아 있다. 네 살 때부터 할아버지께서 장손인 나에게 국문과 산수를 가르쳐 주시고 특별히 애정을 쏟으셨다. 선행학습 덕분에 나는 명문대를 갈 수 있었다. 할아버지는 한 번도 화를 내시는 적이 없는 호인이셨다. 할아버지께서 마을 이장을 하실 때 마을 사람들이 금융조합에 대출 담보로 제공할 경제적 여력이 없어 할아버지를 찾아오면 이를 차마 거절하지 못하시고 보증을 서 주셨다고 한다. 마을사람들이 빚을 갚지 못하자, 결국 할아버지는 집과 논밭을 다 잃고, 장롱 등 값진 물건들에도 붉은 차압 딱지가 붙었다.

어린 다섯 살 때의 기억이 아직도 생생하다. 심각한 가족회의가 우리 집 대청마루에서 열렸다. 삼촌들이 중, 고등학교 재학시절 더 이상 학업을 이어가지 못하고, 돈을 벌기 위해 고향을 떠나 부산으로 내려가시고 뒷바라지하기 위해 할아버지, 할머니도 같이 내려가시기로 하였다. 아버지는 교육 공무원이셨는데, 할아버지의 채무를 부인하지 않고 평생에 걸쳐 갚기로 하였으며 두 누나들도 원하는 학업을 제대로 이어가지 못했다.

할아버지께서 마을사람들의 부탁을 거절하지 않으셨던 마음과 아버지께서 할아버지의 빚을 부인하지 않고 평생에 걸쳐 갚으시려 했던 마음에서, '한번 약속하면 끝까지 지키는 성품이 곧고 맑으신 분들'이라는 생각이 든다. '아무리 어려운 상황에 처해 있더라도, 약속은 지키고, 책임은 다해야 한다'는 고향 새터에 흐르는 선조들이 남기신 훌륭한 정신은 인생 역정의 고비고비마다 큰 나침반이 되었다.

입사해서 30년간 줄곧 다니던 회사에서 부사장으로 근무하고 있었을 당시 회사로부터 갑자기 해촉통보를 받았다. 평생직장처럼 언제까지나 일할 수 있다고 생각했는데 회사를 떠나야 한다는 생각이 들자 아쉬움이 컸다. 대부분의 직장인들이 겪었던 공통된 심정일 것이나 나에게는 더욱 특별한 것 같았다. 마치 시험을 치다가 시간 종료가 되지 않았는데도 답안지를 뺏긴 기분이었다. 아직도 회사에 더 많은 기여를 할 수 있는데 시간이 종료되었다는 통보를 받은 것이다. 이러한 아쉬움이 창업을 하게 된 계기가 아닌가 한다.

대기업의 간부나 임원으로서 경영에 참여하는 것과 중소기업을 창업하여 운영하는 것은 크게 다르게 접근해야 했다. 내가 선택한 사업은 치킨게임 사업으로 대기업인 보험회사와의 관계가 '을'도 아니고 '병'도 못 되고 '정'에 불과했다. 창업할 당시 인건비 수준은 손해사정 업계 평균 수준에 맞추고 인력도 최소한으로 하고, 사무실이나 집기 비품도 최저 경비를 들여야 했다. 그러나 사무실을 임대료가 비싼 중심지에 자리 잡고, 인테리어와 집기 비품을 고급스럽게 갖췄다. 인사, 총무, 경리 직원을 따로 두었을 뿐 아니라, 대기업의 자회사 급여와 복리후생 제도를 그대로 적용하다 보니, 인건비가 업계 평균보다 20-30% 높은 수준이라 큰 폭의 적자로 경영은 수렁에 빠졌다.

여러 가지 시행착오로 회사 창업 이후 수십억 원이 넘는 자금이 들어가야 했다. 당초 예상보다 거래선 확보와 수주물량의 현저한 부족으로 창업한 지 1년도 안되어 다른 손해사정회사보다 자본금이 훨씬 많았음에도 불구하고, 자금이 바닥이 나 증자를 하게 되었다. 그러나 증자한 지 1년도 되지 않아 자금이 다시 부족하여 직원들 월급 때만 되면 자금을 구해야 되어 마음의 여유를 잃게 되었다. 젊은 시절 가입한 보험의 약관대출이나, 집을 담보로 한 은행대출에 의존할 수밖에 없었다.

사업이 가장 어려웠던 시기에 혼자되신 아버지를 자주 찾아뵙지 못하고 편안히 모시지 못한 것이 항상 마음에 남아 있다. 사업을 잘못하여 파산에 이르게 되면 가족들이 피해를 입지 않을까 하는 두려움으로 아내와 이혼을 해야 되지 않을까 하는 고민도 많이 하였으나, 올바른

처신이 아닌 것 같아 실행하지 못하였다. 사업을 하고 있는 '비즈니스맨은 평판과 신용을 잃으면 모든 것을 잃는 것'이기 때문에 레퓨테이션을 잃는 것이 두려웠다….

다행스럽게 사업의 포트폴리오를 다양하게 분산 투자한 점, 매월 손익 분석을 철저히 하여 이익이 나고 전망이 있는 사업분야의 조직을 늘린 점, 청년고용순증 지원금 등 정부지원금 제도를 적극 활용한 점, 성과급제 도입 등 열심히 하는 직원들에게 생산성 향상과 소득 향상으로 윈윈할 수 있는 시스템을 구축해 나가고 있는 점 등으로 회사 창업 후 10년이 지나면서 누적적자를 해소하고, 지속 경영이 가능한 회사로 전환되고 있음은 큰 다행이다.

창업 당시 종업원 지주제로 출발하면서 공유했던 회사의 미래 비전은 임직원들과의 약속이다. 임직원들과의 약속을 지키기 위해서 실제 경험한 숱한 실패와 힘겹게 얻은 교훈을 바탕으로 새로운 환경변화에 앞서가는 기업가 정신으로 무장하여 끝까지 책임지는 것이 '내 고향 새터에 흐르는 정신'일 것이다.

◆ Profile

TSA손해사정 대표이사, 전) 삼성생명 부사장. 저서:《생명보험 걸어온 길 가야 할 길》

플랜 B가 있다

박현식

가을하늘 공활한데 높고 구름 한 점 없는 며칠을 보내던 어느 날 새벽 주산교도소의 문이 열렸다. 얼마 만에 보는 세상 빛인가. 이른 아침인데도 철호는 눈을 질끈 감았다. 그는 아홉 남매의 일곱 번째이지만 교도소 큰 문을 나서면서 그 누구도 마중을 나온 사람은 없다. 아니 찾아올 사람도 없다는 표현이 맞을 것 같다. 그렇다고 어디로 찾아갈 곳도 없다. 푸른 하늘에 점 하나를 찍어본다면 얼핏 기억에 남는 곳이 장군산 대붕암이다. 장군읍으로 가는 버스에 올랐다. 대붕암으로 가기 위함이다. 대붕암은 언제가 나를 숨기고 싶었을 때 숨어지냈던 곳이다. 8년이 지났으니 주지 스님도 바뀌셨겠지만 무작정 찾아가는 것이다.

이 세상엔 누구도 나를 반겨줄 사람이 없다고 생각하며 지금까지 살아왔다. 삶에 초조함도 느긋함도 전혀 없는 그런 삶이었다고나 할까. 앞으로 삶에 대한 걱정도 해보고 싶지 않고 오로지 잠이라도 푹 자고 싶다고 생각만 했는데 교도소를 나설 때까지 막상 어디로 가야 할지 생각도 없었다. 버스에서 내려 10km를 걸어가야 하는 길이다. 초가을 산들바람이 시원하지만 무작정 걸어야 하는 길은 등줄기에 땀이 줄줄 흐르고 있으며, 옷 밖으로 땀이 박차고 나오고 있었다. 그래도 갈 곳을 정했으니 무작정 걸어가 보는 것이다.

저 멀리 서산의 석양이 너무도 멋진 그런 시간에 대봉암에 도착하였다. 우선 대웅전으로 무작정 들어가 큰절부터 하였다. 부처님께 아무 드릴 말씀도 없습니다. 부처님이 알아서 살펴주시면 고맙겠습니다라고 중얼거리는 소리를 큰 스님이 들으셨나 보다. 우선 시장하실 텐데 소찬부터 드시지요. 지금까지의 그 어떤 식사보다도 맛있는 밥이었다. 아마도 이런 표현이 어울릴 것 같다. 게 눈 감추듯이 뚝딱하였다. 피곤하실 테니 오늘은 이곳에서 묵으실 곳을 안내해 드리겠습니다라고 방을 안내하였다. 감사합니다. 스님.

눈을 떠 보니 해가 중천에 떠올라 있었다. 철호는 벌떡 일어나 마당으로 나가 무작정 마당을 쓸기 시작하였다. 대나무 빗자루의 촉감이 너무도 좋다. 곳곳에 낙엽이 떨어져 있어 나름 마당을 쓸 이유가 있다고 생각했다. 무엇인가 찾아서 일을 한다는 것은 밥맛도 있게 하고 절에 머무는 눈치도 덜한 것 같다. 하루는 스님께서 처자를 소개할 테니 같이 지내 보라고 하신다. 나 같은 아무 능력도 없는 사람에게 살림을 꾸리라니 못하겠다고 하기도 그렇고, 스님의 말씀이니 무작정 따르겠다고 마음을 먹었다. 처자는 첫눈에 보기에 아름다웠다. 아니 마음이 예뻤다. 흔히 말하는 지적 능력이 조금 떨어진 것이 흠이라지만 어찌 보면 나에게 더 어울린다는 생각이 들었다. 운전할 때 누군가 무리하게 추월은 한다든지, 급하게 진로를 방해하면 내 입에선 쌍스러운 욕이 먼저 튀어 나왔다. 그런데 처자는 옆에 앉아 아저씨 그런 말 하면 나빠요라고 아주 조그맣게 이야기를 한다.

아~ 이 사람이 다 생각을 하는구나. 나 스스로를 반성하게 만든다.

이런 나쁜 말을 쓰지 말아야겠다는 약속을 내 자신과 하게 된다. 처자는 건강이 좋지 않다보니 너무도 나쁜 기억이 많았다. 가족들이 있어도 기초적인 법적 대처를 하지도 못했다. 흉악범들을 법적 조치를 취했다. 해바라기센터에서 정신건강 치료를 받게도 하였다. 그리고 산부인과 치료도 받게 하였다. 처자는 조금씩 마음의 문을 열고 자신 의사를 표현하기도 한다. 되도록 많은 것을 보여주어야겠다는 생각에 사시사철 계절마다 시간이 되는대로 전국을 돌며 아름다운 곳을 보여주기도 하고 사진도 찍어주면 아름다움을 어린아이처럼 표현하는 모습에 지난날의 내 모습에 더 많은 반성을 하게 한다. 맛있는 자장면도 먹고 육짬뽕도 먹고 하루하루가 즐겁기만 하다. 전국을 다니다 보니 내 사업의 영역은 나도 모르게 전국적으로 확장이 되었다. 그렇다고 힘이 드는 것도 아니고 나이 차를 느낄 수 있긴 하지만 처자와 같이 다니는 시간이 즐거워지고 있다.

나에게 수련의 기회가 될 수 있도록 스님이 나의 길을 인도해 주신 것 같아 처음 그 약속을 잘 지켜야겠다는 생각을 버릴 수가 없다. 아, 이것이 세상사는 즐거움이구나 하는 느낌이 든다. 그런데 시간이 갈수록 나의 걱정이 쌓여만 간다. 나는 오랫동안 교도소 생활로 건강이 좋지 않다. 함께 세상을 마감하면 좋겠지만 내가 먼저 세상을 떠난다면 처자는 어떻게 살아가야 하는가. 그런 고민이 많아지다 보니 더 많은 돈을 벌어야겠다는 생각이 든다. 내가 번 돈으로 복지재단을 세워야겠다는 생각이 들었다. 아니 내 자신과의 약속이다.

돌봄복지재단에서 처자를 맡아 노후를 책임진다면 더 이상의 바람이 없겠다. 오늘도 처자를 위해 최선을 다하는 삶을 살아간다는 약속이 더 무겁게 느껴지는 것은 이 가을처럼 세상이 아름답기 때문이다.

가을은 눈물을 흘리게도 하지만 더 많은 곳간을 쌓아가는 햇살 같은 느낌이 든다. 아, 행복이 이런 것이구나. 지금까지 느끼지 못했던 가족의 사랑을 느낀다. 혹시나 하는 생각에 처자와 혼인신고를 하지 않고 지내고 있지만 내년 봄에는 복지재단이 들어설 곳에 벌통을 놓아볼 것이다. 오늘도 사랑한다는 말을 빼먹지 않는 철호는 영원이라는 단어와 약속이라는 단어를 되새기며, 오늘도 구름 한 점 없는 가을 하늘에 편지를 쓰듯 세상을 사랑하며 멋진 아스팔트 도로를 달리고 있다.

◆ Profile

소설가, 평론가, 토지문학회장. 저서: 《귀래일기》《나는 누구인가》《행복동행》

죽은 사람한테는 약속하는 게 아니다

백남흥

약속이란 명제로 이야기할 만한 사건이 떠오르지 않았다. 며칠을 두고 기다리니, 하나는 일찍 돌아가신 형님에게 일방적으로 고한 약속이 있었고, 다른 하나는 조카와의 긴급한 전화 약속으로 평생 돌이킬 수 없는 상황을 면했던 아찔한 사건이 있었다.

형님은 농촌 마을에서 태어나 서당 문턱에서 글을 깨우치시고, 순박하고 착한 촌티를 못 벗은 채로, 청년 시절부터 광산일로 생업을 이어갔다. 내 어릴 때 기억은 손재주가 좋고, 인정이 많았으며, 신명 있는 가슴을 가진 분으로 기억하고 있다. 집 사정은 먹을 양식 지을 농사채도 부족했다. 산자락 일궈 만든 가재다랭이 몇 마지기가 전부였다. 그러니 살림이 궁할 수밖에 없다. 어머니께서는 형의 건강을 늘 걱정하시며 4형제 중 딸 하나 둔 셈치고 삼형제가 많이 도와줘야 한다고 여러 번 말씀하신 걸 들은 적이 있다.

40세 중반쯤 되신 형님께서 시름시름 앓으시다 몸져누우셨다. 제대로 병원 치료도 못 받으시고 젊으신 나이에 운명하시게 됐다. 옹기종기 모여 사는 고향 농촌 마을은 장례를 마을공동체에서 자신의 일처럼 서로 돕는 풍습이 있다. 매장 전 가족의 마지막 이별 의식을 가질 때였다. 함께 한 모든 분들도 이생의 마지막 이별을 슬퍼하는 모습들이셨다.

나는 마지막 작별을 고하면서 참았던 눈물을 주체할 수 없었다. "형님, 너무 일찍 돌아가셨습니다. 살아생전, 즐거운 일보다 고난이 많으셨으니, 육신의 고통이 없는 하늘나라에서 편안히 쉬십시오. 남은 가족은 제가 책임지겠습니다" 하며 말을 흘려버렸다. 마지막 가시는 형님께 한 말을 멀찍이서 바라보시던 집안 어른께서 들으셨다.

"조카야! 죽은 사람한테는 약속하는 게 아니다. 어떻게 하려고 그렇게 쉽게 말하느냐?"라고 말씀하셨다. 그때만 해도 나는 그 말씀의 무게를 제대로 실감하지 못했다. 그냥 지나가는 말씀으로 들었지만, 한두 달의 시간이 지날수록 보통 부담이 아니었다. 돌아가신 형님은 물론, 형수님과 2남 2녀의 네 조카들 앞에서 엉겁결에 약속했으니, 쉽게 잊을 수 없었다. 시간이 지나갈수록 점점 마음에 걱정과 부담이 커졌다.

그러나 나는 이미 이 짐도 내 운명이라 생각했다. 잘못된 약속이 아니라, 어린 조카들의 측은지심이, 내 형제 가족의 도리에서 자신만의 다짐이라 생각했다. 시간이 지나면 다 해결된다고 스스로 믿고 있었다. '조카들아, 우리 모두 최선을 다 하자. 부지런하고, 정직하게만 살아가자.' 나는 마음속으로 단단히 되새겼다. 나는 현대에 입사한 지 4~5년차, 사회 초년생을 벗고, 30대 중반의 중견 사원이 됐다. 직장생활에 최선을 다하며 일에 대한 자신감과 미래에 대한 희망도 생겨, 일하는 것이 힘들지 않고, 재미와 열정이 있을 때였다.

먼저 첫 조카딸이 중학교를 졸업하자 서울에 올라와, 나와 같이 살며 부품창고 검수과 사환으로 직장을 다니게 했다. 축하할 일이지만, 겨우 어린 티를 벗은 조카가 집안의 가장 노릇을 해야 하는 상황이 되니,

내심 걱정될 때가 많았다. 몇 년 사이 두 조카도 실업학교를 졸업한 후 자동차 부품 회사에 취직하게 됐다. 이미 상경하여 중소기업 식당에서 일하시는 형수님은 남달리 검소하시며 부지런하셨다.

온 가족이 함께 살아갈 터전으로 서울 근교에 전세 단칸방를 마련하게 됐다. 새벽 별빛에 출근하고, 저녁 달빛에 보금자리 찾는 고달픈 도시생활의 연속이었지만, 고향을 떠난 지 10여 년이 지나, 안정된 가정을 이루게 되었다. 모든 게 하늘의 도우심과 가족 모두가 노력한 결과였다. 너무나 고맙게 생각했다. 돌아가신 형님께도 덜 미안하고 깊은 생각 없이 드린 약속의 절반을 이룬 듯해서 적잖이 안심이 됐다. 옛날에 들었던 집안 어른의 말씀 "죽은 사람에게 약속을 쉽게 하지 말라"도 생생하게 생각났다. 어쩌면 나도 그 말씀 때문에 더욱 책임감을 갖고 산 것도 사실이다.

지금은 형수님도 돌아가셨지만 4남매 조카들은 모두 가정을 이루어 열심히 살고 있다. 이제는 나의 마음이 한결 짐을 벗은 듯했다. 조카들에게 열심히 살았구나 말하고 싶다. 어린 조카들 앞에서 한 약속이 얼마나 큰 책임감으로 느꼈었는지 깨닫게도 되었다. 이런 삶의 과정을 겪으면서 많은 고비도 있었지만, 상경 초기에 조카와의 긴박한 약속을 도저히 잊을 수가 없다. 너무나 아찔했던 순간이었기 때문이다.

어느 날 퇴근이 늦어 사무실에서 근무 중인데 어린 조카의 떨리는 목소리로 회사 사무실에 전화가 걸려왔다. 그렇잖아도 서울에 온 지 얼마 안 된 어린 조카의 서울 생활이 항상 걱정 되던 참인데, 선뜻 불길한 예감이 들었다. "기자야, 어디냐? 왜 그러냐?" "작은아버지, 저 여기가 어딘지 길을 모르겠어요. 개봉동으로 가는 버스를 타려고 영등포역 앞에 내렸는데, 잘못 내렸나 봐요?"

"기자야, 영등포역 어느 쪽이냐? 옆에 무슨 건물이 있냐? 그럼 전화 부스 옆에 꼭 있어라. 삼촌이 바로 갈 테니 조금만 기다려라." 확실한 약속도 못하고, 말이 끝나기 전에 '착크닥' 하며 공중전화가 끝나 버렸다. 참 순간적으로 너무나 놀랬다. 앞이 깜깜했다. 그러나 더 놀란 것은 기다려도 전화가 한 번으로 끝났기 때문이다. 도저히 이대로 전화 오기를 기다릴 수가 없었다. 옆 동료한테 전화가 오면 꼭 전화 부스에서 기다리라 전해줘요. 삼촌이 지금 나갔으니, 걱정하지 말고 밖에 나와 헤매지 말라는 말만 전하고 뛰어 나갔다.

겨우 출퇴근길만 알 텐데, '이거 못 만나면 어떻게 하나, 큰일 났구나' 불길한 생각이 먼저 들었다. 더군다나 영동포역 골목길은 성매매촌이 가까운 곳인데, 이런 청소년 위험지역에서 길을 잃어 헤매고 있을 어린 조카를 생각하니 가슴이 떨리며 눈이 뒤집어질 것 같았다. 원효로에서 영등포역까지 가는데, "1년이 10년 같다"라는 옛말 그대로 너무 멀게 느껴졌다.

영등포역 주변의 공중전화 부스를 찾아 헤매며 "하나님, 하나님, 도와주세요" 중얼거리며 온몸에 땀이 밴 채로 이곳저곳 전화 부스를 찾아 헤맸다. 천만다행이 역전 앞에서 좀 떨어진 전화 부스에서 나를 보고 "삼촌~, 삼촌~" 울음 반섞인 조카 목소리가 지금도 귀에 생생하다. 그때 조카의 얼굴은 눈물에 젖어 있었고, 겁에 질린 모습이 가시지 않은 채였다.

그 시절 역전 좌우측 갓길에는 버스, 택시, 행인들로 북적이던 시절이라 어지간한 눈썰미가 없으면 제대로 버스 갈아타기가 어려웠다. "기자야? 왜 전화를 다시 걸지 안 했냐?" 했더니, 그때 마침 주머니에 전화 한 번 걸 돈 20원 뿐이었단다. 40여 년이 지난 지금, 생각만 해도 너무 끔찍한 일이었다. 여느 때는 약속을 쉽게 여겨, 지키지 못해 서로 큰 어려움을 겪기도 하지만, 후자처럼 약속 장소와 시간 등 긴박한 상황에서 불확실한 약속으로 만날 수 없어 돌이킬 수 없는 불행을 만들 수도 있다.

그러나 약속은 유일한 인간관계에서 없어서는 안 될 서로의 윤활제 역할을 한다. 또한 약속을 지키기 위한 과정 중에 일어나는 난관은 어쩔 수 없는 삶을 지탱해 가는 연장선이고, 급박한 세상의 파도를 이겨내며, 살아가게 하는 힘의 원천도 된다.

◆ Profile

전) 현대-기아자동차 전무, 한국미술협회 회원

45년 전 첫사랑의 그리움을 넘어

손치근

요양원 창가에 앉아 어르신들을 돌보는 나의 귓가에 애절한 트로트 가락이 흘러든다. "바람에 날려버린 허무한 맹세였나, 첫눈이 내리는 안동역 앞에서 만나자고 약속한 사람." 이 노래는 마치 타임머신이 되어 나를 45년 전으로 데려간다. 문득 깨닫는다. 내가 왜 시드니 베이 브리지 사진을 여기저기 진열해 놓고, 그 다리를 배경으로 쓴 〈내 안에 그대〉라는 시를 감상하고 있는지를.

1970년대 초반, 고교 시절로 거슬러 올라간다. YMCA High school -Y가 주최한 전국고교생 모임, 대전 숭전대 캠퍼스에서 그녀를 처음 만났다. 안동 김씨 집안의 외동딸, 그녀의 맑은 눈빛이 아직도 선명하다. 김형석 교수와 안병욱 교수의 특강을 들으며 미래 사회에 대해 토론했던 그 시간들, 군중 속의 고독을 논하며 서로의 마음을 열어 갔다.

대회 마지막 날, 밤하늘의 별이 총총한 캠퍼스 뜰. 우리는 망망대해를 연상케 하는 모형 타이타닉호에 올랐다. 침몰해 가는 배 안에서 실제 상황을 연출하며 각자 뛰어내리는 순간, 우리의 손이 닿았다. 떨리는 손을 꼭 잡은 채 바이올린 선율에 취해 있던 그 순간이 지금도 생생하다.

그 후 우리는 괴테의 《파우스트》를 인용해 가며 아가페적 사랑을 논하는 편지를 주고받았다. 지금 생각하면 너무나 순수했던 그 시절의 우리지만, 고3이 되면서 우리는 서로를 잊어갔다.

대학 2학년, 나는 공군에 입대했다. 대구 앞산 공원의 ARTCC(중앙항로관제센터)에서의 생활은 쉽지 않았다. 경상도 사투리와 씨름하며 보낸 날들, 특히 호남 출신인 나를 향한 미묘한 시선들이 힘들었다. 그러다 건강이 악화되어 정신과 치료까지 받게 되었지만, 다행히 팔공산 정상의 레이더 사이트로 옮기면서 회복의 기회를 얻었다.

운명은 참 신비롭다. 우연히 나의 수첩에서 군 동료가 그녀의 이름을 발견하게 된 것이다. 그래서 우리는 재회했다. "어머! 치근씨 아닌기요?" 그녀의 안동 사투리는 여전히 귀엽고 정겨웠다. 단색 심플한 블라우스 차림의 그녀는 여전히 자신감 넘치는 모습이었다.

우리의 사랑은 성리학 토론과 함께 깊어갔다. 안동 도산서원을 거닐며 이퇴계와 고향 출신 기고봉이 주고받은 서한과 사단칠정론을 논하던 그 시간들. 우리는 서로를 더 깊이 이해해 갔다. 밤새도록 써 내려간 편지들, 3~4m 길이의 두루마리가 되어 소포로 부쳐졌다. "참말로 보고 싶네에!"라고 외치는 그녀의 목소리가 편지 너머로 들리는 듯했다.

그러나 행복은 오래가지 않았다. 큰형님의 갑작스러운 사망 소식에 나는 모든 것을 놓아버렸다. 그녀의 편지도 뜯어보지 않은 채 쌓여만 갔다. 제대를 앞두고 그녀가 찾아왔을 때, 우리는 이별을 예감했다. 전라도와 경상도, 지역 간의 벽은 우리의 사랑보다 높았다.

마지막 전화통화. 그녀의 결혼 소식을 들었다. 나는 충장로 중앙우체국에서 장거리 전화로 마지막 부탁을 했다. "10년 후 1989년 8월 15일 정오, 남해대교 한가운데서 만나요." 이 약속이 우리의 마지막이었다.

1980년 5월, 광주는 혼란에 빠졌고 나의 삶도 마찬가지였다. 5·18

회오리바람에의 휩쓸림, 거기에 남동생의 사망까지. 내 인생은 〈창세기〉 1장 2절처럼 혼돈과 흑암, 공허 속에 빠져들었다. 그러나 그 어둠 속에서 주님의 빛을 만났고, 주님이 주신 돕는 배필을 통해 새로운 삶을 시작했다. 콘스탄틴 게오르규 신부의 말씀처럼, 미래의 역사와 그 빛은 아파하는 자의 가슴속에서 태어났다.

1989년 광복절, 나는 일본 요코하마 총영사관에서 근무하고 있었다. 약속한 날 남해대교에 갈 수 없다는 사실에 마음이 아팠다. 대신 나는 도쿠시마 현의 아와오도리 춤 콘테스트에 참가했다. "춤추는 바보에 바라보는 바보, 같은 바보라면 춤추지 않는 것이 손해"라는 구호가 가슴을 파고들었다. 그 춤사위 속에 임진왜란 때 끌려간 조선인들의 한(恨)이 녹아있는 듯했다.

세월이 흘러 그녀와의 추억이 담긴 편지들은 고향의 재개발 속에 묻혀버렸다. 초등학교 시절부터 써오던 일기와 앨범들과 함께, 그것들은 이제 고향 빌딩 숲 중심가 네거리 한가운데서 깊은 잠에 빠져있다. 하지만 기억 속의 그녀는 여전히 선명하다. 도산서원 앞에서 세련된 바지 정장을 입고 서 있던 그녀의 모습, 절제된 화려함과 고상함이 어우러진 그 순간이 아직도 생생하다.

지금도 광복절이면 남해대교를 상상하며 그 약속을 떠올린다. 어떻게 그 사랑의 빚을 갚아야 할까? 그저 그녀의 행복을 빌어주는 것이 내가 할 수 있는 최선일까? 아니면 우리를 갈라놓은 지역 갈등의 치유를 위해 《동서남북의 갈등》이라는 책이라도 써야 할 것인가?

인생은 참 신비롭다. 하나님은 내게 뜻밖의 선물을 주셨다. 3년 전 코로나 와중에 치른 아들 결혼식에서 나는 눈물을 감추지 못했다. 며느리가 바로 안동 김씨 집안 출신이었기 때문이다. 그 순간 나는 수십 년의 세월을 뛰어넘어 첫사랑과 다시 연결된 듯한 벅찬 감동을 느꼈다.

이제 나는 안다. 우리의 인생은 안개 속을 걸어가는 것과 같다는 것을. 때로는 앞이 보이지 않고, 과거의 그리움에 발목 잡힐 때도 있다. 하지만 그 안개 속에서도 우리는 각자의 무지개를 발견한다. 나의 첫사랑은 안개처럼 흩어졌지만, 그 추억은 내 인생의 무지개가 되어 삶을 아름답게 물들이고 있다.

요양원 창가에 앉아 이 모든 것을 돌아보니, 가슴 한편이 따뜻해진다. 트로트 가락은 여전히 애잔하게 흐르고, 나는 오늘도 어르신들의 손을 잡으며 그들의 인생 이야기에 귀 기울인다. 그리고 조용히 생각한다. 우리 모두의 삶이 얼마나 아름다운 무지개인지를. 노래 가사처럼 '안 온 건지, 못 간 건지 안타까운 사랑'을 언제까지고 부를 순 없다. 이제는 그 사랑을 넘어, 더 넓은 세상을 향한 사랑으로 나아가야 할 때라고.

◆ Profile

현) 한국치매협회 사무총장, 전) 카자흐스탄 알마티 총영사.
저서: 《형제국가 카자흐스탄》

이라와디강의 기적

안만호

"작가님, 미얀마 오실 때 한강 작가님 책 가지고 오세요. 《채식주의자》 영문판으로 읽었는데, 한국어 원본으로 읽고 싶어요." "저는 《소년이 온다》를 읽고 싶어요." "한강 작가님 시집도 있나요?"

2024년 10월의 어느 가을날, 한국디지털문인협회 소속 디지털한글글쓰기4대학(미얀마 대학생들) 학생들과 수업 시간은 노벨문학상을 수상한 한강 작가의 문학세계가 주제였다. 필자의 "15년 후에는 여러분 중에서 한강 작가처럼 노벨 문학상을 수상할 것입니다"라는 덕담과 함께 "우리 함께 2040년 미얀마의 발전상을 그려 봅시다"라고 제안했다. 필자와 학생들은 2040년 10월 10일 뉴욕타임스 〈이라와디강의 기적〉이라는 특집기사를 주제로 글쓰기 수업을 진행하자고 의견을 모았다. 학생들은 15년 후, 미얀마의 아름다운 미래를 꿈꾸면서 그들 조국의 미래를 그리기 시작했다. 내전의 상처로 얼룩진 현실을 넘어 미얀마의 아름다운 미래를 설계하는 젊은이들의 얼굴에는 지금까지의 수업 시간에 경험한 적이 없었던 뜨거운 열정과 찬란한 희망의 미소가 넘쳐나기 시작했고, 수업시간은 끝날 줄 모르고 이어졌다.

"이라와디강의 기적"

"2040년은 미얀마에 역사적인 해이다. 노벨 문학상 작가가 등장했으며, 경제성장률 10%를 달성했고, 만달레이에서 열리는 M-POP 축제는 세계의 젊은이들로 대성황을 이루었고, 사상 최대의 해외 투자가 이루어졌으며, 세계적으로 발달한 농업과 건강식품, 귀금속을 비롯한 제조업 분야를 배우려고 관련분야 인재들이 미얀마로 향하고 있다. 2040년, 이 나라는 과거의 아픈 상처를 치유하고, 미래를 향한 새로운 희망과 가능성으로 가득 차 있다. 사회적으로는 민주주의가 뿌리를 내리고 있으며, 135개 부족들의 다양한 문화가 조화를 이루며 국가 발전의 원동력이 되고 있고, 아시아에서 가장 인권이 보호받는 안전한 나라가 되었다. 미얀마 이라와디강의 기적 이면에는, 미얀마가 어렵던 시절 해외로 유학 갔다가 돌아온 인재들의 활약이 원동력이 되고 있다."

2010년 여름, 영국에서 활동 중인 고등학교 동창 김성훈 선교사가 한국을 방문했을 때, "안 목사, 미얀마 타무 온코장 고아원에 한번 가봐라. 형편이 어렵다고 도움을 요청해 왔다"라는 부탁을 받았다. 그러겠다고 약속하고, 그해 가을 지인들과 함께 고아원을 방문했다. 필자는 중학교 진학이 불가능했던 시절에 장학금을 마련해 주면서 학업을 계속할 수 있도록 도와준 담임 선생님의 따뜻한 마음을 기억하며, 지인들과 함께 고아원에 식량을 지원하면서 학생 2명을 선발하여 정기적으로 장학금을 지원하기 시작했다. 진중선, 안옥희 씨 가정의 참여로 장학생이 5명으로 증가했다. 같은 지역 절에서 운영하는 고아원 원장의 요청으로 절에 있는 학생들에게도 장학금이 지원되기 시작했다.

2019년, 우리 팀과 함께 타무를 방문한 가재산 회장은 타무 장학생 지원 내용을 실체를 파악하고 교육청 책임자, 교장, 교사들과 회의를 하던 중 "내가 10년은 책임지고 장학생 100명을 지원을 하겠습니다"라고 약속하셨다. 귀국 후 가재산 회장은 빛과나눔장학회를 조직했다. 그는 코로나19와 미얀마 내전으로 현지에 갈 수 없는 상황에서도 현지에서 장학생 양육에 힘쓰고 있다. 2020년부터 미얀마에서 한글을 사용하는 대학생들을 대상으로 디지털한글글쓰기 4대학과 7대학을 설립하여 운영하고 있다. 가 회장의 장학 지원에 딸 보경 씨가 참여하면서 흥미 있는 상황이 전개되었다. 디자인을 전공한 보경 씨는 미얀마 학생들 중, 그림과 책 편집에 관심 있는 학생들을 선발하여 교육시켜 학생들의 전문성과 자립을 지원하고 있다. 2023년부터 장학 지원을 받은 4, 7대학 대학생들이 매년 한국의 대학과 대학원으로 유학을 오기 시작했다. 가재산 회장의 미얀마 장학사업에 동참하고 있던 김영희 작가는 "미얀마에서 들어온 4 ,7대학 학생들은 제가 돌보겠습니다" 하면서 코미장학회를 조직해서 미얀마에서 들어오는 4, 7대학 학생들의 한국정착과 유학생활을 지원하여 인재 양성에 힘쓰고 있다.

가재산 회장의 지인인 이승도 대표는 가 회장과 함께 팀을 이루어 장학생을 지원하고 있는데, 장학협회 정기 회의 중에 "가 회장께서 사가잉 타무에 100명의 장학생을 지원하고 있으니, 나는 양곤 지역에 100명의 장학생을 지원하겠습니다"라고 약속했다. 그 후 이승도 대표는 대학 동문과 사회 지인들을 중심으로 양곤지역 장학회를 조직하여 양곤의 중·고등학교에 장학금을 지원하고 컴퓨터 교실을 운영하며 최근에는 양곤문화예술대학교까지 장학금을 지원하고 있다. 이승도 대표의 부친께서 소천하셨을 때, 조의금 전액을 장학금으로 내놓은 사건은 빛과나눔장학회의 전설로 회자되고 있다.

고아원에서 시작된 교육과 장학생 지원이 중·고등학교와 대학의 우수학생들을 대상으로 확대되면서, 고아원의 가난한 인재 양육을 위한 장학 지원이 절실해졌다. 이 사연을 들은 하흥룡, 이문희 씨 가정이 고아원 인재 양성을 위한 장학금을 지원하기 시작하였다. 이 분들은 코로나 시기에 일부 사업을 접어야 하는 위기의 상황에서도 고아원 인재 양성에는 진심이었다. 2020년에 발생한 미얀마 내전으로 고아원이 인도 국경 쪽으로 피난을 갔음에도 불구하고, 이분들은 고아원 장학 지원을 계속하고 있다.

시작은 미얀마 고아원에서 "다음에 또 오겠다"라는 약속이었다. 그 약속은 또 다른 약속들을 낳으면서 여기까지 왔다. 현재 미얀마는 내전으로 지구상에서 가장 어려운 나라 중 하나이다. 미얀마 장학생들을 지원한 분들은 세월이 흐르면서 고등학생이 대학생이 되고, 사회로 진출하고, 한국으로 유학오는 것을 지켜보면서 "우리는 너희와 함께 가겠다"라며 그들의 미래를 격려하고 그들과 함께 미얀마의 찬란한 미래를 그리고 있다.

◆ Profile

디지털책글쓰기4대학 학장, 누리나래선교협회 대표

무언의 약속

안주석

"여보세요?"

"친구야~ 반갑다. 행님이다!"

"이 누꼬? 웬일이고 추석날에…."

"해운대다. 마누라 이쁘게 분칠해서 나와라."

"아이구~, 마누라한테 물어봐야 하는데…, 알았다. 광안리에서 보자."

우울할 때 전화받아 줄 친구가 있다는 게 좋았다. 오랫동안 무심한 채 지내다가 갑작스레 연락했는데도 친구는 변함없이 거기에 있었다. 멀리 있어도 시간이 흘러갔어도 늘 한결같이 그 자리를 지키고 있었다.

추석날 새벽 여수에서 대구 맏형 집으로 가서 차례를 지냈다. 가족 구성원의 변화가 생긴 후 처음 맞이하는 명절이었다. 봄에 어머니가 돌아가셨다. 뭔가 해야 할 역할이 사라졌음을 깨닫는 순간 허전함과 우울한 감정이 올라왔다. 이때 불현듯이 친구가 떠올랐다. '그래! 친구가 있지, 부산에….'

겨울방학을 앞두고 낯선 초등학교 운동장에 들어섰다. 어마어마하게 큰 학교 풍경에 기가 죽었다. 전에 다니던 학교보다는 두 배나 컸다. 낯선 환경에 어리둥절해하는 나를 반갑게 맞이해 준 친구가 있었다. 같은 반 바로 뒷자리에 앉아있던 친구였다.

친구 덕분에 잘 적응하게 되었고, 6학년 올라가면서도 같은 반으로 배정받아 무척이나 다행스럽고 안심이 되었다. 가끔 아버지 자전거를 타고 학교에 갔다. 친구는 운동장에서 자전거를 신나게 타곤 했다. 그의 즐거워하는 모습을 보며 나도 덩달아 행복해졌다. 그렇게 우리는 일상의 작은 순간들을 나누며 서로에게 특별한 존재가 되어 갔다.

초등학교 졸업하면서 우리는 각자 다른 길을 가게 되었다. 학교로 가는 길과 직업전선의 길이었다. 친구는 집안 사정으로 중학교 진학을 포기하고 부산으로 갔다. 그곳에서 사진관에 들어가 기술을 배우며 생활을 시작했다.

정을 많이 쌓기도 전에 헤어져 각자의 생활을 하게 되어 많이 아쉬웠다. 하지만 우리의 우정은 거기서 끝나지 않았다. 마치 펜팔이라도 하는 사이처럼 중학교, 고등학교, 대학교, 군생활하는 동안에도 줄곧 편지를 주고받으며 정이 들어갔다. 물리적인 거리는 멀었지만, 항상 든든한 친구는 마음속 깊이 자리 잡게 되었다. 시간이 가면서 모든 것은 변화하는 법. 우리 사이도 결혼과 사회생활을 시작하면서 점점 편지를 주고받지 않게 되었고, 자연스럽게 멀어져 갔다.

야경이 아름다운 추석날의 광안리 해변은 우리 두 부부를 감싸 안아주는 듯 포근하고 평화로웠다. 우리는 솜사탕을 얼굴에 묻혀가며 어린아이처럼 즐거워하는 모습을 사진으로 남기고 시간을 잊은 채 행복한 순간을 만끽했다.

우리의 우정은 계속되어 인생의 중요한 순간들을 함께 나누었다. 딸 결혼식에 친구 부부는 서울까지 와주었고, 친구의 딸 결혼식 때 우리 부부도 부산까지 갔다. 그때 알게 된 사실이 있었다. 친구는 늦깎이 학생이 되어 방송통신중학교 과정을 공부하고 있었다. 그리고 놀랍게도 시를 쓰기 시작했다고 했다. 친구 딸 결혼식 날, 그는 자신이 직접 쓰고 제작한 시집을 선물해 주었다.

그의 시에는 우리가 함께 자란 시골 마을의 풍경과 정서가 고스란히 담겨져 있었다. 특히 〈친구의 전화〉라는 제목의 시가 눈에 띄었다. 우리의 만남과 관계를 아름답게 표현하고 있었다. 친구의 눈을 통해 본 우리의 우정이 얼마나 특별한지를 새삼 깨닫게 되었다.

얼마 지나지 않아 가슴 아픈 소식이 날아왔다. 친구가 폐 질환으로 세상을 떠났다는 것이었다. 너무나 갑작스러운 이별에 망연자실했다. 이제 막 더 가까워지려던 참이었는데, 함께 멋진 노후를 보내려 했는데.

친구가 남긴 마지막 시집을 펼쳐보았다. 《몽당연필로 쓴 엉터리 시, 꽃밭에는 꽃 향기 솔밭에는 솔 향기》라는 제목의 시집 서두에는 이렇게 적혀 있었다. "자랑할 수도, 자랑할 것도 없는 허접한 글, 인생의 항로를 이탈하기 전에, 한 권의 책으로 묶어 노을 끝자락에 걸어두어야겠다."

이제 와 생각해 보니 우리는 평생에 걸쳐 무언의 약속을 해왔던 것 같다. 그 약속은 말로 표현하지 않았지만, 서로의 삶 속에 깊이 스며들어 있었다. 멀리 떨어져 있어도 서로를 생각하겠다는 약속이었다. 힘들 때 기댈 수 있는 존재가 되어주겠다는 다짐이기도 했다.

친구는 이제 이 세상에 없지만, 그의 기억과 우리의 약속은 내 마음속에 영원히 살아있을 것이다. 나는 이제 친구의 몫까지 더 열심히 더 의미 있게 살아가려 한다. 그것이 친구와의 약속을 지키는 방법이라고 믿기 때문이다.

◆ Profile

현) 경희대학교교원(학부강의), 전) 롯데케미칼전무(㈜씨텍대표이사), 관광학박사

할미의 소원

케이 진 떠 텍

우리는 살면서 많은 사람과 다양한 약속을 한다. 특히 가족과의 약속은 각자의 삶에 큰 영향을 받는다. 나는 어릴 때 할머니와의 약속으로 내 삶의 좌표를 찍어가며 제대로 옳은 길을 걸어갈 수 있었다. 할머니께 잘해드리고 효도하겠다고 한 나의 약속은 성장하는 나에게 큰 중심점이 되었고, 앞으로도 할머니께서 내 곁에 함께 계시는 날까지 나의 약속은 계속 살아있을 것이다.

할머니는 증조할아버지가 일찍 돌아가시는 바람에 가정 형편이 매우 어려워 고생을 많이 하였다. 할머니의 어머니 즉, 증조모께서 길거리 음식을 판매하여 가장이 되었다. 매일 허리가 휠 정도 고생하시는 증조모께서 불쌍해서 할머니께서는 중학생 때 학교를 그만두고 증조모를 도우셨다. 외동딸인 할머니께서는 젊은 시절에 어쩔 수 없이 노모를 모시면서 보내셨다. 게다가 노모의 뜻대로 일찍 결혼해 행복하게 살려고 했는데, 결혼한 지 10년 만에 남편이 돌아가셨으니 젊은 나이에 과부가 되어 4명의 자녀를 키우기가 얼마나 힘드셨을까?

그럼에도 불구하고 할머니께서는 앞으로 남편 없이 살아가야 할 자녀들에게 아빠 자리도 엄마 자리도 되어 주면서 부모라는 역할을 잘

해냈다. 세월이 흘러 자녀들이 장가나 시집가게 되었을 때 할머니는 점점 외로움으로 가득했다. 자녀들은 어릴 때부터 지금까지 자기의 삶은 없이 가족을 위해 희생을 많이 하셨던 노모를 돌볼 생각조차 없이 그냥 혼자 내버려두었다. 아무리 힘들어도 애써 혼자서 씩씩하게 살아가는 할머니, 외로움이 찾아와도 참고 자녀가 잘 되기만 바라는 할머니, 그분의 마음에 슬픈 비가 얼마나 내렸는지 할머니 자신 외에 아는 사람이 과연 누가 있을까?

그렇게 평생 거칠고 험난한 삶 속에서 노후에도 손녀인 나를 최선을 다해 예뻐해 주시는 할머니를 보면 내 가슴이 찢어지는 듯이 매우 아프다. 나는 온갖 노력을 해 할머니께서 지금보다 더 행복하게 살 수 있도록 해드리고 싶은 마음이 점점 커졌다. 그 마음이 무엇보다 나를 열심히 살아가게 한다.

어느 날 할머니께서 몹시 편찮으셔서 입원하셨을 때 나에겐 온 세상이 캄캄하여 하늘이 무너진 것 같았다. 중3인 나는 할머니께 해드린 것도 별로 없는데 벌써부터 할머니가 내 곁에서 떠날까 봐 매우 두렵고 불안했다. 할머니께서 의식을 잃은 밤새 나는 눈물을 펑펑 쏟으면서 할머니께서 다시 깨어나기만 바라고 또 바랄 수밖에 없었다. 다행히 할머니께서 의식이 빨리 돌아오셨다. 그 순간은 나에게 표현하기 어려운 감정들로 북받쳤던 순간이었고 잊을 수가 없다.

할머니께서 병상에서 일어나자마자 나는 "할머니, 할머니가 의식 없는 동안 기도하면서 밤을 새웠는데 그전까지는 할머니가 자기 자신보다 가족을 왜 그렇게 중요하게 생각하는지 도저히 이해할 수 없었거든요. 이제 다 이해할 수 있을 것 같아요. 할머니의 가족에 대한 사랑, 소중함이 무엇보다 크길래 마음고생과 그 많은 상처를 다 견뎌낼 수 있는 건지. 할머니, 제가 제 아빠 대신, 할머니의 가족 대신 사과할게요. 할머니는 자식을 탓하지 않고 가족을 늘 사랑해 주는 걸 잘 알지만 부족하고 못난 우리를 용서해 주세요. 지금부터 제가 할머니 곁에 있을 거고 세상에서 그 누구보다 행복한 사람으로 해줄 테니 제가 고등학교를 졸업해 대학 다니면서 알바 같은 일로 돈 벌 수 있는 때까지 할머니가 건강하게 살아계시고 저를 기다려주세요. 제가 꼭 할머니의 은혜를 잊지 않는, 아니 그 누구의 은혜든지 갚을 줄 아는 어른으로 잘 성장할게요"라고 말했다.

그렇게 나는 나의 첫 약속을 할머니께 드렸다. 머릿속에는 '내가 이 약속을 잘 지켜낼 수 있을까? 할머니도 그때까지 잘 버틸 수 있을까?'라는 생각들로 가득했다. 그때부터 나는 공부를 열심히 하면서 틈틈이 할머니 곁에 있어 드리기 시작했다. 할머니께서는 내가 할머니를 돌보느라 내 삶의 방향을 정하지 못해 무언가가 잘못될까 봐 걱정되는지 나에게, "아가야, 네가 이 할미의 마음을 알고 있는 게 얼마나 기쁜지… 지금까지 사랑해 주고 할밀 위해 애쓰고 있는 것만으로도 이 할미는 충분히 행복할 수 있어. 더 이상 할미 걱정하지 말고 네 꿈을 찾아봐. 꿈을 향해 달려가는 내 손주를 보는 게 할미의 소원이다. 그 소원 들어줄 수 있겠니?"라고 하셨다. 나는 그렇게 하겠다고 약속했다.

할머니께서는 자신을 희생하시고도 할머니께 소홀한 자식들에게 조금도 서운한 내색을 하지 않으면서 오히려 손주들까지 챙기신다. 우리 할머니가 자랑스럽다. 비록 많은 것을 자식들에게 충분히 제공해 주시진 못했지만, 아낌없이 오로지 자식들을 위해 헌신하신 할머니 사랑은 매우 값지고 소중하고 귀한 선물이다. 그런 할머니 모습처럼 나 역시 할머니의 사랑에 감사하는 마음으로 보답해야만 한다.

그래서 나는 지금까지 꿈을 향해 힘껏 달려가고 있는 내 모습을 보여주면서 할머니의 소원을 들어주려고 노력하고 있다. 아직도 내 마음 깊은 곳에 할머니께 드린 약속이 살아있고 그 약속을 지키기 위해 노력하면서 행복하다. 늙음으로 인해 시력이 나빠지고 체력이 약해지는 할머니께 신문을 읽어드리고 매일매일 손을 잡고 걸으면서 행여 할머니가 사는 데 의미 없다고 느껴지지 않게, 남은 인생을 편히 살아 갈 수 있도록 할머니 곁에서 약속을 지키려고 하고 있다.

할머니를 이 세상에서 누구보다 행복하게 해드린다는 약속이 말도 안 되는 것이겠지만, 할머니께서는 나의 약속을 들으시고 잘 지킬 수 없다는 것을 아시면서도 행복해하신다. 어쩌면 지금까지 살아온 시간 중에서 가장 행복한 시절이라고 생각하실지도 모른다. 그것은 내가 한 약속이 비록 실천 불가능한 약속이라 할지라도 나의 소원이면서 진정한 나의 마음이 담겨 있는 약속이기 때문이다.

나의 중학교 때 할머니에게 했던 약속은 다른 사람 보기엔 대단한 약속이 아닐 수도 있지만, 나에겐 뿌듯함을 느끼고 자신감을 가질 수 있는 미래를 향한 내 인생 최고의 약속이다.

♦ Profile

미얀마, 양곤 거주, 한국디지털 희망글쓰기 제4대학,
양곤KB학당 한국어말하기대회 최우수상 수상

제4부

나는 미얀마 어머니입니다

◆

오순옥

"오박사님은 미얀마의 어머니가 되시겠네요." "내가 그럴 자격이 있을까요?" "고아원에서 아이들을 돌보는 것을 보니까 그들의 어머니시던데요?" "미얀마의 어머니가 되겠습니다."

2012년 미얀마 사가잉에 있는 고아원 방문을 마치고 칼레공항으로 가는 차 안에서 함께 간 동료들과 나눈 이야기이다. '미얀마의 어머니가 되겠습니다'라는 말이 내 입에서 처음 나왔을 때부터 그 약속은 지금까지 내 삶의 원동력이 되고 있다. 나는 약속한 그때부터 미얀마에서 만난 고아들, 청년들의 성장을 지켜보면서 약속을 지키기 위해 한 걸음 한 걸음 걸어오면서, "나는 미얀마 엄마다"를 다짐하고 있다.

2024년 9월, 아홉 명의 유학생들이 미얀마에서 한국으로 속속 입국했다. 청년들이 한국 땅을 밟으면서, 내 핸드폰이 밤낮없이 울리기 시작했다. "저 배가 아파요." "칼에 베었어요." "밥을 어디서 사야 해요?" "샴푸를 못 샀어요." 청년들은 이국땅에 와서 새 삶을 시작하면서 나에게 수시로 SOS를 보낸다. 그들의 당황하고 떨리는 음성을 통해 한국이라는 낯선 환경에서 청년들이 느끼는 불안과 긴장감이 고스란히 내 가슴으로 전해져 왔다.

그들은 한국에 들어와 한 달 동안 전쟁을 하는 것 같았다. 핸드폰 개통은 어떻게 해야 하는지, 교통카드 충전은 어디서 하는지를 끊임없이 물어왔다. 시간이 지나자 불안에 가득 차 있던 전화는 점차 잦아들었고, 아이들은 서서히 한국 생활에 적응해 갔다.

그러던 중 추석이 다가오면서, 지난해 추석이 떠올랐다. 나는 그해 가을학기에 한국에 유학 온 네 명의 미얀마 학생들을 집으로 초대했다. 그들을 위해 정성스럽게 준비한 명절 음식들을 차려주고 함께 즐거운 시간을 보냈다. 이번 추석에는 학생들이 너무 많아 집으로 초대하기가 어려울 것 같았다. 대신 아이들에게 서울의 추석을 구경시켜 주기로 했다. 서울의 1번지 종로 교보문고에서 추석 나들이를 시작했다.

추석날, 대전과 세종, 경기, 서울 각지에서 모인 청년들이 11시에 교보문고로 도착했다. 청년들은 처음 만났을 때부터 깡총깡총 뛰면서 나를 반겼다. 우리는 책을 선물하는 것으로 추석 일정을 시작했다. "여기는 대한민국 지식의 보고이자, 인재들의 산실이다. 너희들은 21세기 디지털 시대에 미얀마, 한국, 세상을 이끌어갈 인재들이고, 디지털글쓰기대학 학생들이다. 1시간 동안 서점을 돌아다니면서 마음에 드는 책을 골라오너라. 그리고 앞으로 너희 평생 손에서 책을 놓지 말아라"라는 당부와 함께 아이들은 서점으로 흩어져 각자 자신이 읽고 싶었던 책을 찾아왔다. 《뇌사전》《봄날》《나는 내 편》 등 저마다 자신들의 미래와 꿈이 담긴 책들이었다.

학생들에게 책을 선물한 후, 우리는 점심 식사를 하기 위해 시청 맞은편 생선구이 집으로 향했다. 아이들은 미얀마에서 들어온 2주 동안 제대로 된 밥을 먹지 못했다고 했다. 그 말에 나도 모르게 마음이 찡해졌다. 삼치구이, 연어구이, 장어구이, 고등어 김치찜까지 상을 가득 채운 음식들이 눈 깜짝할 사이에 사라졌다. 아이들은 한국 쌀밥이 왜 이렇게 맛있냐며 계속 밥을 더 시켜 먹겠다고 했다. 모리가 "선생님, 두 공기 더 시켜주세요. 나눠 먹을게요." 나는 내 귀를 의심했다. 두 공기나 더 먹겠다고? 아이들은 그동안 배가 고팠고, 한국 음식이 맛있었던 모양이다. 그 순간 이 아이들이 고국을 떠나 낯선 땅에서 겪고 있는 고충이 그저 배고픔에만 그치지 않을 것이라는 생각이 스쳤다.

든든히 배를 채운 우리는 덕수궁으로 향했다. 명절이라 입장료가 없다는 뜻밖의 행운도 따랐다. 안만호 박사님이 덕수궁 해설사가 되어 아이들에게 조선 말기, 열강들의 세력다툼의 중심지였던 한반도가 조선에서 대한제국과 대한민국으로 이어지는 전환기의 덕수궁 역사를 설명해 주었다. 아이들이 해설사의 설명에 진지하게 귀를 기울이며 끊임없이 질문을 하는 모습이 더없이 사랑스러웠다. 나는 그들의 반짝이는 눈동자 속에서 미얀마의 찬란한 미래를 보았다.

덕수궁 현대미술관 정문에 펼쳐진 현수막에 전시 중인 〈지금, 잇다〉라는 주제 문구가 눈에 확 들어왔다. 그 문구를 보는 순간, '나는 미얀마와 한국을 잇고 있는 사람이다. 그리고 이 아이들이 그 연결고리의 중심에 있다'라는 생각이 들었다. 〈지금, 잇다〉의 주제 문구가 내가 이곳까지 오게 된 이유를 다시 한번 되새기게 했다. 미얀마와 한국, 그 사이에서 나의 역할이 얼마나 중요한가?

13년 전, 미얀마와의 인연이 시작되었을 때는 미얀마 고아원에 작은 도움을 주겠다는 소박한 마음이었다. 시간이 흐를수록 그 인연은 나에게 새로운 의미를 부여해 주었고, 나를 미얀마 엄마로 만들어 갔다. 10여 년의 세월이 흐르면서 나는 내가 돌보는 청년들을 통해 힘을 얻었고, 그 힘으로 더 많은 미얀마 청년들이 자립할 수 있도록 돕고 있다. 그 과정이 어렵고 힘들 때마다 "나는 미얀마 어머니가 되겠습니다"라는 약속을 상기하곤 한다.

명절 나들이가 끝나갈 즈음, 아이들이 내게 다가와 "엄마 덕분에 한국을 조금 더 알게 되었어요. 오늘은 내 인생 최고의 날이었어요. 감사합니다"라고 말했다. 그 말을 들을 때마다 내가 가고 있는 이 길이 내 인생 최고의 선물이라고 생각한다. 나는 이 아이들이 한국에서 자립하고, 자신들의 꿈을 이루기까지 그들을 응원하며 지원할 것이다.

◆ Profile

미코커뮤니케이션 대표, 빛과나눔장학협회 사무총장, 심리학박사

16년 만에 지킨 약속

오정애

인천공항이 오픈한 2001년, 특별한 손님을 기다리고 있었다. 긴장한 눈빛의 은발의 노신사가 일본 방송국 팀과 입국장으로 나왔다. 자신을 배래선(당시 81세)이라고 소개했다. 큐슈(九州) 이이즈카(飯塚)시에 살고 있는 재일교포 1세이다. 다큐멘터리 방송을 찍기 위해서 온 것이다. 내가 아버지 장례가 한창이던 같은 해 4월에 일본 텔레비전 방송국으로부터 코디 의뢰를 받고 한 달 만이었다.

배래선 씨는 1921년 전라남도 고흥에서 5남매의 장남으로 태어난다. 1943년 23세에 일본에 징용으로 끌려간다. 아버지가 위독하다는 소식을 들었지만, 귀국허가를 못 받자 같은 해 9월에 탈출하여 조국에 돌아온다. 아버지는 이미 사망하였고 10월에 다시 일본 탄광에 끌려가게 된다. 두 번째로 탄광에 끌려갔을 때, 가혹한 노동과 탄광 내 사고로 동료들이 연이어 죽어 나가는 것을 보고 다시 탈출을 결심한다. 1943년 12월 탈출하여 일본이 패전할 때까지 2년 가까이 일본 전국을 전전하면서 지낸다. 한시라도 빨리 조국에 돌아오고 싶었지만, 선박사정, 한국동란 등으로 귀국의 길은 점점 더 어려워지게 된다.

1955년에는 조총련에 가입하여 재일교포의 인권을 위하여 활동한다. 하지만 북조선 단체인 조총련에 가입한 까닭에 어머니가 있는 한국을 방문할 수 없게 된다. 어머니의 사후, 조총련 관련의 모든 직책을 사퇴하고 1984년 3월 31일 모국방문단에 참가하여 41년 만에 형제들과 재회하고 부모님의 묘지를 찾는다. 1986년 12월, 입원 중이던 배래선 씨는 징용으로 일본에 건너와서 죽어간 동료들을 문득 떠올린다. 그리고 희생자의 유골을 수집하기로 결심한다. 그 후 일본 각지의 절을 방문하여 조선인 희생자의 유골을 확인하고 하나씩 수집해 나간다. 1992년 추도비 건립을 결심하고, 1998년 8월 5일 드디어 후쿠오카의 이이즈카시와 '토지를 무상으로 제공한다'는 합의에 이른다. 2000년 12월 2일에 추도비가 완성되고 징용희생자의 유골을 안치한 납골당을 '무궁화당'이라고 명하게 된다.

일본 텔레비전 방송국에서는 배래선 씨가 10년 이상 큐슈의 절을 돌아다니며 수습한 징용희생자인 55명의 유골 중 어렵게 이름을 알게 된 7명의 유골의 유족을 찾는 과정을 다큐멘터리로 찍는다. 취재의뢰를 받고 먼저 징용자의 주소가 쓰여있는 7개 지역의 구청에 연락했지만, '유족을 찾을 수 없다'는 연락을 받았다. 나는 7개 지역의 시장 앞으로 '일본 통치시대에 큐슈의 탄광으로 끌려갔던 재일교포분이 희생된 징용자의 유골을 수습하여 이 사실을 유족에게 전하러 왔습니다. 부디 제적증명서를 통해서 유족을 찾을 수 있도록 협조를 부탁드립니다'라는 내용의 팩스를 보낸다. 그리고 구청의 협조를 받아 유족들에게 인터뷰 요청을 하게 된다.

징용 후 거의 60년 만에 아버지의 소식을 들은 직계 유족들의 반응은 놀라움과 기쁨 그 자체였다. 직계인 유족의 반응에 비교하면 방계 쪽은 비교적 덤덤했다. 직계인 익산시의 유족은 한시라도 빨리 배래선 씨를 만나서 얘기를 듣고 싶다고 했다. 유족인 딸은 어머니 뱃속에 있을 때 끌려간 아버지의 사진을 고이 간직하고 있었다. 아버지를 안치할 묘까지 준비되어 있다고 했다.

다른 직계는 안성시에 살고 있었다. 고인의 제적증명서는 고개를 갸우뚱하게 했다. 징용 당시 무슨 사정이 있었는지 40세를 넘긴 나이였다. 징용 대상은 20대 초반이었다. 구청 사람은 '아주 가난한 소작인이었던 그는 얼마 안 되는 식량을 받고 누군가의 대신에 간 것 같다'라고 귀띔해 주었다. 유족으로 아들 둘과 딸이 한 명이 있었지만 장남은 사망했다. 유족으로 딸이 나왔지만, 부정적인 태도를 일관하며 "잔혹한 일본이 아버지의 유골을 간직할 리가 없다. 정말로 아버지의 유골이 맞습니까?"라는 말을 반복했다. 유족을 만나고 돌아가는 길에 착잡한 얼굴을 한 배래선 씨는 '유족을 만나서 다행이다'라고 혼잣말을 하면서 담배연기를 길게 내뿜었다.

2001년 7월 익산의 유족은 아버지의 유골을 찾으러 이이즈카로 건너간다. 하얀 치마저고리를 입은 딸은 아버지의 젊은 시절의 사진을 모신 제사상에 큰 절을 올리고 "아버지 이제야 만나러 왔습니다" 하며 오열하였다. 2001년에 일본전역에 '무궁화의 노래가 들려온다'라는 제목으로 방영된 다큐멘터리는 큰 반향을 일으키며 다큐멘터리상을 받게 된다.

배래선 씨는 2008년 88세의 나이로 사망한다. 죽기 직전까지 '나는 할 일이 많이 있는데'라고 했다고 한다. 안성시의 직계 유족이 아버지의 유골을 찾아가기를 기다렸던 것 같다. "아직 숙제가 남아있다"라고 입버릇처럼 말했다고 한다. 배래선 씨의 뒤를 이은 무궁화당의 새로운 이사장은 포기하지 않고 안성시를 3번이나 방문하여 겨우 유족과 연락이 닿았다. 유족인 차남의 부인은 "남편이 위독해서 유골을 모시러 갈 수 없다"라고 정중하게 말했다. 순간 나는 마지막이라는 심정으로 "이이즈카의 납골당에서 시아버님의 유골을 대할 때마다 복잡한 심정이 됩니다"라고 했다. 전화 저편에서 짧은 침묵이 흐른 후에 "한 번 만나서 이야기라도 들어보겠다"라는 말이 들렸다.

유족을 만나고 한 달 후인 2017년 7월, 1942년 징용으로 끌려간 지 75년 만에 유족인 며느리와 손녀는 유골을 모시고 한국으로 돌아왔다. 차남은 "잘 돌아오셨습니다. 아버지" 하며 목 놓아 울었다고 한다. 그리고 한 달 후에 차남이 숨을 거두었다. 아버지와 아들은 양지바른 곳에 나란히 묻혔다.

나를 딸처럼 아껴준 배래선 씨의 죽음은 아버지의 장례식 때보다 더 많은 눈물을 흘리게 했다. 2001년에 만난 배래선 씨와의 약속을 16년 만에 실현한 것이다.

◆ Profile

한국디지털문인협회 회원, 서울하이쿠모임 회원, 일본어코디네이터, 일본어/한국어 강사

40년 전 제자와 약속

우종희

오후 늦게 전문(電文)이 도착했다. 종일 분주하게 잰걸음으로 짐을 꾸리는 손녀를 바라보는 할머니의 눈에는 눈물이 가득하다. 발령장을 받으러 오라는 소식을 뒤로하고 할머니를 꼭 껴안으니 온몸이 따스해진다.

3월 초, 새벽 찬바람은 옷깃을 여미게 한다. 도교육청에서 공직자로서의 약속을 선서하고 친구와 함께 근무할 학교를 배정받았다. 친구는 김화 나는 철원행 버스에 올랐다. 새벽부터 바쁘게 다녀서인지 스르르 눈이 감긴다. 굽이굽이 산을 돌아드니 넓은 평야가 보인다. 학교의 운동장에는 잔설이 녹은 흙탕물로 썰렁하다. 선생님들은 대부분 경력이 많아 보여 신규교사인 나는 고개를 숙이며 바짝 긴장했다. 밤이면 북쪽에서 대남 방송이 들려오는 전방이라는 사실에 긴장감이 최고에 달했다. 그렇건만 셋째 동생의 이 한마디 말이 잊을 수 없다. "누나가 하는 일이 얼마나 숭고하고 거룩한 일인지 알아? 누나는 멋지게 아이들을 가르칠 거야." 이삿짐을 날라주며 씩 웃는다.

철원은 나에게 아주 특별한 곳이고 추억의 고향이다. 40여 년 전 쓴 일기장을 펼쳐 그날의 이야기를 회상해 본다.

1982년 첫 발령을 받아 수업에 들어가니 한 학급에 63명이 가득 차 있었다. 1주일에 5시간 국어 교과서 중심의 수업을 하다 보니 아이들이 지루해했다. "선생님, 재미있는 수업해요!" 나도 고민하고 있던 터라 매주 마지막 주 1시간을 '교과서 없는 활동 중심 수업'을 하기로 아이들과 약속을 했다. "너희들이 하고 싶은 영역을 선택해 나만의 노트를 만들어봐. 그리고 쓰고 싶은 것을 마음껏 쓰면 틈새 시간에 봐줄게." 그날 이후 나만의 공책을 예쁘게 꾸미고 시어 찾기부터 시작했다. 아이들은 경쟁하듯이 아름다운 자연과 생활이 듬뿍 담긴 이야기를 들고 교실 밖에 서 있는 것이 아닌가? 휴일에 일직하는 날이면 찾아와 노트를 내밀며 가족 이야기와 친구들 이야기를 쓰며 나만의 멋진 시집이 완성되었다.

그러던 중 일이 터졌다. 음악과 시, 나의 시집 만들기, 문학작품 읽고 말하기, 단막극 만들기 등을 수업하며 누가 기록한 것을 평가에 반영하겠다고 했더니 교무부장 선생님이 호통을 치셨다. 신규교사가 평가의 기본을 모른다고 100점 만점으로 출제하라신다. "선생님도 국어 선생님이시라 아시잖아요. 이런 수업이 필요해 평가했어요"라고 말하는 '신규교사의 반란'을 어이없는 눈으로 바라보던 선생님을 잊을 수가 없다.

이방인이 떠난 주말 정월대보름, 뚜벅뚜벅 발소리가 난다. 얼마 전 휴가 가던 군인이 나의 방을 넘겨다보다 문을 두드리던 일로 바짝 긴장하고 있던 터라 두려움이 더 컸다. "하하 선생님, 저예요. 엄마가 오곡밥을 선생님께 드리라 했어요." 환하게 웃으며 나물과 오곡밥을 들고 오는 아이의 얼굴에 미소가 가득하다. 정겨운 그리움의 땅, 걸스카우트 대원들과 직탕폭포를 향해 자전거를 타고 가 고기도 구워 먹고 물장난도 하던 생각이 난다. 별 하나의 추억과 별 하나의 시와 함께 꿈을 키우던 소녀들은 이제 그 시절 자신들보다 더 큰 자녀를 둔 엄마가 되었다.

40년도 더 지난 그 시절 그 제자가 학교장으로 발령받았다는 전화가 왔다. 통화하며 중학생 시절로 돌아간 제자의 음성이 크게 심금을 울린다.

"선생님, 윤동주의 시 〈별 헤는 밤〉 음악과 함께 낭송하며 녹음도 하고 시집도 만들기도 했지요. 우리 친구들은 모이면 중학교 때 이야기를 많이 해요. 제가 데미안을 읽고 독후감 발표하는데 잘한다고 칭찬해주시던 그때가 생각이 나요. 그래서 저도 토론하고 생각하게 하는 사회교사가 되었는지 몰라요." 교사로서 잊지 않고 실천하려 했던 '활동 중심 수업' 약속이 제자들을 통해 환원되는 것 같아 기쁘게 생각되었다. 칭찬을 통한 자율적인 활동이 얼마나 큰 영향을 끼치는지 피터 레이놀즈의 《점》이라는 그림동화는 이야기해 주고 있다. '너도 할 수 있어. 자, 너도 그려봐./ 자, 이제 네 이름을 쓰렴.'

1991년 경기도로 도 전출하여 만난 학생들과도 계속해서 활동 중심 수업과 문집을 통한 소통을 계속하였다. 그 이후 교육과정이 변경되어 수행평가와 창의적 체험활동이 시행되었다. 교직에 꿈을 키우던 시절부터 소망하던 아이들과의 약속을 내면화할 수 있게 된 것이다. 수업을 통해 실천한 것을 사례 발표로 신규교사들에게 강의하기도 하고 선생님들과 연구발표도 했다.

학생 뮤지컬 동아리 '꿈틀꿈틀'이 틈새시간에 열띤 연습으로 '우리 동네 예술프로젝트' 공연 무대에 올렸다. 원작 뮤지컬 《Fame》을 리메이크하여 학생들의 꿈을 향한 도전과 열정, 사제 간의 이해와 갈등을 학생들의 시선으로 그린 뮤지컬이다. 소통이 어려운 아이가 뮤지컬을 통해 자신을 찾아가는 모습은 너무나 감동적이었다.

학생들이 교정을 돌며 사진 찍고 보고 느낀 것을 시로 표현하는 활동 '우리 시선이 멈춘 곳에 핀 디카시(詩)' 사진과 시로 표현한 것을 작품집으로 만들었는데 인기가 좋았다. 하고 싶은 것을 마음껏 할 수 있도록 기회를 주고 환경을 만들어 주면 새로운 발상으로 아이들은 놀라운 예술작품을 만들어 내는 것이다.

정년퇴직을 앞둔 어느 날, 중학생 시절부터 지금까지 연락하는 제자에게서 편지가 왔다.

"선생님과 함께하는 수업은 특별했어요. 요즘 진행되는 창의성수업을 거의 30년 전에 하셨어요. 모둠 수업, 활발한 발표와 토론식 수업, 다양한 글을 읽고 생각하고 서로 나누고 이런 수업이었어요. 지금은 보편화 되었지만 당시에는 거의 강의식, 주입식 수업이 대부분이었거든요. 국어 시간이 굉장히 재밌었고 신선했었죠. 담임 선생님하고 같은 반 친구들하고 같이 학급문집도 만들었는데요. 문집을 아직 가지고 있어요. 우리 마음을 읽어주는 상담도 잘해주시어 너무 좋았어요. 선생님의 영향을 받아서 저도 교사가 되고 싶었어요. 제가 교사가 되고 난 후에는 학생들 지도나 교사로서의 길, 살아가는 이야기를 나누게 되었어요. 누군가와 시간이 오래 지나도 계속 연락하고, 중요한 장면에 함께하고 누군가의 인생을 지켜보고, 변치 않고 함께할 수 있다는 것도 큰 축복인 것 같아요. 선생님께서도 제가 중학생 때부터 지금까지 제 삶의 중요한 순간과 장면에 늘 함께해 주셨어요. 이렇게 제 인생에서 스승님으로, 멘토로, 늘 변치 않고 기댈 수 있는, 존경하는 선생님, 정년퇴임에도 함께할 수 있어서 행복합니다."

'교육자의 길은 아름다운 길이란다. 너의 그 길을 응원한다. 고맙다.'

◆ Profile

디지털문인협회 회원, 전) 중등교장, 저서: 《DMZ평화의 길을 걷다 1》 공저

오징어 약속

◆

원동업

나 어릴 적, 그러니까 1970년대 후반쯤, 사내아이들은 '오징어' 놀이를 자주했다. 그 '오징어 게임' 맞다. 세모로 오징어 머리를 그리고, 아래 조그마한 통로를 낸 네모 몸통을 이어 만든다. 세모 머리와 꽁지엔 각각 원이 있어 공격수들과 방어수들의 근거지 겸 통로가 된다. 세모원에서 출발한 공격수들이 꽁지원을 통해 오징어 몸통을 관통해 세모원에 돌아오면 공격수 팀의 승리. 외발(깽깽이) 공격수들은 세모와 네모 사이 좁은 길을 통과해야만 두 발이 된다. 수비수들은 네모와 세모 안에선 두 발, 밖에선 서로 공평하게 외발이다. 두 발이 되려면 통로를 지키는 수비수들의 밀기와 발걸기, 잡아채기 등을 뚫어내는 민첩성과 힘과 용기가 필요했다. 세모원으로 가는 공격수들과 방어수들은 네모와 세모 안에서 육박전-몸싸움을 벌여야 했다.

다시 생각해 보면 아이들은 이 놀이를 통해 눈치코치, 순발력과 근력, 투지를 몸에 새겼다. 정신에 새겨지는 것들도 있었다. 참여자들은 모두 놀이의 규칙을 듣고 이해하고 따르는 것. 세상엔 정해진 약속이 있고, 그 약속을 지킬 때만 놀이는 유지된다는 원리. 그 약속은 동생에게든 형에게든 공평히 적용됐다. 약속하지 않으면 게임도 없었다.

아들 둘이 어릴 적에, 우리 가족은 동네 작은도서관(책읽는엄마 책읽는아이)에서 시간을 보냈다. 그 안에는 초등입학생끼리 친구를 맺고, 부모와 함께 동아리를 이루는 모임이 있었다. 우리 모임 이름은 피노키오(언제 사람이 되려나?)였다. 토요일이면 가족들이 함께 야외 탐방을 다녔다. 2005년생 닭띠 아이들과 닭박물관을 간다든지(실제로는 삼청동 부엉이박물관 같은 곳), 경희대 자연사박물관, 백사실 계곡, 경복궁과 한강 유람선, 남산 애니메이션센터, 북한산 우이령길, 아시테지 겨울축제 연극무대 등에도 우린 나타났다.

'약속 장소'에 가보면 세 부류의 가족이 있었다. 늘 한 시간 전에 도착해 있는 미리네. 우리 가족처럼 어쨌든 시간을 맞춰 도착하는 겨우네. 그리고 약속시간에 멀리서 뛰고 있는 늦었네! 어쩌면 당연한 일이지만, 미리네는 늘 여유있고, 정각네는 늘 아슬아슬하고, 늦었네는 으레 '늦어 그러려니!' 한다는 점이었다. 우린 늦었다고 타박하지 않는 사람들이었다. 다만 미리네만은 알아낸 재미난 장소를 일러주거나, 주변서 산 간식을 나눠주었다. 그 모습은 좋아보였다.

우리 가족은 늦었네와 오래 친구로 남았다. 아빠는 아빠들대로, 엄마는 엄마들대로 죽이 맞았다. 제주에도 비행기 타고 가 며칠 놀기로 했다. 탑승처럼 중요한 시각에 우리 가족은 '겁쟁이'였다. 탑승 2시간 전 도착은 기본. 그런데 늦었네 가족이 탑승시각이 가까워져도 안 보였다. 계속 뒤돌아보며 탑승을 하는 수밖에. 사연을 들어봤다. 집 나오던 찰라, 그 집 막내를 자연이 불렀고(엄마! 응가 마려워!), 엘리베이터로 가는 가족과 헤어져 둘째딸은 에스컬레이터를 고집했다는 거였다. 약속을 어긴 가족에게 항공사는 친절하게 다음 비행기를 마련해 주었다. 물론 돈은 돈대로 내셔야했지만.

자동차 운전을 시작하게 됐을 때, 규칙 준수는 내 사명이었다. "운전은 도시에 마지막 남은 모험이야! 피가 튀거나, 뼈가 부러지거나, 요단강 건너 황천길로 직행할 수도 있어!" 내 도로주행 연습을 맡은 친구는 겁을 팍 줬다. 찬찬히 사고들을 분석해 봤다. 사고는 규칙을 어길 때 발생했다. 무단 유턴을 하거나, 제한속도를 넘거나, 정비 불량 차를 운행하거나. 규칙이 나를 모두 수호해 줄 수는 없었다. 중앙선을 넘어 차가 나를 덮치거나, 뒤차가 추돌해 올 수도 있으니까. 그래도 내가 할 일은? 쭈욱 규칙-약속을 지켜가는 거였다.

하느님이 보우하사, 무사히 30여 년쯤 운전하다 보니 꾀가 생겼다. 얼마 전, 빨간불인데 횡단보도에 사람이 없어 비보호 좌회전했다. 그때 "빠~아앙" 하고 경적이 울렸다. 오른편 골목서 좌회전을 받아오는 택시였다. 내가 미처 발견을 못한 터였다. 다음 날, 노란불로 바뀌었는데 나는 속도를 냈다. 보도를 주행해 갈 때, 횡단보도를 건너오는 성급한 보행자가 우측 창밖으로 보였다. 내가 조금만 더 느렸다면?

2014년 침몰한 세월호는 증개축 개조를 했다. 수리되지 않은 평형수 탱크는 문서상으로만 안전진단을 통과됐다. 배가 떠날 수 있는 만재배수톤수보다 더 많은 화물이 배에 실렸다. 화물들을 고박할 쇠줄은 애초 없고, 밧줄은 느슨한 채였다. 마지막 하선해야 할 선장은 사고가 나자 제일 먼저 탈출했다. 퇴선명령과 구조를 진행해야 할 해경은 조치를 하지 않았다. 하인리히 법칙! 참사엔 언제나 사전에 예고가 있다. 300번의 사소한 규칙 위반이 먼저 와있다. 29번쯤의 경미한 사고가 거기서 일어난다. 대형 참사가 발생하는 건 그 뒤다. 녹슬어가던 철문이 문설주에서 떨어지듯이, 좀이 번져가면 어느 날 거목도 고꾸라지듯이.

가끔가끔 나와 했던 약속들이 반딧불이 불처럼 명멸하며 떠오른다. 글 쓰는 습관을 눈알처럼 지켜야지. 그날 있었던 일은 그날 기록해 세상에 넘겨야지. 수불석권-책을 손에서 떼지 말아야지. 읽고 있지 않으면 쓰고 있는 사람이어야지. 글은 나의 최고 기쁨이요, 내 생애의 수호자임을 믿어야지. 가장 조용한 하루의 첫 시간을 쓰는 데 보내야지. "책을 써!"라고 내게 말했던 수많은 다정한 사람들에게도 했던 약속들.

지금의 나는 무엇을 하고 있나? 때때로 수시로 자주자주 유튜브 채널을 클릭한다. 거기서 세상의 다툼들, 재미들에 탐닉한다. 어쩌다 약속해 버린 세상의 부름에 자주 불려나가 있다. 이미 놓았어야 할 가식적 의무들에도 오래 붙들려있다. 기력이 다해 이제는 누워 다시 일어나지 못할 때, 그 약속들은 내게 몰려와 속삭이겠지.

"쯔쯧! 우왕좌왕하더니. 내 이랄 줄 알았다!"

◆ Profile

돌멩이국 대표, 성수동 스튜디오 〈3개의 풍경〉 운영, 작가, 영상기획자, 요리강사, 기자

공명음

유숙영

친구와 나는 어린이집 학부모로 만나 3년째 교류 중이다. 각자 까다로운 아이들을 키우며 고군분투 중이어서 서로 공감대가 형성되어 지금까지 이어지고 있다. 우리는 아이들을 위해서 올해 안으로 그림책을 한 권 함께 만들기로 약속했다. 나는 글을 쓰고 친구는 아이패드로 그림책에 들어갈 그림을 그리기로 했다.

어느 날 막내아들을 데리고 친구 집으로 놀러 갔다. 도착하자마자 아이들은 닌텐도 축구 게임을 하였다. 우리는 이러저러한 이야기를 나누었다. 친구의 남편은 친구가 없고, 공감해 주는 가족이 없다고 말하였다. 남편의 이야기를 들어줄 사람은 오롯이 자기밖에 없다며 두통을 호소하였다. 그도 그럴 것이, 남편도 두 아이도 평범한 사람은 아닌 듯하다.

"너의 남편은 대나무 숲이 필요하구나." 내가 말했다.

그러자 친구는 기다렸다는 듯이 "나에게도 대나무 숲이 필요해, 그러니 언니가 내 이야기를 좀 들어줘"라고 말했다.

"그건 좋은 방법이 아닌데?"

나는 말문이 막혔다. 대나무 숲을 떠올리면, 《임금님 귀는 당나귀 귀》라는 전래동화가 먼저 떠오른다. 친구와 나는 똑같이 남에게 말 못할 아이들 고민거리인 공통분모를 갖고 있기 때문이다. 서로 가정사를 나누면서 우리는 공통점을 알아갔다. 친구의 아이도 우리 아이도 ADHD(주의력결핍과잉행동장애)가 있다는 점이다.

나에게도 친구가 경험한 것처럼 비슷한 공명 현상이 일어나고 있었다. 몇 주 전부터 다시 머리가 울리고 어지럽고 비틀거리기까지 했다. "그 아이는 내 PTSD(외상후 스트레스장애)야"라고 단언하는 친구, 그래도 그녀는 최근 헬스장에서 다이어트 챌린지라는 프로그램에 6개월간 참여하고 있었다. 하루 두 시간씩 운동을 하면서 정신이 맑아지고 건강해졌다 했다. 친구의 남편도 두 달 전부터 함께 운동을 시작했다며 자랑했다. 그러나 나는 요즘 시댁과 친정 식구들과 거리를 두고 있다고 했다. 자주 보는 사람들에게서 복잡한 이야기를 들으면 어김없이 내 머릿속에서 들은 이야기들이 이리저리 충돌하여 울렁거렸기 때문이다.

친구는 아이패드로 그림책에 들어갈 삽화를 그리고 있었고 나는 독서동아리에서 토론할 책인 《나는 메트로폴리탄 미술관의 경비원입니다》를 읽고 있었다. 친구는 나에게 두통약부터 챙겨 먹으라고 재촉했다. 나의 경험에 의하면 대나무 숲 이야기는 절대 하지 말아야 할 이야기였다. 특히나 자주 보는 사이엔 더욱 그렇다. 나는 친구에게 미술 전공인 남편과 함께 그림도 그리며 운동을 지속적으로 하면 좋겠다고 대답했다. 친구 남편은 친구와 이야기를 나누는 와중에 조퇴하고 집에 와서 잠을 자고 있었다. 우리는 오래된 팝송을 틀어 놓고 서로가 몰입할 수 있는 각자의 활동을 하며 시간을 보냈다. 아이들도 어른들의 이야기엔 아랑곳하지 않고 또 다른 놀이를 하고 있었는데 장난감인 '핫휠카'를 이용해 다리를 연결하고 중간에 대교를 이어가는 놀이에 한껏

심취해 있었다. 심심해진 친구의 아이가 놀이터에 나가 놀자고 할 때까지 놀이는 계속됐다.

친구는 놀이터에 나가자마자 휴대폰을 손에서 놓지 못하고 장문의 카톡을 보내는 듯했다. 아이는 같이 노는 누나가 어린 동생들을 배려하지 않고 장애물이 많이 있는 놀이터에서 누나들을 잡는 놀이를 시켰다며 울면서 친구에게 와서 안겼다. 그녀는 미처 아이를 돌아볼 여유가 없어 보였다.

"네 형은 이제 같이 안 사는 거야? 이제 가족이 아니야?"라며 내 아이가 안부를 물어봤다. 친구의 아이와 함께 놀이하며 최선을 다한 내 아이를 보니 어른보다 낫다는 생각이 들었다. 엄마에게 외면당한 친구의 아이는 "엄마, 나를 배려해 주면 안 되는 거야?"라고 물어봤다. "너는 왜 친구처럼 놀지 못하니?"라고 대꾸하는 친구의 대답에 아이는 이내 고개를 푹 숙였다. "엄마, 아이패드로 그림 그려도 돼요?"라고 다시 물어보았다.

친구는 집으로 걸음을 옮기다가 불현듯 "언니, 위급한 순간에 함께 있어 줘서 고마웠어요"라고 말하며 돌아섰다. 요즘 들어 아이가 무서워하는 사람이 없다며 걱정했었다. 그런 아이가 유일하게 무서워하는 사람이 하나님이라고 말했다. 친구의 아이와 내 아이는 얼마 전에는 태권도장 하반기 합숙에도 함께 참여했다. 친구 아이는 한 달 전에 태권도장에서 관장님께 이 상태로는 더 이상 함께 할 수 없겠다는 최종 경고를 받았다고 했다. 아이가 물건을 던지는 사건이 여러 번 있었다고 했다. 아이에게 단 일주일간의 유예기간이 주어졌다. 그 후 아이는 태권도장에 계속 다니고 싶다고 말하며 친구의 말도 잘 듣는다고 했다. 그날 친구와 친구의 아이 사이, 보이지 않는 벽에 투영된 상처받은 아이의 모습이 뇌리에서 떠나지 않았다. 둔탁한 공명음이 하루 종일 맴돌면서 다시 두통이 이어졌다.

"그 아이는 내 PTSD야."

오늘도 나는 친구에게 전화를 걸었다. 운동을 아주 열심히 했다며 수화기 너머로 씩씩한 목소리가 들려왔다. 3개월 만에 다시 약을 타왔다. 열흘 전부터였을까. 다시 심하게 어지럽기 시작했고 샤워를 하려다 넘어져서 그대로 기어 나왔다. 이번 약은 간헐적으로 신호가 올 때 한 알씩 복용하는 약이라고 한다.

"아이가 ADHD가 맞았네요. 그동안 우리 최선을 다했잖아요. 그 전엔 어려서 먹을 수 있는 약도 없었어요."

진료실을 나올 때 선생님께서 위로의 말씀을 건네주었다. 진료를 마친 아이를 태권도 학원에 등원시킨 후 집에 돌아오자마자 약을 한 알 집어삼켰다. 공통분모를 가진 친구와 나는 화요일마다 만난다. 우리는 오전 두 시간 동안 그림책 동아리 활동에 함께 참여하여 그림을 그리고 글을 쓴다. 오후엔 아이들이 같은 시간대에 옆 건물에 있는 각자의 교실에서 수업 받고 있다. 아이들이 수업 중일 때는 단골 커피숍에서 수다를 떨며 각자의 취미활동을 한다.

"그래, 우리 오늘도 최선을 다했다. 친구야, 다음 주에도 함께 재밌는 시간 보내자."

공명음처럼, 친구의 목소리가 허공으로 퍼져나간다. 머잖아 우리 손으로 예쁘게 만들어질 '약속의 그림책'이 바람결에 한 페이지씩 넘기면서 읽고 있다.

◆ Profile

다온도서관 시산꽃 동인

약속의 다리

유영석

인생은 약속의 연속이다. 누구나 약속을 주고받으며 하루를 건너간다. 약속은 단순히 입에서 흘러나온 소리가 아니다. 그건 나와 상대를 연결하는 고리이자 징검다리다. 고리가 엉키고 다리가 부실하면 이음매에서 삐걱대는 소리가 난다. 약속은 또한 오늘보다 나은 내일을 만들겠다고 스스로에게 손가락을 거는 다짐이다.

40년 전이다. 을지로의 커피숍에서 국립의료원 간호사인 한 여인을 만났다. 말수가 적은 나와 다소곳한 그녀는 말보다 눈빛으로 속내를 주고받았다. 강원도 출신의 순박한 모습에 마음이 끌렸고, 그녀도 싫지 않은 표정이었다. 한데 몇 번의 만남에서 내 이마에는 '지각 대장'이라는 딱지가 붙어버렸다. 삼성물산 경리과에서 일하면서 일상이 된 야근으로 약속 시간을 자주 어긴 탓이었다.

한번은 그녀가 30분 넘게 기다리다 지쳐 그냥 나가려는데 커피숍 주인이 "지난번에 가신 다음에 그 남자분이 허겁지겁 뛰어 들어왔어요. 조금만 더 기다려보시죠"라고 해서 내가 올 거라 믿고 다시 자리에 앉은 적도 있다고 했다. 늦을 때마다 "일 때문인 건 이해하지만 약속은 지켜야 하는 거 아녜요?"라는 그녀의 나지막한 말에 한편 미안하면서도 낯빛 바꾸지 않고 기다려줘 고마웠다. 서로의 일터가 있는 태평로와 을지로를 오가며 그해 11월 사랑의 결실을 맺었다.

아내는 가끔 데이트 시절의 기억을 떠올리며 농담조로 말을 던진다. "못 믿으면 못 살지." 듣는 나는 해석이 좀 헷갈린다. 지각 대장이던 나를 믿고 기다렸다는 말인지, 부부로 살면서 미덥지 못한 구석이 있는데 억지로 믿으며 살고 있다는 것인지…. 그러면서도 남편인 나의 약속에 불신이 묻어있는 듯해 마음 한편이 씁쓸하다. 말만 번지르르한 공수표를 남발한 것은 아닌지도 돌아본다. 이제라도 아내와의 약속을 천금처럼 여기리라. 약속은 사랑과 신뢰로 이루어진 가족의 울타리를 지탱하는 기둥이니.

"당신도 이제부터는 영혼을 돌봐야 하지 않겠어요?"

정년퇴임한 내게 아내는 '영혼'이라는 말을 툭 던졌다. 나는 얼떨결에 "그렇게 해야겠지"라고 답했고, 아내는 영혼을 돌보는 새로운 길을 안내해 주었다. 그건 다름 아닌 성경 필사였다. 다음날 아내는 다니는 교회에서 시리즈로 만든 성경 필사 노트를 내게 건네주었다. 어차피 인생의 뒷부분을 글로 채우기로 스스로 약속한 터였다. 시대의 작가들도 글쓰기를 꿈꾸는 이들에게 스토리와 비유, 역사가 있는 성경을 읽으라 하지 않았던가. 믿음을 단단히 하고 글쓰기 소양도 채울 겸 성경 필사를 약속했다. 그것은 아내와의 약속이자 내 자신과의 약속이었다.

필사 노트에는 성경이 없어도 쉽게 베껴 쓸 수 있도록 바둑판 모양의 종이 바닥에 말씀이 희미하게 보였다. 하루에 정해진 일정표에 따라 꼬박꼬박 써 내려갔다. 성경 필사는 영혼을 정화하는 과정이었다. 아내의 처방전은 가히 명의급이었다. 펜이 종이를 스치는 소리는 가슴에 무언가 울림을 주었고, 울림이 커지면서 잃어버린 나를 찾는 듯한 묘한 느낌마저 들었다. 필사 노트를 보는 아내의 표정에도 기쁨이 가득했다.

초심은 자주 길을 잃는다. 시간이 지날수록 성경 필사 의지가 약해지고 현실의 유혹을 기웃대기 시작했다. 〈마태복음〉까지 필사를 계속하다가 이런저런 핑계로 한동안 펜을 놓았다. 속세의 어둠 속에서 마음이 출렁이는 나 자신을 꾸짖었다. '아내와 내게 한 약속도 지키지 못하면서 무슨 큰일을 하겠는가?' 길이 꼬이면 다시 처음으로 돌아가라 한다. 마음과 발길을 원점으로 돌려 다시 필사를 시작했다. 성경 필사로 믿음이 깊어졌다고 말하기는 민망하지만, 삶의 지혜를 얻고 스스로와의 약속을 지켜냈다는 사실은 지금도 나를 뿌듯하게 한다.

20대 후반의 내 인생에는 안개가 자욱했다. 집안 형편상 상고를 나와 일찍 직장에 발을 들여놓았고, 한국방송통신대 경영학과에 입학해 배움의 끈을 놓지 않았다. 하지만 현실은 척박했다. 회사의 바쁜 업무로 기진맥진한 몸은 강의를 견뎌내지 못했고, 1년쯤 다니다 휴학했다. 장인은 사위에게 "절대 포기하지 말고 학위를 취득하라"라고 격려해 주었고, 나는 꼭 그리하겠노라고 약속했다.

장인과의 약속을 이행하기까지는 무려 15년이 걸렸다. 결혼 이후 10여 년간 오사카와 도쿄를 오가며 주재원으로 근무했다. 중간에 방송통신대에 확인해 보니 제적 상태였다. 우여곡절 끝에 무역학과로 편입해 다시 공부를 시작했고, 새천년을 맞이한 2000년에 학위를 취득했다. 천신만고 끝의 값진 열매였다. 장인의 격려에 사위가 '약속'을 하지 않았다면 흐지부지될 수도 있는 길이었다. 약속은 신뢰의 근본이다.

누구나 '약속의 다리'를 건너며 새로운 세상으로 나아간다. 나 또한

'약속의 다리'를 수없이 건너 여기까지 왔다. 시간을 잘 지키겠다는 아내와의 약속은 번번이 어겼지만, 이해심 덕분에 부부 연을 맺었다. 성경 필사라는 자신과의 약속은 중간에 길을 잃기도 했지만, 다시 처음의 마음으로 돌아갔다. 장인과의 약속은 박사 학위까지 취득하는 다리가 되었고, 나는 그 다리를 건너 꿈꾸는 세상으로 나왔다. 약속은 다리다. 나와 너를 맺어주는 다리, 현실과 이상을 연결하는 다리, 과거와 미래를 이어주는 다리다.

"가장 아름다운 말은 약속이고 가장 슬픈 말 또한 약속이다"라는 어느 작가의 말은 약속의 양면성을 함의한다. 신뢰의 향기가 피어나는 말이 있고, 절망의 그림자를 드리우는 말도 있다. 노자는 "믿음직한 말은 꾸밈이 없고 화려한 말은 믿음이 적다"라고 했다. 음식은 담백한 맛이 으뜸이고 말은 진실할수록 치레가 적다.

해가 점차 서산으로 기울어간다. 내 말의 신뢰는 얼마나 견고할까. 허공으로 날린 약속은 얼마나 될까. 겉은 화려한데 속엔 쭉정이만 가득하지는 않을까. 답이 모호한 궁금증이 어지러이 머리를 맴돈다. 약속은 여전히 진행형이다. 시간을 잘 지키겠다는 아내와의 약속, 성경 필사라는 나와의 약속 또한 아직도 미완성이다.

오늘 문득 발걸음이 40여 년 전 을지로의 그 커피숍으로 향한다. 내가 늦더라도 그녀가 그 자리에 앉아있기를. 초심이 그대로 그 자리에 있기를. 그곳에서 오간 '약속'이 세월에 빛바래지 않기를….

◆ Profile

수필가, 한신대 특임교수, 한국디지털문인협회 회원, 한국산문작가협회 회원.
저서: 《바다를 꿈꾸는 개구리》

둘 중에 하나만 지킨 약속

유중희

나이 칠십인 우리 세대가 사춘기를 보낼 때, 남녀가 서로 좋아하고 사랑하는 것은 좋은 것이며 권장할 만한 것이 아니라는 분위기였다. 그 당시 심지어 연애하면 가족의 문제가 아니라 가문의 수치라고 여겼다. 학교에서 선생님도 그렇게 가르쳤고 부모들도 그렇게 지도했다. 그러한 것을 시도하면 불량 학생으로 낙인찍혔다. 나처럼 범생이 생활을 한 사람에게는 시도해서는 안 되는 일이었다. 결혼 적령기에 다다랐어도 소위 연애라는 것을 해보지 못했다. 그나마 결혼할 수 있었던 것은 초등학교 동창 중 서울에 사는 사람들 5~6명이 1년에 서너 번 만나는 모임이 있었다. 그때 만나던 동창 중 나처럼 애인이 없던 여자 동창이 있었는데, 어느 날 갑자기 우리끼리 결혼해서 살자고 내가 제안했고, 그로부터 3개월 후 결혼식을 올렸다. 한 학년에 120여 명이 생활하여서 한 교실에서도 자주 지냈던 동기동창이었기에 이성이라기보다는 친구라는 것이 더 잘 어울리는 사이이다. 그러다 보니 좋기는 한데 소위 가슴이 절여오는 설렘이라는 것을 경험해 보지 못했다. 그러다 나이 오십 대 후반에 10여 년간 제주에서 살았던 회사생활을 마무리하고 육지에 귀환하지 않고 2년간 마음껏 제주의 아름다운 풍광을 찾아다니며 즐겨보았다. 그러다가 모 대학교에서 추진하는 제주지역 탐방단 모임에 가입하여 매주 30여 명이 한 차례씩 모여 버스를 전세하여 탐방 활동을 하였다. 그때 5성급 호텔의 총괄 매니저 출신이며 띠동갑 아래인 묘령의 여인을 만났는데, 둘이서 따로 만나 한라산과 오름의 아름다운 풍광을 만끽하며 데이트를 즐겼다. 탤런트 수준은 아니라도 큰 키에 날씬하고 예쁘기도 하였지만, 품격 있는 예의범절에 넋을 잃을 정도였다. 자주 만나다 보니 정이 들었고, 하루라도 만나지 않으면 못 살 것 같았다. 미리 서로 약속했던 '플라토닉 러브'였지만, 뒤늦은 나이에 바람이 난 것이다. 연애 경험이 많았으면 표시 나지 않았을 터인데, 처음이라 미숙하다 보니 촉이 발달한 아내에게 모든 것을 들키고 말았다. 그럴 즈음 둘이서 따라비오름을 오르게 되었다. 따라비오름은 제주의 오름 중 가장 아름답다고 소문난 오름이다, 그곳은 비교적 사람들이 지나갈 수 있는 곳이기에 오붓한 시간을 갖지는 못했다. 제주에서 유명세를 치르고 있는 김영갑 사진작가(57년생. 충남 부여 출신으로 제주에서 많은 사진 작품을 남겼고 저서 《그 섬에 내가 있네》가 있다. 2005년 사망.)가 용눈이오름과 함께 많은 작품을 남긴 곳이기도 하다. 잣성길 정상 길을 한 바퀴 돌아내려 오는 곳에 전망이 좋은 봉우리에서 잠시 쉬게 되었다.

"유샘, 늘 받기만 하는 저와 늘 주는 유샘 관계라서 고맙지만 불편해요. 저도 보답해 드리는 날이 왔으면 좋겠어요."

"그렇지 않아요. 나를 위해 시간을 내주는 것만도 고마운 일이지. 나는 지금까지 가장 예의가 바른 직군은 스튜어디스라고 생각했었어. 그런데 그대를 만나고부터는 그 위에는 5성급 이상 호텔 직원들의 매너가 한 단계 위라고 생각을 바꾸게 되었어. 그리고 그대가 기본 매너에

다 성심성의껏 나를 대접하고 존중해 주고 있어 나는 정말 고맙고 즐거워."

그 시절 아내가 눈치채고 있다는 것을 알게 되었기에 우리의 만남이 지속할 수 없다는 것을 이심전심으로 느끼고 있었다. 그녀가 속삭였다.

"유샘, 우리는 이젠 곧 헤어져야 할 날이 오겠지요?"

"그렇겠지."

"유샘. 이곳은 너무 아름다운 곳이에요. 다시금 꼭 오고 싶은 곳. 바로 올 수 있을 것 같아도 맘 같지 않아요, 아마 10년 후에 올지도 모르겠어요. 그때는 누구랑 같이 오지?"

내가 퉁명스럽게 말했다.

"그때 나는 이 세상 사람이 아닐지도 몰라."

그녀가 기대했던 한두 가지 대답 중 하나가 나오리라 생각했었는데, 나의 엉뚱한 대답은 그녀에게 커다란 충격을 안겨주었나 보다. 망치로 얻어맞은 듯 얼얼했나 보다. 무슨 말로 이어갈지 떠오르지 않았나 보다. 그리곤 자리에서 일어섰다. 그녀는 말없이 침울하게 나를 뒤따라 걸었다. '10년 안에 유샘이 죽을 수도 있다고! 늘 같이 있지 못하는 거야? 이를 오늘 새삼스럽게 알게 되었네.' 슬픔이 몰려왔나 보다. 걸음을 멈추고 뒤돌아보며 말했다.

"그대가 좀 전 10년 후에 누구랑 같이 오느냐고 물었지? 내가 살아있으면 그때 이 시간쯤 그대가 말했던 그 자리에서 기다릴게."

그녀의 시무룩한 얼굴이 환하게 변했다.

"약속한 거예요. 우리가 헤어진다 해도 10년 후 개천절 날 이 시간 바로 그 자리에서 만나는 거예요."

"그러자."

그로부터 몇 달이 지나 제주 생활을 청산하고 수도권으로 이사하게 되었다. 10년 후 10월 3일 개천절 그날이 찾아왔다. 그날의 약속은 그 시기에 아내도 알고 있었다. 전날 잠자리에 들 때, 아침에 눈을 떴을 때도 그날의 약속 장면이 선명하게 떠올랐다. 아무렇지도 않은 듯 세수하고 아침을 했다. 아내도 모를 리 없겠지만 평상시와 같이 태연했다. 그날은 외출도 하지 않았다. 괜한 오해를 사지 않기 위해서다. 그렇게 아무렇지도 않게 그날이 지나갔다.

나처럼 범생이 생활을 한 어느 老 시인이 지은 〈내 생의 통한〉이라는 詩를 접하게 되었다.

사랑하고 싶은데
사랑하지 못하고
어물쩡 보내버린 세월
열 번에 열 번을 떠 물어도
내 후회할 일은
이것뿐이다.
더 이상 아픈 것은 내게 없다.

그러나 나는 상기 시인이 읊은 것과 같은 통한은 없다. 착하고 고마운 아내에게는 미안한 일이지만, 한 번이라도 한 여인 때문에 설렘과 가슴이 절절했던 에피소드가 있기 때문이다. 피천득의 수필 《인연》에서 보면 일본 유학 시절 하숙집에서 만난 아사코라는 소녀와의 인연을 묘사한 글인데, 두 번째 만난 것까지는 좋았지만 중년을 지나 마지막 만난 것에 대해서는 후회하고 있다. 머릿속에 좋은 인상으로만 남아 있던 여인의 늙어가는 모습을 보고 실망했기 때문이다. 이 부분은 많은 사랑을 나누다 헤어졌던 사람들이 늙어서는 굳이 만날 필요가 없다고 많이 인용하는 부분이다. 그녀를 만나보고 싶은 마음은 굴뚝같지만, 10년 후에 만나자는 약속은 공염불이 되었고, 가슴에 간직할 뿐 다시 만나는 일은 없을 것 같다. 둘 중에 하나의 약속은 지키지 못했다.

◆ Profile

한국자동차공업협동조합, 삼성자동차/삼성전자, 국가공기업(JDC)

가을의 단상(斷想)

윤정걸

가을비의 협주곡이 천둥소리와 함께 피날레를 연주하듯 가을은 절정을 향해 달려가고 있다. 비를 품은 낙엽들이 흩어지는 모습을 보니 지나간 옛 생각이 주마등처럼 스쳐 가고, 불현듯 그리운 사람이 생각나는 것은 인지상정이다. 회색빛 우수는 너와 나의 미완의 약속들이 최선을 다했어도 정당한 결실을 맺지 못한 상실감의 반증일지도 모른다.

그동안 지척에 두고도 가보지 못한 서오릉(西五陵)을 찾았다. 옛 왕조들의 수많은 사연과 부귀영화가 한 줌의 찬 흙 속에 묻히고, 그 기억들이 이제는 무심히 서 있는 사당과 상석, 비석에만 남아 있는 것을 보며 인생이 무엇이며 왜 사는가를 반문하게 된다.

삶은 스쳐 지나가는 것이지만, 그 속에는 수많은 약속의 나날이 우리 가슴에 맺히고, 아름다움과 고통을 동시에 안겨준다. 우리의 삶은 덧없으면서도 많은 인내와 용기를 요구한다. 우리는 이런 것조차 제대로 느낄 수 없는 바쁜 생애를 살아왔지만, 돌아보면 참다운 삶에 대해 생각하게 된다.

우리는 따뜻하고 다정한 사람, 진정한 인간이기를 바란다. 우리는 인간으로 태어나 인간으로 살다 가기를 원했던 이들이다. 거기에는 멀리 있는 이를 그리워하고, 고통받는 친구의 짐을 함께 나눌 용기가 필요하다. 이를 포기하지 않는 마음의 약속을 새긴다면 우리 삶은 가치 있고 아름다울 것이다.

낙엽 쌓인 빈 벤치는 누군가의 약속을 기다리며 외롭고 쓸쓸할 뿐이다. 수많은 이별이 있었다면, 수없는 약속 또한 있었을 것이다. 과거는 지나갔고 미래는 오지 않았다. 애쓸 것 없다. 올 것은 오고 갈 것은 간다.

장자는 "인생이란 잘 놀다가 가는 것"이라 했다. 여기 서오릉의 왕족들과 수 세기의 시공을 초월해 지금 만나고 있다. 그들의 조선은 모화사상과 사대주의에 입각하여 유교를 국가 이념으로 받아들였으나, 왕과 군자라는 절대자를 모시고 추종할 뿐 그것을 넘어서지 못하고 학문적 진보성이 결여된 치명적 결점을 지녔다. 군주제와 신분제로 인한 인간의 착취로 일관된 폐쇄된 사회였다.

작가 최인호는 소설 《제4의 제국》의 머리말에서 조선을 폐쇄 사회였고 일본에 의해 멸망한 나라라고 정의했다.

어느덧 비가 그치고 맑은 가을 하늘이 펼쳐졌다. 눈부시게 푸른 날이면 그리운 사람을 그리워하자! 인간은 약속하는 동물이라 하지만 이루지 못한 약속에 대해 너무 회의할 필요는 없다. 회자정리(會者定離) 거자필반(去者必返)이라지만 헤어져서 만나지 못하고 약속하고 돌아오지 않은 사람도 많은 것이다.

나의 애창 시 보리스 파스테르나크의 〈가을〉을 읊으며 서오릉의 가을을 떠나보낸다.

…(중략)

오늘의 그리움을 보태/ 잔 속에 어제의 아픔을 더 가득 채워다오

애착과 집념과 아름다움의 찬란함…/ 이 9월의 바람결에 우리는 연기처럼 흩어지자

소중한 이여, 이 가을의 속삭임 속에/ 너를 모두 묻어 버리고/ 기절을 하리라/ 반쯤 미치리라

덤불에서 낙엽이 지듯/ 그대는 옷을 벗어 던진다

은빛 술이 달린 가운을 입고/ 그대는 내 품에 안긴다

삶이 질병보다 더 아플 때/ 그대는 파멸의 길이 준 선물

교만함이 아름다움의 근원이니/ 우리를 이토록 밀착시키누나

◆ Profile

아우라 음악학원장, 디지털문인협회 이사, 전) 일본 MODE.MAK 서울지점장

늦어진 꿈, 그리고 새로운 길

이옥희

어릴 적부터 나는 선생님이 되고 싶었다. 가르친다는 것은 단순한 직업이 아니라, 사람들에게 지식을 전하고 그들이 성장하는 길에 힘을 더하는 일이라고 생각했다. 그것은 내 인생의 목표였고, 그 꿈을 반드시 이루겠다고 내 마음속 깊이 다짐했던 꿈이었다. 나는 나 자신과 약속했다. "언젠가 반드시 선생님이 될 거야." 하지만 인생은 늘 계획대로 흘러가는 것이 아니었다.

이십대의 나는 대학에 갈 형편이 되지 못했다. 경제적 여건이 따라주지 않았기 때문이다. 대신, 직장을 다니면서 교사양성소라는 곳에서 대학에 입학한 학생처럼 교육학을 공부하며 교사의 꿈을 키워 나갔다. 매일 가르침에 대해 배우고, 그 꿈을 이루기 위해 열심히 최선을 다했다. 하지만 교사가 되기 위해서는 여러 가지 공부가 필요했고 쉽게 되어지는 것이 아님을 시험에 여러 번 낙방하면서 실감했다. 시험에 낙방하면서 내 자신에 대한 실망감이 커져갔다. 결국 나는 그 길을 포기했다. 함께 공부를 했던 동료는 한두 번 더 노력한 끝에 교사가 된 사람도 있었다. 그때 다시 도전했더라면, 혹은 포기하지 않고 끝까지 노력했더라면 어땠을까 하는 아쉬움이 내 마음속 깊이 아직도 남아있다.

꿈이 그냥 꿈으로 남아 있는 채로 세월은 흘렀다. 꿈을 가슴속에 묻고 다른 길을 걷기 시작했다. 직장생활을 거치고 나는 반도체부품 관련 사업장을 20년 넘게 운영해 왔다. 그 과정에서 나름대로 성공을 이루었다. 사업적으로는 만족스러운 결과였다. 그러나 내 안에는 항상 공부에 대한 열망이 남아있었다. '다시 공부를 시작해 볼까?' 하는 마음이 계속 떠올랐고, 그 열망은 결국 나를 박사학위까지 도전하게 만들었다. 각고의 노력 끝에 2023년, 마침내 나는 박사학위를 받았다. 오랜 시간 동안의 노력 끝에 얻은 값지고 소중한 결과였다. 그 성취는 정말 기뻤다. 그 순간만큼은 자부심과 기쁨으로 가득했지만, 한편으로는 아쉬움이 밀려왔다. 젊은 시절 꿈꾸었던 교단에 서서 학생들을 가르치는 꿈은 이제 더 이상 내게 닿을 수 없는 것이라는 현실을 인식했기 때문이다. '내가 꿈꾸던 그 길은 이제 너무 늦어버린 것일까?' 나이는 이미 정년을 지났고 현역 교사가 될 기회는 가질 수 없는 꿈이 되어버렸다. 되돌릴 수 없는 시간, 마음속에 남은 아쉬움으로 나는 가끔 젊은 시절의 나를 떠올린다. 교사양성소에서 공부하던 날들, 그때 품었던 꿈과 열정 그리고 시험에서 낙방한 후의 좌절감. 그때 조금만 더 노력했다면, 포기하지 않고 다시 도전했더라면 지금의 나는 어떤 모습일까? 시간이 흐르고 나서야 나는 그 아쉬움을 깊이 느끼게 되었다. 젊었을 때의 선택이 지금의 나를 만들었지만, 포기했던 순간의 기억은 여전히 내 마음속에 남아있다.

66세가 된 나는 이제 그 꿈을 직접적으로는 실현할 수 없는 상황이다. 더 이상 교단에서 학생들을 가르칠 수 있는 기회가 없다. 시간이 너무 많이 흘렀고, 나는 교사로서의 현실적인 기회를 놓쳐버렸다. 그때 내가 다시 도전했다면, 그 꿈을 이루었을까? 아니면 또다시 좌절했을까? 이제는 그 답을 알 수 없게 되었다.

꿈의 다른 길도 있지 않을까?

그러나 여전히 나는 그 꿈을 포기하지 않고 있었다. 꿈은 꼭 특정 시기나 형태로만 이루어져야 하는 것일까? 선생님이 되겠다는 내 꿈은 단순히 교단에서 학생들을 가르치는 일만을 의미하지 않았다. 그것은 지식과 배움을 나누고, 사람들에게 영감을 주며, 그들의 성장을 돕는 일이었다. 내가 박사학위를 받은 것도 결국 그 꿈을 이루기 위한 또 다른 여정의 한 부분이었다는 것을 깨달았다.

비록 교단에 서지 못하더라도, 나는 여전히 나의 지식과 경험을 다른 방식으로 전달할 수 있지 않을까? 지금 나는 멘탈코치로서 남녀노소를 가리지 않고 많은 사람들을 코칭하며 그들이 더 나은 삶을 찾을 수 있도록 돕고 있다. 이 역할 역시 내가 꿈꾸던 가르침의 다른 형태라고 생각한다. 교단에 서지 않더라도, 나는 배움과 성장을 전할 수 있는 길을 계속해서 걸어가고 있기 때문이다.

올해 여름에 비즈니스 우먼을 코칭 했었다. 심한 우울증으로 불안감과 삶의 허무를 느끼는 상황이었다. 7회 차에 걸친 코칭 대화로 경단녀에서 현역으로 복귀하여 근무를 잘 하고 있다. 또 한 가지 사례로는 문해력이 없는 시니어들이 글을 읽게 하고, 늦은 나이임에도 글을 배울 수 있는 용기와 희망을 심어주었다. 이러한 순간들은 내가 꿈꾸었던 가르침의 본질을 실현하고 있음을 느끼게 해준 사례이다.

나는 여전히 글을 쓰고 코칭을 하며 멘토로서 내 이야기를 나누는 기회를 찾아가고 있다. 중요한 것은 내가 여전히 가르치고 나누고 싶다는 열망을 품고 있다는 사실이다. 가르침이 꼭 학교라는 공간에서만 이루어질 필요는 없으니까.

나의 꿈은 여전히 살아있다. 꿈은 나이를 묻지 않는다.

은퇴를 하는 나이에 접어든 지금, 나는 더 이상 젊었을 때 꿈꾸었던 방식으로 선생님의 꿈을 펼칠 수는 없다. 하지만 나는 새로운 길을 찾았다. 나이가 많아졌다고 해서 가르침의 꿈이 사라진 것은 아니다. 나는 여전히 배움을 나누고, 다른 사람들에게 영감을 줄 수 있다. 방법은 달라졌지만, 내 안에 살아있는 그 꿈의 본질은 변하지 않았다.

나는 멘탈코치로서 많은 사람들을 돕고, 그들이 자신을 발견하고 더 나은 삶을 살도록 이끌고 있다. 이 과정에서 나는 여전히 내가 꿈꾸었던 선생님의 역할을 하고 있다. 꿈은 시간이나 나이에 구애받지 않는다. 중요한 것은 그 꿈을 어떻게 실현할 것인가 하는 의지와 열정이다. 나는 이제 새로운 방식으로 그 꿈을 실현해 나가기로 마음먹었다. 비록 내가 생각했던 길과는 다를지라도, 나는 여전히 그 꿈을 내 방식대로 실현해 가고 있음을 자각한다. 늦어진 꿈이지만 내 자신에게 약속을 지키고 있다는 사실이 기쁨으로 충만함을 느끼면서 새로운 길에서 보람된 시간들을 보내고 있다.

◆ Profile

경영학박사, 엘제이테크(주) 대표이사, 멘탈코칭사회적협동조합 이사장

어려움 속에 피어난 형제의 약속

이일장

"형, 부모님이 고등학교 진학을 못 하게 해요. 집에 와서 도와주세요."

둘째 동생의 다급한 목소리가 전화선을 타고 내 귓가를 때렸다. 1970년대, 농부의 땀방울이 우리 가족의 양식이던 그 시절. 나는 남동생 셋, 여동생 둘, 총 육 남매의 장남이었다. 그 시절에는 우리 집뿐만 아니라 어느 집이나 아이들이 많았다. 농경사회였기 때문에 농사일에 손이 모자랐으니 말이다.

장남이란 이름표는 곧 농부의 운명을 짊어지라는 명령 같았다. 하지만 나는 달랐다. 흙투성이 농부의 삶을 거부했다. '지식이 곧 힘이다'라는 믿음으로 대학 진학을 꿈꿨다. 그 꿈은 무거운 책임감과 함께 왔다. 마치 어린 나무가 거대한 바위를 짊어진 듯했다. 우리 집안의 운명을 바꾸겠다는 결심으로 대학 진학을 위해 준비 중이었다.

둘째는 중학교를 졸업하고 고등학교 합격 통지서를 받았다. 새 교복을 앞에 두고 학교 갈 날만 손꼽아 기다렸다. 두 남동생은 중학생, 초등학생이었다. 그러나 현실은 냉혹했다. 부모님의 주머니 사정으로는 모든 자녀를 교육시키기엔 역부족이었다.

나는 어린 동생들을 불러 모았다. 둘째의 눈가에는 이미 물기가 맺혔다. 새 교복을 바라보는 동생의 모습에 내 마음도 무거워졌다. '운명은 왜 우리에게 이런 쓴 잔을 내밀었을까.'

"형이 약속한다. 대학을 마치고 취직해서 너희들을 대학까지 보내주마. 형이 돈 버는 게 너희가 돈 벌어 공부하는 것보다 훨씬 빠를 거야."

이 말은 단순한 위로가 아닌, 우리 가족의 미래를 위한 굳은 맹세였다. 마치 겨울 추위를 뚫고 피어나는 매화의 꽃봉오리처럼, 우리의 꿈도 그렇게 피어나길 바랐다.

"꿈은 크게 가져라. 큰 꿈을 품은 사람은 높은 산을 오르는 등산객처럼 정상을 향해 한 걸음씩 나아간다. 노력 없이는 어떤 열매도 맺을 수 없어. 지금은 우리 집이 어렵지만, 희망의 씨앗을 심으면 언젠가는 풍성한 수확의 계절이 올 거야."

둘째는 눈물을 훔치며 말했다. "형이 대학 마치고 취직할 때까지 난 고등학교 진학을 포기하고 집안일을 도울게. 대신 너희들은 공부 열심히 해야 해."

"형은 약속을 꼭 지키마." 나는 다시 한번 다짐했다. 이 결의는 마치 거센 파도에 맞서는 등대처럼 나를 더욱 분발하게 만들었다.

둘째는 그렇게 집안의 기둥이 되었다. 낮에는 땡볕 아래서 농사일을, 밤에는 작은 무동력선을 저어 낙지잡이를 하며 가족의 생계를 이었다. 그의 손은 거칠어졌지만, 마음만은 더욱 단단해져 갔다. 작은 농토에서 벼농사, 보리농사는 물론 고구마, 토마토 등 다양한 작물을 재배하며 가족의 생활을 꾸려나갔다.

양식업도 소규모로 시작했다. 연 60%의 살인적인 이자의 사채를 얻어 시작했지만, 결과는 실패였다. 그 실패는 우리에게 큰 상처를 남겼지만, 동시에 귀중한 교훈도 주었다. 둘째는 1972년부터 1981년 초까지 거의 10년간 가족을 위해 헌신했다.

나는 우여곡절 끝에 1978년, 대기업 신입사원이 되었다. 첫 월급을 받던 날, 나는 눈물을 흘렸다. 그것은 기쁨의 눈물이자 책임감의 무게를 느끼는 눈물이었다. 약속을 지킬 수 있다는 희망, 그리고 그 희망을 현실로 만들어야 한다는 부담감이 교차했다. 그때부터 동생들에게 한 약속을 지키기 위해 학비 지원을 시작했다.

둘째는 10년이 넘는 시간 동안 책을 멀리했다. 하지만 배움에 대한 갈증은 사라지지 않았다. 1981년, 그는 다시 책을 폈다. 처음에는 우리말 독해조차 버거웠지만, 그의 의지는 바위보다 단단했다. 그해 8월, 고등학교 검정고시를 통과했고, 이듬해에는 체력장점수를 빼고도 놀라운 283점이라는 점수로 대학 입학의 꿈을 이뤘다.

둘째의 대학 진학 소식에 우리 모두가 놀랐다. '공부가 얼마나 하고 싶었으면 그렇게 열심히 했을까' 생각하면 눈물겹도록 대견했다. 나중에 안 사실이지만, 둘째가 대학에 가기로 결심한 이유 중 하나는 대학을 다니는 동생들과의 대화에서 소외될까 봐 두려웠다는 것이었다. 그의 열정과 의지에 연민과 존경심이 교차했다.

셋째와 넷째도 열심히 공부했다. 그들의 노력은 마치 메마른 땅을 뚫고 올라오는 새싹 같았다. 셋째는 다재다능했다. 테니스, 야구 등 못하는 운동이 없었고, 노래도 잘했다. 심지어 그림 실력도 뛰어나 미술대회에서 수상을 하기도 했다. 넷째는 8km나 되는 등굣길에 영어 사전을 들고 다녔다. 중학교 2학년 때는 외국 학생들과 펜팔을 하며 영어 실력을 키웠다. 그들의 열정은 우리 가족의 미래를 밝히는 등불이 되었다.

나는 과장이 될 때까지 임대 아파트를 전전했다. 매년 연말 상여금은 곧장 동생들의 등록금이 되었고, 월급의 상당 부분은 그들의 생활비가 되었다. 그 시절, 내 지갑은 항상 얇아졌지만 마음만큼은 그 어느 때보다 충만했다. 아내가 모아놓은 자금을 축내기도 했다. 아내와 이런 저런 이유로 갈등도 있었지만, 그녀의 이해와 지지가 없었다면 이 모든 것이 불가능했을 것이다. 아내에 대한 고마움은 평생 잊을 수 없다.

시간이 흘러 둘째는 1983년 사범대 영문과에 입학했고, 1987년 졸업 후 인천에서 영어 교사로 32년을 근무하다 2020년 2월에 정년퇴직했다. 셋째는 지방대학 공과대학을 졸업하고 ROTC로 군복무를 마친 후, 내가 다니던 회사에 입사해 과장까지 승진했다. 하지만 그는 더 큰 꿈을 위해 회사를 그만두고 사업을 시작했다. 지금은 K-방산무기를 제작하는 대기업에 부품을 납품하는 탄탄한 중견기업의 사장이 되어 거래처의 신뢰를 얻고 있다. 넷째는 상과대학을 졸업한 후 대기업에서 오래 근무하다 지금은 중소기업 사장으로 일하고 있다.

1970년대, 한 명도 대학 보내기 힘들던 시절에 우리 가족에서 3명이 동시에 대학을 다녔다. 그것은 부모님께 가장 큰 자랑거리이자 행복이셨을 것이다. 이런 일이 효도의 한 모습일까. 대학을 졸업하고 더 나은 직업을 가져서 가난했던 살림살이를 일으켜 세우기를 기대했을 것이다. 약속을 지켜야 했던 나 역시 똑같은 부모의 마음이었다.

젊은 시절의 어려움은 우리를 단련시키고 키워주는 버팀목이었다. 그 시련을 극복하지 못했다면, 우리 가족은 여전히 가난의 수렁에서 벗어나지 못했을 것이다. 하지만 우리는 그 어려움을 디딤돌 삼아 더 높이 도약했다. 서로를 위한 희생과 노력은 우리를 더 강인하게 만들어 주었다.

우리 가족의 이야기는 마치 한 폭의 수묵화 같다. 처음엔 거친 붓질로 시작했지만, 시간이 지나며 점점 섬세하고 아름다운 그림으로 완성되어 갔다. 삶은 꿈꾸는 자의 몫이며, 그 꿈을 현실로 만드는 것은 우리의 마음에 달려있다.

◆ Profile

전) 현대오토넷 대표이사, 현대자동차연구소 총괄기획본부 부본부장,
기아자동차 재무팀장. 저서: 《멈춰서서 뒤돌아보니》 외 1권

소중한 약속

◆

무릉 이창섭

인생은 목적지가 잘 보이지 않는 머나먼 여행과 같다. 인생의 여정은 끊임없이 도전하고 노력하는 과정의 연속이다. 인간이라면 누구나 할 것 없이 자기 인생의 목표를 세우고 이를 성취하기 위해 노력한다. 이 목표를 자신의 배우자와 함께 세운다면 추진하는 데 더 큰 동력을 얻을 수 있을 것이다. 더구나 인생에서 같은 가치를 추구하는 배우자를 만난다면 정말 행운이라 할 수 있다.

나와 아내는 대학 시절 같은 과 2년 선후배 관계로 만났다. 당시 자연 계열 학과에서는 학부에도 졸업논문 제도가 있었는데, 아내는 학부 4학년으로서 졸업논문 실험을 하고 있었다. 당시 아내의 지도 교수가 나의 실험실 선배여서 선배 방에 놀러 갔다가 뜻하지 않은 제안을 받게 되었다. 자기 실험실에 있는 여학생이 졸업논문 실험을 하는데, 실험에 아직 경험이 없으니 나보고 실험 지도를 한번 해보지 않겠냐는 것이다. 당시 나는 대학원 2년 차로서 나도 졸업논문 실험이 바빴지만, 선배의 부탁을 거절할 수가 없어서 하겠다고 했다.

그때부터 이 여학생은 내 연구실 출입이 시작되었다. 당시 아내의 실험실은 신과학관 3층에 있었고, 내 실험실은 같은 건물 2층에 있었다. 실험이 잘 안될 때마다 이 여학생이 내 실험실에 와서 어려운 부분을 토의하고 돌아가곤 했는데, 이 과정이 다른 실험실원들에게는 사귀는 것으로 보였던 모양이다. 몇 달이 지나고 이 여학생도 나도 모두 졸업논문이 통과되었으며, 그녀가 나에게 저녁을 사겠다는 제안을 했다. 저녁을 먹으면서 앞으로의 진로를 물어보니 그녀는 유학을 가고 싶다고 했다. 당시 그녀의 언니가 미국에서 박사과정을 하고 있었는데, 자신도 언니를 따라 공부하러 가고 싶다고 했다. 그런데 집에서 그냥 발령을 받으라고 하니 그것이 고민이라고 하였다. 그 당시 나는 대학원을 졸업했지만, 군대를 가야 하는 처지이었기 때문에, 그녀에게 일단 발령을 받으라고 권유하였다. 내심 그녀를 붙잡고 싶었던 나는 내가 군을 마칠 동안 그녀가 유학을 연기하길 바랐던 것이다.

다행히도 그녀는 내 제안을 받아들였고, 교육청 발령대로 모 중학교의 과학 선생으로 부임하였다. 당시 유학제도는 남자의 경우 군필을 하기 전에는 유학을 갈 수가 없었으니, 나의 유학계획은 자연스레 3년 후로 연기되었다. 이 일정에 맞추기 위하여 그녀는 1년의 교직 생활을 마친 후에 대학원에 진학하였다. 이때부터 나와 그녀와의 본격적인 만남이 시작되었다. 당시 나는 장교로서 영외 생활이 가능했기에 주말이면 데이트하며 유학계획을 논의하였다. 당시 의정부에서 군 생활을 했던 나는 새벽이면 EBS 방송에서 하는 토플 특강을 들으며 어학 공부를 하였고, 그녀는 대학원에서 연구실험을 열심히 하였다.

그동안 나는 운이 좋게도 대구 근교에 있는 육군 제3사관학교의 교관으로 발령을 받았고, 아파트를 받아 마침내 그녀와 기다리던 결혼을 하게 되었다. 우리는 결혼 초기에 '함께 학문으로 성장하자'라는 약속을 하였다. 그 약속은 단지 서로의 감정적 지지를 넘어서, 각자의 학문적 성취를 돕고 더 나은 미래를 함께 만들어가자는 다짐이었다. 이 약속은 우리 부부의 삶에 강력한 나침반이 되었고, 마침내 우리는 미국 유학을 다녀와서 교수가 되기로 했다.

미국 유학은 각자 박사 학위를 취득하고 교수로서의 길을 걷기 위한 큰 도전이었다. 둘이 함께 유학길에 오른다는 것은 단순히 개인의 성취를 위한 선택이 아닌, 서로의 꿈을 존중하고 그 길을 함께 걷겠다는 약속을 실천하는 과정이었다. 우리는 학문적으로 성장하겠다는 목표뿐만 아니라, 부부로서의 관계도 더욱 깊이 발전시키겠다는 확고한 의지가 있었다.

당시 내가 거주하던 교관 아파트는 3사관학교 영내에 있었으므로, 업무가 끝난 후에는 아내와 같이 3사관학교 도서관에서 유학 준비를 할 수 있었다. 1년 6개월을 꼬박 준비한 끝에 나와 아내는 드디어 미국의 원하는 대학에서 입학 허가와 전액 장학금을 받았다. 3년여 세월이 흐르는 동안에 그녀는 대학원 졸업을 하였고, 나도 전역을 앞두고 있었다. 이후에 나의 군 생활은 언제 시간이 가는지 모를 정도로 즐거운 나날이었다.

1985년 12월 말일 자로 전역을 한 나는, 고향집에서 양력설을 쇠고 바로 다음 날인 2일에 김포공항에서 미국행 비행기를 탔다. 미국에 도착한 후 사흘이 지나고 시차를 극복할 새도 없이, 미국 대학에서 새 학기를 시작하였다. 언어가 다른 생소한 환경에서 강의를 듣고, 시간마다 부여되는 숙제를 하며, 조교 일을 하느라 첫 학기는 눈코 뜰 새 없이 보냈다. 첫째 학기의 기말고사를 마치고, 같은 과 한인 유학생들과 뉴포트 바닷가에 청어 낚시를 갈 때의 기분은 정말 고난의 터널을 빠져나온 듯한 느낌이었다.

필수이수학점과 학위논문 제출 자격시험을 통과한 후, 우리의 연구

생활은 학업적으로도 서로에게 큰 힘이 되었다. 각자의 연구 주제가 달랐지만, 우리는 서로의 논문을 함께 읽고 피드백을 주고받으며 학문적 성장을 도왔다. 때로는 밤을 새워가며 서로의 논문을 수정해 주었고, 발표를 앞두고는 서로에게 가상의 청중이 되어 발표 연습을 도왔다. 그러면서도 각자의 학업적 목표를 지키고, 동시에 가정을 꾸려나가는 일이 결코 쉬운 일은 아니었다. 하지만 우리는 서로를 존중하며, 각자의 꿈을 지지하는 것이야말로 우리 부부가 이루어야 할 또 하나의 약속이며 목표임을 알고 있었다.

시간이 흐르면서, 우리는 학문적 성과를 쌓아갔고, 드디어 각자의 박사 학위를 취득하게 되었다. 그 순간, 우리는 눈앞에 펼쳐진 새로운 도전을 실감했다. 이제 우리가 배운 학문을 펼칠 교수의 길을 걷기로 했다. 교수라는 직업은 단지 지식을 가르치는 것 이상의 의미가 있다. 새로운 세대에게 학문적 열정을 심어주고, 사회에 이바지할 수 있는 인재를 양성하는 중요한 역할이다. 우리는 이 길이 우리 부부가 추구해 온 학문적 목표의 연장선임을 실감했다. 운이 좋아 우리는 6개월 간격으로 대학에 자리를 잡게 되었다. 두 사람이 같이 교직에서 일하면서, 우리는 서로에게 약속했던 모든 일이 다 이루어졌음을 깨닫게 되었다.

우리에게 미국 유학과 박사 학위 취득 그리고 교수로서의 성공은 단순히 개인적인 성취가 아니었다. 그것은 우리 부부가 함께 나눈 소중한 약속을 실천하는 과정이었으며, 함께 걷는 길에서 진정한 의미를 찾아가는 여정이었다. 이제 우리는 서로의 곁에서 계속해서 성장하고, 앞으로도 더 많은 약속을 지켜가며, 서로의 삶을 풍요롭게 만들어갈 것이다.

♦ Profile

현) 계명대학교 명예교수, 이학박사, (주)실리칸 연구소장, 한국산문 등단

마음속에 새겨진 형님의 약속

이형하

형님과 마지막으로 나눈 약속은 형님이 병원에서 있었을 때였다. 얼굴은 병마에 지쳐갔지만, 눈빛만큼은 여전히 강인했다. 우리는 오랜만에 긴 대화를 나눴다. 형님은 자신이 예전처럼 힘이 넘치지 않는다는 것을 인정하며, 앞으로 나에게 더 의지하고 싶다는 말만 했다. 그때 나는 마음 한편으로 형님의 말이 무겁게 느껴졌다. 그래서 무슨 일이 있더라도 형님 곁을 꼭 지키겠다고 약속했다.

그러나 그 약속은 지켜지지 않았다. 병원에서 형님을 더 자주 보겠다고, 힘들 때마다 그의 곁에 있겠다고 다짐했지만, 현실은 그렇지 않았다. 일상의 바쁜 일들에 묻혀, 형님을 찾는 횟수는 점점 줄어들었다.

형님은 언제나 내 삶의 든든한 버팀목이자 나의 등대였다. 어릴 때부터 나는 형님의 그림자를 따라가며, 그를 닮고 싶다는 생각을 했다. 형님은 늘 자신감에 차 있었고, 어디에서든 사람들의 사랑을 받았고 동네 어른들도 부지런하며 성실하다고 칭찬이 자자했다. 그런 모습을 보면서 나는 그가 이루어 내는 모든 것을 보고 당당한 형님을 보고 자랐다.

내가 학생이었을 때, 가정 형편은 어려웠고 아버지께서는 일찍 돌아가셔서 형님이 가정을 책임지는 가장 역할을 해야 했다. 형님은 학교를 다니면서도 틈틈이 일을 하며 학비와 생활비를 마련했다. 나보다 열두 살이나 많은 형님은 나의 미래를 위해 자신을 희생하는 것을 당연하게 생각했다. 그런 형님의 모습이 마냥 고맙기도 하고, 한편으로는 부담스럽기도 했다.

학생 시절, 나는 내 꿈을 키우고 싶었지만 여의치 않는 형편 때문에 그 꿈이 현실이 될 수 있을까 하는 두려움이 항상 나를 짓눌렀다. 그때 형님은 내게 "네가 원하는 학업을 꼭 계속 하도록 해줄게. 나만 믿어"라는 약속을 했다. 그 말에 나는 마음이 한결 가벼워졌다. 형님이 있었기에 더 이상 두려워하지 않았다. 하지만 그 약속이 형님에게 얼마나 큰 짐이 되었는지 알지 못했다. 때로는 늦은 밤까지 일터에서 돌아오지 않았고, 지친 얼굴로도 나에게는 항상 밝은 미소를 잃지 않았다. 하지만 그 미소 뒤에 감춰진 고단함을 알아차리지 못했다.

우리 가정의 경제적 어려움은 여전했다. 형님은 더욱 열심히 일했고, 가난과의 싸움은 계속되었다. 하지만 그 싸움에서 형님의 몸은 점점 지쳐갔다. 얼마 후 형님이 큰 병을 앓게 되었을 때, 나는 얼마나 오랫동안 고통을 견뎌왔는지를 깨닫게 되었다. 형님은 내게 그저 밝은 모습만 보여주려 했지만, 그는 이미 오래전부터 병마와 싸우고 있었던 것이다.

병원에서 누워 있는 형님의 모습을 보면서 나는 깊은 죄책감에 휩싸였다. 이제는 그의 건강은 생명까지 위협하고 있었다. 그럼에도 불구하고 형님은 오히려 나를 걱정하며 내가 잘 되기를 바랐다. 나는 그런 형님에게 아무런 도움이 되지 못했다는 사실에 가슴이 아팠다. 결국 형님은 그렇게 마지막 약속을 남긴 채 세상을 떠나고 말았다.

형님이 떠난 후, 한동안 영혼이 방황했다. 형님의 죽음은 큰 상처와 슬픔으로 다가왔다. 형님에게 지켜주겠다고 했던 약속을 끝내 지키지 못했다는 생각에 스스로를 원망했다. 아무리 시간이 지나도 형님의 부재는 나를 괴롭게 했고, 그 빈자리를 어떻게 메울 수 있을지 알지 못했다.

"형님, 이제는 당신도 조금은 편히 쉬어도 될 것 같습니다. 제가 부족했던 그때의 약속을 이제라도 지켜나가고 있으니까요. 당신이 남긴 그 빈자리를 조금이라도 채워가며, 형님과 했던 그날의 약속을 마음속 깊이 새기고 살아가겠습니다."

시간이 지나면서 형님이 내게 해준 마지막 약속을 떠올렸다. 형님은 나에게 "너는 꼭 네 꿈을 이루어야 한다"라고 말했다. 그것은 형님이 나에게 남긴 마지막 부탁이자, 나에게 주어진 새로운 약속이었다. 형님은 나를 위해 평생을 바쳐 헌신했고, 그 헌신을 헛되게 하지 않기 위해 나는 다시 일어서기로 마음먹었다.

어렸을 때 어머니가 들려주신 이야기가 있다. 갓난아기일 때 형님은 잠자면서 나를 깔아 뭉개어 나는 죽었다고 한다. 날이 새면 뒷산에 묻으러 가야지 했는데 내가 살아나 윗목에서 숨을 쉬고 있었다고 한다. 내가 세상에서 나와서 해야 할 일이 많았나? 결국 형님은 나를 죽이기도 했고 살리기도 했나 보다.

형님이 더 이상 이 세상에 없지만 그와의 약속을 잊지 않고 있다. 비록 그 약속을 생전에는 지키지 못했지만, 지금이라도 형님이 바랐던 것들을 이루어가기 위한 삶을 살아가고 있다. 형님이 지켜보는 하늘 아래에서, 나는 그 약속을 조금씩 완성해 나가고 있다.

돌아보면, 인생은 끊임없는 깨달음의 연습이다. 형님이 보여준 약속의 힘, 그리고 내가 그 약속을 지키기 위해 해온 노력들이 지금의 나를 어떤 환경에도 흔들리지 않게 한다. 형님과의 약속은 성장시키며 삶의 방향을 제시하는 나침반이다. 나는 그 약속을 기억하고, 지키기 위해 노력하는 과정을 걷고 있다.

삶은 약속을 반복하는 과정이다. 어릴 적, 나는 부모님께 훌륭한 사람이 되겠다고 약속도 했고 성실하게 살겠다고 다짐도 했지만 지나고 보면 후회의 연속이다. 학창 시절엔 친구들과, 선생님과, 스스로에게 더 나은 미래를 위해 노력하겠다는 약속을 했고, 더 나아가서는 사회에 기여하는 사람이 되겠다는 다짐을 했다. 우리가 하는 모든 행동은 결국 어떤 형태로든 약속에서 비롯된다. 내가 하고자 했던 말과 다짐, 목표 이 모든 것이 내가 스스로 세운 약속이었다.

지키지 못한 약속들은 때때로 나를 갇힌 듯한 기분으로 만들었다. 그 약속들이 실패로 끝났다는 생각에 스스로를 원망했고, 그 무거움 속에서 쉽게 빠져나올 수 없었다. 지키지 못한 약속들은 삶을 후회와 아쉬움으로 물들였고, 그로 인해 내 스스로에게 더 큰 상처를 주었다.

삶이란 거대한 캔버스 위에 각자가 조금씩 색을 더해가는 과정이다. 그 속에는 나름대로의 꿈, 사랑, 열정이 담겨 있다. 하지만 그려나가는 과정에서 때로는 내가 원치 않는 색이 묻어나거나, 아예 붓을 내려놓을 수밖에 없는 순간이 찾아온다. 나는 완벽한 그림을 그리겠다는 마음으로 출발하지만 현실은 그렇지 않다.

내 삶을 돌이켜보면, 내가 그리고 싶었던 그림과 지금까지 그려온 그림이 전혀 다르다는 것을 느낀다. 가난과의 싸움, 지켜지지 못한 약속들, 그로 인한 반성과 후회는 내 인생의 캔버스에 예상치 못한 색을 덧칠했다. 처음엔 밝고 희망찬 색들로 가득할 것이라 믿었던 그림은 이제 어둡고 무거운 색들로 채워져 있다. 또한 그 그림은 아직 완성되지 않았지만, 더 이상 내가 원하는 방향으로 그려질 수 없을 것 같은 느낌이 들기도 한다.

내가 그리는 삶의 그림, 써나가는 이야기는 결코 완벽할 수 없다. 인생은 언제나 미완성인 상태로 살아가고, 그 속에서 끊임없이 새로운 의미를 찾아 나가야 한다. 그 과정에서 조금씩 성숙해지며 완성을 향해간다. 완성되지 않은 그림, 끝나지 않은 이야기 속에서 나는 내일의 또 다른 장면을 그리기 위해 다시 붓을 들고 펜을 쥔다.

형님을 마지막 보내드리는 날은 따스한 봄의 기운이 막 움트기 시작했고 봄을 알리는 개나리가 피기 시작했다. 그날은 아침부터 창밖의 하늘은 흐렸고, 공기는 유난히 무거웠다. 마치 자연도 형님의 부재를 느끼고 슬퍼하는 듯했다.

나는 여느 때와 다르게 무거운 발걸음으로 장례식장에 들어섰다. 익숙한 공간이었지만, 그곳에 흐르는 차가운 침묵이 모든 것을 다르게 만들었다. 검은 옷을 입고 모여든 사람들 사이로 형님의 영정사진이 보였다. 사진 속 형님은 언제나 환한 미소를 짓고 있었지만, 그 미소가 오늘만큼은 너무나 멀게 느껴졌다. 형님이 더 이상 세상에 없다는 사실이 그 미소와 오버랩되어 가슴을 더 무겁게 짓눌렀다.

장례식이 끝나고 돌아오는 길, 한층 더 무거워진 하늘 아래서 작은 봉분 이력이 새겨진 비석돌을 뒤로하고 돌아서는 발걸음은 천근만근이었고 산천도 눈물을 머금어 삼켰다. 형님이 남기고 간 사랑과 헌신을 되새기며, 그분의 흔적이 내 삶 속에 영원히 남아있음을 느꼈다. 모두의 슬픔이 가득한 마음을 봄 햇살이 다독거려 주었다. 사명을 마친 생명은 영혼이 되어 마음속에만 남았다.

형님이 내게 마지막으로 남긴 말, "너는 잘할 수 있어"라는 그 한 마디가 나를 다시 일으켜 세우며 불끈 힘을 쥐고 일어선다. 그것은 형님이 나에게 남긴 마지막 약속이고, 그 약속을 위해 나는 다시 한번 형님이 못다 이룬 삶을 살아가기로 결심한다.

♦ Profile

현우회 글쓰기 모임 회원, 전) 현대차 그룹임원 역임

미래의 나에게 하는 약속

처수카잉

보리스 존슨에 의하면 'It is easy to make promises-it is hard work to keep them(약속은 하는 것은 쉽지만, 그것을 지키는 것은 어려운 일이다)'라고 한다. 이 글을 읽으면서 문득 나는 지금까지 남에게 지키지 못할 약속을 몇 번이나 했었고, 앞으로 또 몇 번을 더 하게 될 것인가 하고 자신에게 물어보았다.

어쩌면 나는 약속을 지키지 않는 사람은 세상에서 가장 싫어하는 사람 중 하나다. 그렇다면 지금의 나는 '약속을 잘 지키고 있는 것인가' 하고 자신을 되돌아보면서 '약속을 잘 지키기 위한 사람이 되자' 하는 새로운 각오로 미래의 나에게 편지를 보낸다.

나는 고등학교 때 처음으로 배운 물리학에 빠져들면서 건축가가 되는 것이 꿈이었다. 6년 후에는 꼭 건축가가 되어 부모님을 위해 내가 직접 설계한 디자인의 집을 선물해 드리겠다고 자신과 약속하였다. 그러나 과연 그 약속을 지킬 수 있었을까? 양곤과학기술대학교 건축학과로 가는 것이 희망이었지만, 실제로 대학교를 지원했을 때 조금이라도 부모님의 경제적인 부담을 줄이기 위해 장학금을 받을 수 있는 양곤대학교 정치외교학과를 지원했다. 건축학 전공을 공부하지 못했지만, 미얀마의 1위 대학교에서 1위 학과에 다닐 수 있는 것만으로도 만족했다.

나는 이 상황을 받아들이고 스스로 또 다른 약속을 했다. 졸업한 후에 열심히 노력해서 대사가 되어야겠다고. 대사가 되어 돈을 많이 벌고 부모님을 좋은 집에 모셔 같이 살겠다고. 과연 이 약속도 지킬 수 있었을까? 행복하게 열심히 공부를 하면서 대학 생활을 했지만, 3학년 1학기인 2020년 3월에 코로나가 우리나라로 처음으로 들어왔다. 기말고사 기간임에도 불구하고 시험을 마치지 못하고 학교 문이 닫혔다. 고향으로 되돌아가야 하는 상황이었고, 학교에서 교수님과 친구들에게 인사도 못 하고 양곤에서 고향집으로 향했다. 그 당시만 해도 나는 다시 학교로 다시 돌아가 공부하지 못할 거라는 사실조차 전혀 눈치채지 못했다.

인터넷 시설이 좋지 않은 미얀마에서는 한국처럼 온라인 수업도 없었다. 그러므로 코로나 시기 내내 학교에 다시 갈 수 있을 날만 바라보고 있었다. 2021년 1월 월말쯤에 코로나 상황이 점점 좋아지고 있었다. 멀지 않은 시기에 다시 학교에 돌아갈 수 있을 것이라는 생각만으로도 가슴이 콩콩했다. 그 행복함과 희망이 2021년 2월 1일에 발생한 쿠데타로 인해 무너져 버렸다. 나라의 혼란스러운 정치 상황으로 학교로 향한 길이 점점 멀어졌다. 위기 안에 기회가 있다는 말처럼 학교에 가지 못하여도 할 수 있는 것을 찾아보았다. 그 길이 바로 한국어를 배우는 것이다. 장학금 기회가 많은 한국으로 유학을 꼭 가는 것이 나 스스로와 약속이어서 새롭게 한국어를 배우기 시작했다.

그동안 사소한 약속을 여러 번 했음에도 불구하고 지키지 못했던 나는 이번 약속만은 꼭 지켜야겠다고 다짐했다. 한국어 공부를 열심히 준비해서 정부 초청 전액 장학금을 받기 위해 처음으로 시도해 봤지만 실패했다. 1년을 기다리고 다음 해에 다시 지원해 봤지만, 또 실패했다. 그러다가 2년이 지나갔다. 반드시 약속을 꼭 지켜야겠다고 다짐한 나는 포기하지 않고 다른 장학금 기회를 찾아보았다. 한국어능력 시험 점수에 따라 등록금을 면제시켜 주는 토픽 장학금을 봤고 지원해 봤다. 고생 끝에 낙이 온다고, 토픽 장학금을 받고 약속한 지 3년 만에 그 약속을 지킬 수 있었다.

미얀마의 소식은 뉴스나 소셜미디어를 통해 많이 듣는다. 군사 독재자는 무기조차 없는 시민들에게 공습하고 시민들이 살고 있는 집과 마을을 불태우고, 여러 가지 상상하기도 어려운 끔찍한 폭행을 저지르고 있다. 남녀노소의 많은 순진한 우리나라 사람들이 죽어간다. 한국에서 안전하게 공부할 수 있는 것은 고마운 일이지만 한편으론 미안함과 죄책감을 느낀다. 최근에도 심한 태풍으로 사람들이 집과 가족을 잃고, 커다란 슬픔을 겪고 있다. 왜 우리나라 사람들은 산 넘어 산이듯 어려움을 끊임없이 계속 겪어야만 하는가? 이런 뉴스들을 볼 때마다 마음이 아프고, 특권을 가지고 있듯 한국에서 유학하고 있는 자신에게 이런 약속과 다짐을 해본다.

미래의 처수야!

나는 지금 한국에서 공부를 열심히 하고 있어. 좀 더 내가 성장하고 성공하도록 최선을 다해서 공부하고 노력하겠다고 약속할게.

내가 성공하는 날에 우리나라 사람을 위해 도와줄 수 있는 모든 것을 찾아서 힘껏 도와줄 거야. 그 과정이 비록 길고 오래 걸리고 어려울 수 있겠지만 절대 포기하지 않겠다고 약속할게.

나는 할 수 있어. 반드시 해낼 수 있을 거라고 믿어. 그 약속을 꼭 지킬게.

◆ Profile

미얀마, 숭실대학교 언론홍보학과

제5부

이혜정 담대한 약속

장동익 개혁의 여정

전윤채 지리산 아래에서 피어난 약속

조태원 세 번의 약속

최덕기 의로운 죽음과의 약속

최영일 두 가지 약속

최현아 아버지의 약속

허병탁 '론지'로 맺은 약속, 아름다운 여정

홍경석 책가방에 담는 각오

홍진석 존경받는 죽음에 대한 약속

황의윤 4대를 대물림하는 언약

텟텟아웅 한국에서 약속을 익히다

담대한 약속

◆

이혜정

“엄마, 걱정하지 마. 나는 태양보다 밝아.”

아들은 나를 보며 환하게 웃었다. 남편 2주기 추모식에 참석하기 위해 사람들이 분당 메모리얼 파크에 도착하고 있었다. 검정 양복을 입은 아들은 오시는 한 분 한 분께 인사를 드린다. “아버지처럼 키가 많이 컸네.” “몇 학년이지? 공부하느라 힘들지는 않아?” “건강해 보여서 좋다.” 내 옆에서 묵묵히 어른들의 덕담을 듣고 있는 아들의 넓은 어깨를 보니 중3에 상주를 맡았을 때보다 아들은 많이 의젓해진 것 같았다. 상주 역할로 고개를 푹 숙이고 오신 분들께 절하던 아들이 이제는 제법 여유 있는 미소로 추모식에 오신 분들에게 시원한 물과 밥알 찹쌀떡을 나눠주었다. 사춘기를 겪을 나이에 너무 빠르게 어른이 되어 보였다. 처음에는 쉽지 않았지만 시간이 지날수록 조금씩 스스로 결정하고 책임질 수 있는 아이로 성장하며 단단해지고 있는 걸 느낄 수 있었다.

아들에게 말하지는 않았지만 나는 아들을 위해 스스로에게 세 가지 다짐을 했다.

첫째는 생명의 다짐이었다. 30대 중반, 여자로서의 삶에 가장 원하는 것이 무엇인지를 나에게 물었다. 그 물음은 나다운 삶의 본질이 무엇인지를 알게 해줬다. 진정 원했던 것은 가장 순수하고 아름다운 생명을 얻고자 하는 바람이었다. 이런 다짐 덕분에 아들 현을 낳을 수 있었다. 아버지를 그대로 빼박은 아들을 보니 감사했다.

둘째는 가치의 다짐이었다. 어린 나이에 아버지를 잃은 아들에게 엄마로서 어떻게 살아야 가치 있는 삶인지 들려주고 싶었다. '소중한 것은 먼 곳에 있는 것이 아니라 가까운 곳에 있어. 나와 함께하는 사람들을 아끼고 사랑하며 감사해'라는 진리를 아들에게 전하고 싶었다. 그래서 AI를 활용해 동화책 《비밀의 세계 로니버스》를 썼다. 이 책은 아들이 소중하게 여기는 책이다. 그의 삶에 소중한 지침이 되리라 믿는다.

마지막은 건강의 다짐이었다. 몸과 마음 그리고 정신을 건강하게 만들어서 아들 옆에 살겠다는 엄마의 의지였다. 나는 2017년 유방암 진단을 받고 수술과 방사선 치료를 받았다. 그 후 호르몬 조절약 타목시펜을 먹으면서 살이 쪘고 제대로 된 운동도 할 수 없었다. 병원을 꾸준히 다녔음에도 불구하고 후유증으로 부종이 생겼고 체력은 점점 나빠졌다. 약속되어 있었던 일이 많아서 바빴고 무기력한 몸을 돌볼 시간이 없었다.

1년 전쯤이었다. 유방암 수술을 몇 번 겪은 N선배가 내게 말했다. 너 이렇게 살면 유방암이 재발할 수 있어. 우리는 행사가 끝나고 주차장으로 같이 걸어가고 있는 중이었다. 그녀의 일침은 내게 충격적이었다. 건강한 엄마로 아들 곁에 있겠다는 다짐이 떠올랐다. 나를 바꿔야만 했다. 그 다음 날 바로 선배가 추천한 '근 의학 마사지'를 시작했다. 2~3개월쯤 지나자 부종이 약간 개선되면서 약 5kg이 빠졌다. 건강검진과 유전자 검사를 받고 식단관리를 시작했을 때만 하더라도 몸이 상당히 무거웠다. 어느 정도 몸이 나아지면서 북한산 산행을 병행했다. 퍼스널 트레이닝, 인터벌러닝과 TRX요가를 했다.

내 체력에 맞는 운동을 단계적으로 시작하면서 서서히 체지방이 낮아졌고, 17kg 이상의 체중을 감량할 수 있었다. 요즘도 매일 레몬 생즙에 마누카꿀을 넣은 물을 텀블러에 넣어 다니며 마신다. 천일염, 약된장차, 샐러드, 견과류를 하루에 한 번은 꼭 먹는다. 운비제를 탄 수소물과 2리터 이상의 물도 챙겨 마신다. 이 모든 것은 건강한 엄마로 함께하겠다는 아들과의 약속을 지키기 위한 노력이다.

"걱정 안 해도 되겠어요. 현이는 스스로 잘 할 거예요."

아들의 어깨를 두드리며 멘토 삼촌 한 분이 말했다. "네, 감사합니다." 아들은 고개를 숙여 정중하게 인사를 했다. 남편의 대학교 동창 네 분은 아들을 위해 기꺼이 '아버지 멘토'를 맡아서 아버지의 자리를 대신해 주기로 했다. 의논한 일이 있으면 언제든 연락하라고 하면서 아들에게 격려와 위로를 주고 있다.

"고인이 되신 남편을 대한민국 국악상에 추대를 할 예정입니다." 남편을 처음 만났을 때 입었었다는 두루마기 한복을 입고 오신 한겨레아리랑연합협회 상임 이사님은 지난 10여 년간 서울 아리랑페스티벌과 궁중문화축전 총감독을 역임한 남편의 공로를 기리고 싶다는 말씀을 하셨다. 남편의 삶을 의미 있게 생각해 준 것 같아서 고마웠다.

서울 아리랑페스티벌 상무님이었던 분이 내 손에 하얀 봉투를 쥐어주셨다. 지난번 발인에 못 오셨던 것이 마음에 남아 아들 현에게 주는 교육비라고 말씀하신다. 그분의 눈에는 고인에 대한 그리움과 안타까움이 묻어있었다.

"엄마, 감사인사를 드리고 배웅했더니 제 손을 꼭 잡으시고 어머니에게 잘하라고 하시네요."

아들에게 봉투를 전달했더니 빠른 걸음으로 그분께 다가가서 고마움을 표했다. 현은 어느새 감사할 줄 알고 주변을 살피고 배려할 줄 아는 소년이 되어 있었다.

사람들은 남편이 평소에 좋아했던 김광석의 노래들과 안숙선 명창의 아리랑을 들으며 분향하고 국화꽃을 헌화했다. 제를 마친 사람들은 삼삼오오 모여 남편과의 추억담을 주고받았다. 뒤늦게 도착하신 분의 분향을 마지막으로 4시에 시작한 추모식은 끝나가고 있었다.

사람들이 모두 떠나고, 나와 아들만 메이플 야외 납골당 앞에 남았다. 자동차 트렁크에 제사용품을 옮기는 아들을 보며 나도 모르게 살며시 미소가 지어졌다. 생명, 가치, 건강의 세 가지 담대한 약속을 잘 지키고 있는 나 자신이 뿌듯했다. 한여름의 뜨거운 열기는 가셨지만 하늘빛은 여전히 환했다.

'그래, 아들아. 보통의 하늘을 바라보며 소소한 일상을 산다는 것만으로도 행복한 거야.'

아들 너머에 있는 하늘이 평범해서 안도가 된다.

"괜찮아. 괜찮을 거야." 몇 번이고 이렇게 중얼거렸다.

Profile

현) (주)오트리스 대표이사, 미래인생학교 이사장, 아트테크위원회 회장, 한국디지털문인협회 이사. 저서: 《비밀의 세계 로니버스》

개혁의 여정

장동익

대학 4학년 때인 1972년 10월 수도경비사령부(지금의 수도방위사령부, '수경사'라고 줄여 불렀음)에서 시행된 ROTC 후보생 대상 헌병 장교 차출 인터뷰에서 합격하여 서울에서 근무할 수 있게 되었다. 수경사 헌병 병과는 수사와 경비로 나뉘어져 있는데 내가 배치된 곳은 경비중대였다. 경비중대는 3개 중대가 3개월간 서울 주변에 위치해 있는 검문소들을 분할하여 맡아 경비한 후 나머지 3개 중대와 교대해 본부로 돌아와 3개월간 훈련했다. 나는 정의롭고 투명한 군대생활을 꿈꿨다. 하지만 현실은 달랐다. 권력을 가진 상급자들의 부당한 지시와 만연한 부조리는 나의 이상과 현실 사이에 깊은 골을 만들었다. 검문소를 맡게 되면서 권력형 비리의 심각성을 직접 목격하게 되었다. 처음에는 그러한 현실에 좌절감을 느꼈지만, 나는 스스로에게 약속했다. "옳은 일을 해야 한다." 비록 작은 변화라도 만들어내고 싶었다.

소대장으로 부임한 지 3개월 정도 지나니 검문소로 파견되었다. 중량교 검문소와 교문리 검문 분소 두 곳을 맡아 중량교 검문소에서 체류했다. 각 검문소에는 비상시를 대비하여 백차 한 대가 배치되어 있었다. 내 휘하에는 보안사령부에서 사병 1명, 경찰 4명이 배속되어 2

교대로 근무하고 있었다. 경찰은 주로 지나가는 화물차들을 세워 검문하고 있었다. 얼마 후 경찰들이 서 있으면 화물차들이 무조건 정차하여 경찰에게 금일봉을 전달한다는 것을 알았다. 시간이 많이 소요되는 불법 화물 검문과 검색을 유예하는 대가란다.

그와 같은 부정행위를 일체 금한다는 엄명을 내렸다. 이틀 후 아침에 근무를 마친 나보다 훨씬 연상인 경찰 2명이 지하에 있는 내 방으로 들어오자마자 꿇어 엎드려 연신 큰절을 하며 하소연했다.

"소대장님, 저희는 가족의 생계를 책임지는 가장입니다. 본부에 상납을 해야만 자리를 유지할 수 있습니다. 제발 화물차로부터의 금품 회수만큼은 허락해 주십시오."

일부 비리를 눈감아 줄 수밖에 없었다.

매주 한 번 중대본부 인사계(상사 계급)가 아침에 각 검문소에 들러 실태조사를 하여 중대장한테 보고한다는 핑계로 와서는 올 때마다 검문소 전 사병들을 불러 세워 오랜 시간 기합을 주는 것이었다. 하루는 인사계가 돌아가고 나서 선임분대장에게 이유를 물었다.

"소대장님, 매주 인사계가 방문할 때 금일봉을 전달해 주어야 중대장에게, 중대장은 대대장에게 상납하게 되는데 우리는 지난 몇 주 소대장님의 엄명으로 돈을 걷을 수가 없어 상납할 수 없었기 때문입니다. 저희들이 검문 대상이 되는 사병들로부터는 돈을 일체 받지 않을 테니 주변 기업들로부터 매월 정기적으로 받고 있는 돈은 모아서 전액 인사계에게 전달할 수 있도록 해주십시오." 당시에는 밤 12시부터 새벽 4시까지 모든 차량 및 사람이 통행금지였다. 그러나 실제 각 기업에서는 일부 차량들이 시간을 어겨야 하는 사정이 생기고, 그 불법을 봐주는 대가란다.

다시 검문소를 방문한 인사계에게 내가 받은 지난 달 봉급을 몽땅 전해주면서 앞으로는 사병들을 상납 관련하여 귀찮게 하지 말라고 선언했다. 다음달 봉급부터는 내게 지급하지 말고 바로 중대장에게 전해주라는 말과 함께. 비근무 시간에 백차를 타고 인근 지역 기업의 총무담당 간부를 찾아나서 그동안 죄송했었다는 말을 전했다. 그런데 그 주변 기업의 담당자 중에는 대학 선배가 제법 많았다. 많은 분이 부초소장에게 이전같이 돈을 전해주면서 내게는 보고하지 말고 바로 인사계에게 전해주라고 했다고 부초소장이 보고하는 것이었다. 나는 다시 그분들께 진심어린 감사를 표시했더니 "작은 기부금으로 생각하세요"란다. 내 월급 상납은 한 달로 그쳤다.

수경사 헌병대가 단으로 증편되면서 병과에서 가장 청렴하기로 유명한 대령이 단장으로 부임했다. 새로 부임한 단장은 수사를 맡은 수사중대에서 수감자가 평균 200명이 넘는 유치장 시설의 경비까지 맡고 있다는 것이 문제점인 것을 익히 알고 있었다. 비리의 온상이었다. 따라서 수사 중대에서 함께 맡고 있던 유치장 경비를 경비중대로 옮겼다. 나는 그 첫 담당자로 지명되었다. 곧 이어 미결수의 면회를 금지하는 단장의 조치가 발표되었다.

미결수 면회에 따라 경비헌병들에게 생기는 비리는 크게 3가지였다. 첫째, 수감자들의 형량조절이 가능하도록 면회객들을 군 검찰관 조직과 연계해 주는 대가이다. 둘째, 사령부 휘하 군의관 조직과도 연계하여 수감자의 훈련이 일체 면제되는 환자 방으로 배정될 수 있도록 하는 대가이다. 셋째, 사병들과 관련된 비리이다. 면회 시 수감자에게 담배를 전해달라고 하면서 경비를 맡은 사병에게 뇌물과 수감자가 유치장 내에서 쓸 돈을 별도로 집어넣은 담뱃갑을 전하는 방식이다.

유치장 경비를 맡은 뒤 첫 10일 동안은 유치장 운영에 관한 실상 파악차 유치장 안에서 숙식을 하도록 되어 있었다. 처음 유치장 안에 들어서자 숨을 쉴 수 없을 정도로 퀘퀘한 냄새가 나서 곧 두통을 호소할 지경이었다. 매일 아침 점호 이전에 감방의 작은 문을 모두 열어젖히고 대청소를 시켰다. 10일 정도 지나니 견딜만한 냄새의 수준으로 나아졌다. 대청소 후 점호를 할 때 각 방의 마룻바닥을 때려 이상한 소리가 나는 부분을 열어보면 틀림없이 굵은 실로 연결된 담배나 돈다발을 발견하게 된다. 모두 압수했다. 담배는 버리고 압수한 돈은 수감자의 명의로 예치해 놓았다.

단장의 명령으로 전 수감자를 매일 한 시간씩 유치장에서 연병장으로 인도해 운동을 시킨 후 일주일에 한 번씩은 목욕을 시켰다. 이런 일들로 인해 경비업무가 대폭 늘어나는 사병들에게는 특별휴가가 주어졌다. 유치장 안에서 폭력의 근원이 되는 각 방의 감방장 제도를 없앴다. 내 휘하 사병들은 그들이 휴가 나갈 때 자신의 집으로 가지 않고 수감자들 집을 방문하여 뇌물을 수수한다는 것을 알게 되었다. 사병들에게 만일 이와 같은 일이 적발될 경우 최고의 벌을 내릴 것이라고 천명했다.

수경사에서 경험한 변화의 모습들이 바로 우리나라가 50년이라는 짧은 기간에 원조를 받던 나라에서 원조를 하는 세계 유일의 나라로 급성장하게 된 동인들 중 일부를 설명하는 것이 아닐까? 2년의 근무기간을 무사히 마치고 1975년 6월 30일에 제대하게 되었다. 군 생활을 마치며 많은 것을 깨달았다. 개인의 작은 실천이 조직 전체를 변화시킬 수 있다는 것, 그리고 옳은 일을 하는 것이 얼마나 중요한 것인가를. 군 생활은 나에게 단순한 경험이 아니라 선한 마음과 개혁의 여정을 가르쳐 준 소중한 시간이었다. 이 경험은 지금까지도 삶에 큰 영향을 미쳤다. 다시 한번 나 자신에게 약속한다. "항상 정직하고 올바른 삶을 살자." 그리고 이러한 가치관을 후대에도 전하여 더 나은 세상을 만드는 데 기여하고 싶다.

♦ Profile

한국디지털문인협회 자문위원, 세종로국정포럼교수회장

지리산 아래에서 피어난 약속

전윤채

감나무 아래에 떨어진 베이지색 감꽃으로 목걸이를 만들어 걸고 좋아라 뛰어놀며 지리산 아래에서 자랐다. 어느 시집에서 그 단어를 마주쳤을 때, 영혼에 고이 담겨 있던 향기와 웃음소리가 되살아나 잠시나마 기쁜 순간을 맞이했다.

부모님과 친척들의 아낌없는 사랑과 인정을 받으며 자랐고, 늘 고집이 세다는 말을 들었다. 무언가 하나라도 마음에 걸리면 어머니께 조리 있게 따져들어서 어머니께서는 종종 곤혹스러워하셨다. 그래서인지 커서 변호사가 되면 좋겠다는 말씀을 자주 하셨다. 어머니께서 매를 드실 때도 잘못했다고 말하면 용서해 주겠다고 하셨지만, 그 어린 나이에도 옳다고 생각하는 것은 끝까지 굽히지 않았다. 우리 단일민족의 DNA로 이어받은 고집으로 매를 이겨내는 모습을 보시고는, 결국 매를 포기하셔야만 했던 일을 어머니께서는 고개를 절레절레 흔들며 가끔 회상하시곤 했다.

결혼을 하고 40대 초반이 되어서야 깨달았다. 평범한 인생이지만, 부모님의 큰 기대 속에 자랐다는 것을. 부모님께도, 세상에도 이렇다 할 성과를 내지 못했다는 생각에 스스로 고개가 떨구어지고 자책하며 나를 꾸짖었다. 모르는 사이 내면에 자리 잡은 잘났다 하는 이것은 또 어찌해야 할까? 알면 얼마나 안다고 가족들이나 누구 앞에서 옳고 그름을 논한단 말인가? 부족함의 극치였다. 이런 깨달음으로 40대 초반에 새로운 다짐을 하게 되었다. 한 술의 밥이 누구로부터 왔으며, 지금 입고 있는 이 옷은 어디서 온 것일까? 이런 생각이 스치면서 은혜만 입고 이 세상을 떠날 것인가 하는 고민이 들었다.

사회와 세상을 알고 싶어져 주변의 작은 사찰을 찾았다. 사찰 주위를 둘러싼 낮은 산에는 하얀 찔레꽃들이 한 움큼씩 피어있어, 그곳의 낯설음을 달래주었고 자연스럽게 대웅전으로 발길이 향했다. 불경 읽는 소리에 깊은 의미가 있을 것 같아 조용히 귀를 기울였다. 그 후로도 여러 큰 사찰들을 돌아보았고, 명상을 시작해 볼까 했는데 마침 다음 날 아파트 출입문 앞에 관련 광고지가 놓여있어 신기했다. 그러나 정보만 남기고 사라진 그 안내문의 행방은 묘연했다. 이를 통해 마음을 수련하는 곳이 다양하다는 것을 새롭게 알게 되었다.

인생이라는 여정의 지도가 안내하는 대로 성당과 교회도 찾았고, 경제적으로도 도움이 되면서 할 수 있는 일을 찾아 전국 곳곳을 다녔다. 2016년에 정법강의를 만나 모르던 것들을 알아가는 즐거움과 재미로 자연의 법칙인 진리가 담긴 생활도 공부를 꾸준히 이어가는 것은 40대 초반에 했던 다짐을 지키기 위해서다. 인류가 끊임없이 해온 일들 중 하나가 보편화되어 공기처럼 자유롭게 쓰이면, 더 나은 버전으로 발전을 거듭해 왔다. 과학이 기초를 바탕으로 발전하듯 오늘날 우리의 노력은 고도화된 지식으로 AI 데이터뱅크를 만들어냈고, 이는 인터넷과 함께 마르지 않는 샘물처럼 무한히 활용되는 시대를 열었다.

이제는 누구나 지식인이 되는 길의 70%를 이룬 후, 그 위의 남은

30%는 홍익인간 삶을 살아가야 하는 홍익시대다. 2013년도 이후에는 일반적인 지식의 사고방식만을 고집하며 살아간다면, 점점 더 어려운 삶을 맞이할 수밖에 없다. 우리에게 주어진 희망은 자연의 법칙을 알고 그 주파수에 맞춰진 더 높은 차원의 사고방식으로 살아가는 것이다. 그래야만 힘든 일을 겪지 않을 수 있다. 어려움과 아픔, 갑갑함, 답답함은 '잘못된 길을 가고 있다'는 것을 알려주는 하늘의 경보 신호다.

홍익인간의 면모를 갖추고 편협되지 않도록 부족한 부분을 채우고자 나는 어느 공부 모임에 참여하게 되었다. 그곳에서는 강단에 자리를 마련해 주어 읽은 책 중에서 가슴에 와 닿았던 문장들을 낭독하고 그에 어울리는 즉흥 연주가 더해지는 특별한 형태의 토크 콘서트가 열렸다. 이 독특한 방식은 삶의 지적 정서에 도움이 되는 특별한 수업이 되었다.

"동물과 인간이 다르듯이 인간과 사람도 다르다. 우리는 인간에서 사람으로 성장해야 한다." 이 글은 《하루 한 장 역설의 가르침 365》라는 책에서 발췌한 명언이다. 이는 유튜브에 올리고 있는 천공정법을 정리한 새로운 패러다임의 명언집으로, 나는 아침에 눈을 뜨면 가장 먼저 이 책을 펼쳐 그날의 명언을 지표로 삼고 저녁에 잠들기 전 하루를 돌아보며 정리한다.

인간이란 자신의 생각만이 옳다고 주장하고 고집부리며 상대의 생각을 받아들이지 못한다. 잘못을 남에게 돌려 탓하고 미워하며 원망한다. 성을 내고, 화를 내고, 불평불만하며 산다. 잘난 체하는 것은 그만큼 상대를 낮추는 행위다. 이런 모순으로 인해 에너지가 무겁고 탁해지며 개인의 욕심만을 위해서 살아간다. 일반적인 지식으로는 약해서 도저히 이 단단한 상식과 모순을 깨뜨릴 수 없다. 하지 말아야지

하면서도 잠재워두었다가 상황이 되면 언제든 불쑥불쑥 튀어나온다.

사람이란 인간이 진리의 바른 가르침을 받을수록 영혼의 밀도가 채워져 문리가 일어나 지혜가 나오고 동물적인 모순이 녹아 내재된 것이 없어져 나올 것이 없다. 이전에 부딪치며 살았던 상식은 깨지고, 티 없이 맑고 가벼워진 에너지로 세상을 널리 이롭게 하고자 하는 홍익인간의 정신으로 살아갈 수 있게 된다.

영혼의 양식을 채우기 위해 책을 읽고, 강의를 듣고, 다양한 사람들과 만나 교류하며 경험을 쌓고, 큰 가르침을 받고자 노력하는 것은 결국 인간의 경계를 넘어 더 높은 단계로 올라가 참된 사람으로 거듭나고자 하는 인생길을 걷는 것이다. 지난 8년간의 삶을 돌아보면 점점 더 나은 방향으로 성장해 가고 있음을 알 수 있다. 공부한 만큼 여러 갈래의 길에서 올바른 분별력으로 선택할 수 있게 되었고 그렇지 않았다면 자칫 헛발을 내디딜 수도 있었을 것이다.

글을 쓰면 쓸수록 성장해 가는 보람을 느끼며 목표를 향해 가는 길에는 늘 어려움이 따르기 마련이다. 하지만 이 또한 나아가는 데 필요한 꽃 같은 과정이라 여기며 노력할 수 있는 것은 온누리에 바른 가르침을 주시는 분의 법을 만났기 때문이다. 인류의 큰 스승으로 오신 하늘의 공인, 천공 스승님께 감사드린다.

◆ Profile

디지털책글쓰기9대학 회원, 대한민국 홍익인간, 정법공부 중

세 번의 약속

조태원

필자는 30여 년 경력의 초등학교 현직 교사이다. 교직 생활의 황혼에 접어든 지금, 오로지 학생들만을 위해 멋모르고 살았던 젊은 시절이 아련하게 떠오른다. 여러 갈래의 약속들은 나에게 삶을 지탱하는 활력소가 되기도 하고 때로는 슬픔과 절망을 안겨주는 원망의 대상이 되기도 했다. 인생의 대부분 시간을 차지했던 교직 생활에서 제자들과 함께했던 약속을 되뇌이며 잠시 회한에 젖는다.

1990년대 중반, 난 서울 강북지역의 한 초등학교의 교사로 부임했다. 지금도 마찬가지긴 하나 당시 젊은 남교사의 등장은 학생들로 하여금 엄청난 호기심을 자극하기에 충분했다. 교육대학을 갓 졸업한 스물 네 살의 어린 남교사, 나는 학생뿐 아니라 학부모 그리고 동료 선배 교사들로부터 분에 넘치는 관심을 한몸에 받았다.

이 무렵의 교직 생활 중 가장 기억에 남는 것은 학생들이 쓴 글을 꾸준히 모아 매년 학급문집을 만들어 낸 일이었다. 〈별을 사랑하는 우리들의 작은 이야기〉라는 제목으로 처음 시작된 학급문집은 어느덧 20호를 넘겼다.

'2002년 3월 1일 대학로 마로니에공원 시계탑. 오후 4시'

무심코 넘긴 첫 문집의 첫 페이지에는 이 문장이 빛바랜 채 희미하게 남아있다. 바로 이것이 나에게는 가장 기억에 남는 약속이다. 그때의 일이 낮달의 희미한 모습처럼 아련히 떠오른다.

1995년부터 난 자원하여 3년을 연속해서 6학년 담임을 맡았다. 졸업식이 다가오는 2월이 될 때면 학생들과 헤어져야 한다는 생각에 너무나 허전하고 아쉬웠다. 고심 끝에 학생들과의 소중한 추억을 간직할 수 있는 한 가지 방법이 떠올랐고 그들에게 약속이라는 이름으로 그것을 제안하기에 이르렀다. 졸업식 날, 학급문집의 맨 첫 페이지에 우리들의 약속을 써보도록 하였다. 그리고 나는 학생들에게 진심 어린 목소리로 이야기했다.

"애들아, 우리 7년 후인 2002년 3월 1일에 마로니에공원 시계탑 아래서 오후 4시에 만나도록 하자. 그때는 여러분들이 스무 살 성인이 되는 해야. 함께 만나서 반갑게 인사하자꾸나."

아이들은 약간 신기하면서도 한편으로는 의아하다는 표정으로 반응했다.

"선생님! 2002년이 정말 오나요?"

1995년, 그때만 해도 학생들은 2000년대가 올 거라는 생각조차 해본 적이 없었을 터이다. 게다가 어린 자신들이 성인이 된다는 것도 상상하기 쉽지는 않았을 것이다. 그 약속에는 학생들 각자 다른 중학교, 고등학교로 헤어져 열심히 살다가 어른이 되어 만나서 서로의 모습을 나누자는 의미가 담겨있었다. 즉, 치열한 사춘기를 보내고 예전 어렸을 때의 순수했던 자신들로 돌아가 반갑게 만나자는 낭만 가득한 약속이었다.

난 그 이후로도 3년 동안 졸업식 날마다 똑같은 내용의 약속을 했다.

물론 학생들만 매년 바뀐 채로 말이다. 그리고 약속한 해로부터 7년 후 3월 1일에 같은 장소에서 제자들을 3년 동안 해마다 만났다.

제자들과 나는 그 세 번의 3월 1일에 분식점이 아닌 민속주점에서 막걸리를 주고받으며 거나하게 취한 목소리로 이야기를 나누었다. 난 제자들의 즐거워하는 모습을 보면서 마음 한켠 흐뭇한 마음과 함께 '보람'이라는 매우 추상적인 단어의 의미를 조금은 이해할 수 있었다. 그리고 내가 제안했던 약속이 그들에게 긍정적인 영향을 미쳤을 것이라는 스스로에 대한 만족은 덤이었다.

세월은 시위를 떠난 화살같이 흘렀고 삶의 모습은 하루가 다르게 급박하게 변해간다. 그 시절 신명을 바쳐 정성을 쏟았던 덕분인지는 모르지만 제자들 몇몇과는 지금까지도 정기적으로 모임을 가지며 경조사도 함께 나눈다. 어느 제자의 결혼식 주례까지도 기꺼이 서 주었다. 초등학교 선생님과 제자의 이러한 모습은 보기 쉬운 일은 아닐 것이다. 불혹의 나이에 접어든 그들은 자신의 직장에서 또는 사회에서 중추적인 역할을 하고 있다. 때로는 꼰대 취급을 받기도 하며 자신들을 밀어내듯 서서히 자리 잡아가는 MZ 또는 젠지 세대(Generation Z)들과의 힘겨운 줄다리기를 토로하기도 한다. 그럴 때면 항상 등장하는 멘트가 그때 했던 그 약속이다.

어떤 제자는 한 달 전부터 손꼽아 약속한 그날을 기다렸고, 전날에는 가슴이 두근두근하여 거의 뜬눈으로 밤을 꼬박 새웠다고 했다. 잊은 줄만 알았던 초등학교 친구들의 모습과 함께 선생님과 있었던 많은 일들이 새록새록 떠올랐다고 했다. 그리고 졸업식 때만 해도 자신이 스무 살이 되어 그 약속을 지킬 수 있을 것이라는 생각조차도 하지 못했다고도 말했다.

그 약속이 지켜진 후 20년이 또 흘렀다. 어느덧 나를 비롯한 학생들은 누군가의 부모, 배우자가 되어있다. 올해도 제자들은 그때의 약속을 또 습관처럼 이야기한다. 술 한잔 걸치면 더 자주 얘기한다. 어느 주점의 인기 있는 시그니처 안주처럼… 그만큼 졸업식 날의 그 약속이 이 녀석들에게는 어지간하게도 인상 깊었나 보다.

한 갈래의 약속은 비록 웅장하지는 않지만 자그마한 삶의 목표를 만들어주기도 한다. 그리고 그 목표는 자신의 삶을 영위하는 도구이자 이유가 되기도 한다. 특히 억지로 지켜야 할 의무적인 약속이 아닌 소중한 약속들은 지치고 힘든 인생살이의 언저리에 희망이라는 감미료를 살짝 얹어준다.

초임 교사 시절 그토록 사랑했던 학생들과 했던 이 세 번의 약속을 '인생 약속'으로 간직하고 싶다. 하루 종일 가을 장맛비가 추적추적 내린다. 혼잣말로 조용히 이야기해 본다.

'애들아 사는 게 힘들지? 이번 주말에 쌤과 막걸리 한잔 하자. 기운 내!'

◆ Profile

글벗문학회 회원

의로운 죽음과의 약속

◆

최덕기

명절이 되면 많은 이들이 고향 선산의 부모님과 조상 산소를 찾아 성묘를 한다. 후손의 한 사람으로 조상님께 감사의 마음을 전하는 의식이다. 이런 마음의 저변에는 삶 속에서 자신의 정체성을 강하게 인식하고 있다는 증거다. 대한민국 국민으로 이 땅에 살면서 한 번쯤 방문해 보아야 할 곳이 있다. 현충원이다. 동작동 현충원은 학생 때에도 성인이 되어서도 몇 번 묘역을 참배한 적이 있다. 그러나 대통령 묘소, 장군 묘역, 사병 묘역, 무명용사 추모관을 두루 참배하고 나서도 무언가 빠트린 허전한 마음이 들었다. 이는 동작동 현충원이 6·25전쟁 이후 국군묘지로 출발했기에 독립운동사에 나오는 많은 분이 다른 곳에 안장되었기 때문이다. 이분들이 북한산 자락 수유리에 많이 모셔져 있음을 알게 되었다. 수유리 묘역을 꼭 한번 찾아보겠다고 약속을 했으나 차일피일 수년이 흘렀다.

호국보훈의 달을 맞아 수유리 '순국선열 묘역 순례길'을 찾았다. 순례길은 아카데미하우스 앞에서 시작된다. 입구에 들어서 조금 걸어가자 이준 열사 묘역, 김병로 선생 묘역, 이시영 선생 묘역의 표지판들이 눈에 들어온다. 이곳 순례길 주변에 독립유공자 13기의 묘소와 광복군

17인 합장 묘소가 있다. 각 묘역들은 순례 길에서 100~200m쯤 떨어져 있어 참배를 하려면 묘소 하나하나 언덕길을 걸어서 찾아야 한다.

순례길은 순국선열에 대한 추모의 공간이고 좀 더 나아가 스스로 '의로운 죽음은 어떤 것인가?'를 생각해 보며 자기와의 대화를 나누는 길이다. 이준 열사 묘역에 죽음을 대하는 열사의 말씀이 동판에 새겨져 있다. '사람이 죽는다는 것은 무엇을 죽는다 하며 사람이 산다는 것은 무엇을 산다 하는가?' 오늘 이준 열사가 후배들에게 내준 숙제를 풀어보면서 순례를 시작해 본다.

성재 이시영 선생의 묘역을 찾아보았다. 이시형 선생의 육 형제분들은 일제에 의한 망국의 한을 풀기 위해 만주로 집단이주해 모두 독립투쟁을 위해 일생을 바친 분들이다. 독립운동사 면에서 바라보면 우리나라 제일의 명문가이다. 이시영 선생의 묘는 높게 쌓은 2단의 축대 위에 잘 가꾸어진 꽤 넓은 묘역이다. 묘지 앞에는 비석이 서 있다. 나는 비석을 대할 때마다 항상 그 전문을 일독한다. 비문에는 그 사람이 세상에 나와 땅속에 들어갈 때까지의 행적이 잘 기록되어 있다. 이곳 순국선열 묘역에도 유명 정치인을 포함한 13기의 묘역에 모두 비석이 서 있다. 지금까지 내가 읽어본 비문들은 최고의 찬사와 생전의 업적 찬양으로 가득 차 있었다. 사람이 살면서 실수도 있고 바라보는 방향에 따라서 공과의 평가가 갈리는 행위도 있는 법이다. 모든 비문은 뒤에 남은 사람들이 만들고 기록한 일이다.

이시영 선생의 묘역 아래 광복군 합동 묘역이 있다. 광복군으로 중국에서 무장투쟁을 하다 순국한 17인의 영령을 모셔다 합장하였다고 비문에 적혀있다. 그리 크지 않은 봉분에 17인의 영혼이 잠들어 있다. 누가 다녀갔는지 묘지 앞엔 시들어 누렇게 말라버린 꽃다발 하나가 덩그렇게 놓여있어 더욱 쓸쓸해 보인다. 나는 죽은 자의 무덤 크기가 생전에 그의 권력의 크기에 비례하는 우리 장묘 관습에 불만이다. 죽은 자의 영혼의 무게가 차이가 있을 리 없고 무덤이 크고 화려하다 해서 산 자들 추모의 정이 비례하지도 않는다. 국립묘지에도 장군과 사병의 묘역이 구분되는 것은 이해되나 묘지의 크기에 차이가 없었으면 하는 바람이다.

순국열사들의 묘소는 골짜기 능선마다 떨어져 있다. 심산 김창숙 선생의 안내판이 보였다. 중학교 시절 우연히 김창숙 선생에 관한 글을 읽은 적이 있다. 선생이 당한 고문 이야기를 읽고 당시 어린 마음으로 도저히 믿기지 않는 충격이었다. 나는 가끔 외부의 폭력이 나의 신념에 반하는 정신적 굴종을 강요하는 신체적 고문을 당하게 된다면 자신을 지켜낼 수 있을 것인가를 자문해 본다. 솔직히 나는 김창숙 선생이 당한 그런 끔찍한 육체적 고문을 견뎌낼 자신이 없다. 정신적 의지로 육체적 고통의 극한점을 통과하는 불굴의 정신력을 가진 분들이 유달리 우리 민족에게 많아 보인다. 이런 분들이 민족사의 수난기마다 많은 범인들에게는 용기와 희망을 주고 역사의 흐름을 바른길로 바꾸는 초석 역할을 하였다.

순국선열 묘역 순례를 다 마치고 우이동의 4·19국립묘지를 찾아보았다. 북한산에 올라 멀리 산 아래 우이동 골짜기에 내려다보이는 4·19묘지의 흰 탑들을 바라본 적은 있으나 직접 묘역에 들어와 보기는 처음이다. 1960년 4월 독재정권에 항거해 일어난 학생운동은 4·19학생의거로 불렸으나 김영삼 대통령의 지시로 4·19혁명으로 명명되고 있다. '의거'냐 '혁명'이냐 하는 사전적 용어의 표현은 그다지 중요하지 않다고 생각한다. 그것은 정치사의 안목으로 보는 용어의 구분일 뿐이다. 나에게는 의거란 용어가 훨씬 성스럽고 고귀한 느낌이 든다. 정권이란 권력의 배는 국민이란 바다에 떠 있다. 온화하게만 보이던 물이 격노하면 배를 들어 올려 침몰시킬 수도 있다. 묘역의 중앙 사월 학생혁명 기념탑 비문엔 이렇게 쓰여있다. "이 나라 젊은이들의 혈관 속에 정의를 위해서는 생명을 능히 던질 수 있는 피의 전통이 용솟음치고 있음을 역사는 증언한다." 젊음은 순수함이다. 순수함은 때 묻지 않고 오염되지 않음이다. 옳은 걸 옳다 하고 그른 것을 그르다 거리낌 없이 말할 수 있다. 이것이 젊은이들만이 가질 수 있는 용기이고 특권이다. 희생자의 묘역을 돌아보았다. 묘석에는 당시의 사진이 들어가 있다. 나이 어린 고등학생들과 여학생의 모습도 보인다. 묘역 우측으로 돌아가니 화강암으로 만든 3m가 넘는 추모의 벽에는 4·19와 관련된 시(詩)들이 음각되어 있다. 추모의 벽마다 새겨진 시는 우리에게 모두 잘 알려진 시인들의 작품이다. 그중에서도 정한모 시인의 〈빈 의자〉는 유독 가슴을 아리게 했다. 그는 다른 시인들처럼 '혁명'이나 '피'와 같은 무겁고 어두운 시어를 사용하지 않고도 애통해하는 어머니의 마음을 그려냈다. 읽으며 미켈란젤로의 작품 '피에타'가 연상되었다.

순례길과 4·19묘역을 탐방하면서 국가와 민족 개인과 국가 삶과 죽음에 대해 생각해 보는 시간이 되었다. 4·19묘역에서 10분쯤 걸어서 내려가니 우이동 솔밭공원이 나온다. 의자에 앉아 맥주 한 캔을 따 목을 축이면서 생각해 보았다. 동작동 현충원에서 수유리 순국선열의 묘소를 꼭 찾아보겠다는 약속을 지킨 뿌듯함과 오늘 순례길 입구에서 이준 열사가 내준 삶과 죽음에 대한 숙제를 마쳤다는 생각이 들었다. '그릇 살면 죽음만 같지 못하고 잘 죽으면 도리어 영생한다. 살고 죽음이 다 나에게 있나니 오르지 죽고 삶을 힘써 알지어다.'

◆ Profile

디지털문인협회 회원, CJ 제일제당 퇴직. 저서: 《걸어서 동경에 가다》

두 가지 약속

최영일

며칠 전에는 먼저 돌아가신 어머니 제사를 지냈고, 두 달 후에는 4년 전 작고하신 아버지 기일이다. 매년 추석을 전후한 늦가을에 부모님 제례를 모시고 있다. 어렸던 시절에는 아버지 따라 큰집에 가서 하던 제사를 지금은 형님 댁에 가서 지내고 있다. 기제사는 늦은 저녁에, 명절 차례는 아침에 대문을 조금 열어둔 채 향을 피우고 조율이시 홍동백서 삼색나물 좌포우혜 상다리가 무겁게 차려진 음식을 앞에 두고 여러 번 절한 후 지방을 태우면서 끝이 나고 모두가 둘러앉아 제상에 올렸던 술과 음식을 나눠 먹는다. 물론 아내와 형수는 사오고 다듬고 부치느라고 제삿날 이삼 일 전부터 비상이다. 전통방식의 이런 수고스러움을 일 년에 몇 번씩 해오고 있는데 최근에 형님 가족이 크리스천으로 바뀌면서 제사에 대한 인식이 달라지고 절도 하지 않게 되면서 급기야 내년부터는 내가 맡아서 지내주면 좋겠다는 부탁 같은 제안을 받게 되었다.

갑작스런 요청에 난감도 하였지만 지금처럼 어색한 제사자리를 계속 꾸려가는 것도 서로 민망하고 조상에 대한 도리도 아닌 것 같아 아내와 상의 후 새해부터는 우리가 지내기로 약속을 하게 되었다. 내년

봄까지는 정기적인 병원 치료를 받아야 하는 힘든 상황에 처해 있는 아내가 순순히 동의해 주어서 무척 고마웠다. 이런 제례가 자식 세대까지 이어진다는 보장도 없으니 우리가 받은 부모님 사랑을 생각해서라도 할 수 있을 때까지 해보자고 마음을 모은 것이다.

그런데 이번 추석 차례를 지내고 우리 집 인근에 사는 작은아버지께 인사차 들렀더니 현재 칠곡 선영에 있는 부모님 묘에 비석을 세워드리자고 한다. 사실 비석 이야기는 이번에 처음 나온 건 아니다. 아버지 49제가 끝날 때부터 작은아버지는 산소에 상석만 두지 말고 비석도 같이 세우자고 하였다. 그렇지만 우리 형제들 모두는 반대 의견이었다. 그 이유는 많은 조상분들이 모셔져 있는 선산에 비석을 두고 있는 곳은 아주 드물고, 낮은 상석만 두는 것이 주변 환경과 조화되면서 더 평온하고 자연 친화적이다. 그리고 우리가 아버지를 존경은 하지만 비석에 남길 만한 큰 업적을 세우거나 고관대작을 지낸 것도 아니란 것이다. 하지만 작은아버지의 생각은 달랐다. 형인 아버지에게서 큰 도움도 받았지만 나라의 격동기에 한 세기를 열심히 살아온 한 개인 삶의 여정도 새겨둘 가치가 있고 남긴 족적도 직계 후손들에게는 충분히 귀감이 된다는 것이다.

아버지의 일생을 간추려보면, 1925년 을축생인데 그해는 큰 홍수가 나서 나라에 피해가 많았다고 한다. 그래서 백제의 위례성으로 밝혀진 풍납토성이 묻혀있다가 발견된 해이기도 하다. 가난한 농가의 3남 2녀 중 둘째 아들로 태어나 어머니를 일찍 여의고 소작 논농사와 밭농사를 하면서 가계 살림을 혼자 도맡았다. 형인 큰아버지는 중학교 때 고학을 한다며 일본으로 가고, 동생들 뒷바라지와 장인도 빨리 돌아가신 탓에 어려운 처가 살림까지 돌보느라 본인은 학교에 갈 엄두도 못 내었다. 그 와중에 일본 징용도 갔다 오고 군 입대 후 6·25전쟁 참전도 한 다음 나무장사와 방앗간 일도 하고 도지로 남의 논과 과일밭을 부쳐서 생계를 꾸려가다가 나라에서 불하받은 황무지 하천변을 개간하여 처음으로 사과 과수원 주인이 된 것이다. 당시는 지금보다 더 학벌과 혈연, 지연이 힘을 발휘하던 시기였지만 오로지 정직과 신용만으로 헤쳐나갔던 것이다. 이렇게 평생 힘든 농사일을 하면서 뒷바라지를 해준 열두 살 아래인 작은아버지는 서울대를 나와서 내로라하는 대기업의 사장을 역임하였고 처남인 외삼촌은 군수가 되었으며 우리 다섯 형제자매는 모두 대학까지 마칠 수 있었다. 그리고 손주 10명에게는 똑같이 대학교 입학 등록금을 대주셨는데 그중에는 대기업 임원과 서울법대 나온 변호사와 미국 박사도 있음을 뿌듯해하셨다. 당신이 못 배운 게 한이 되어 남다른 교육열로 승화된 것이리라. 그리고 말년에는 좌랑공파 문중 회장을 맡아 새 제실을 건립하고 종친 간의 결속과 친목 향상에도 많은 기여를 하였다. 작은아버지는 본인이 직접 아버지로부터 받은 혜택에 대한 고마움도 있지만 일제 강점기와 해방 전후의 혼란기도 거치고 한국전쟁을 치르면서 피폐한 절대빈곤국가에서 부유한 경제대국으로 성장하기까지의 한 시대를 몸소 겪으며 가정과 가문으로부터도 존경받는 삶을 살아온 분의 이런 궤적을 직계후손들은 산소에 올 때만이라도 되새겨볼 필요가 있음을 강조한 것이다.

그날 작은아버지와 차담을 나눈 후 혼자 생각해 보았다. 아버지는 돌아가시기 한 달 전 집에서는 간호가 불가능하여 요양병원으로 모시게 되었고, 2020년 당시는 코로나19 시기여서 수시로 면회도 안 되고 문병도 통제가 많아서 자주 뵙지도 못했는데 갑작스럽게 세상을 떠나게 되면서 임종도 못 지킨 죄책감이 나에게는 늘 남아있다. 그리고 산소는 음택이라고 하는데 산 사람의 집인 양택과는 다른 양식과 구조가 있는 게 아닌가. 그래서 예부터 상석과 망두석, 비석 등의 형태를 갖춰 오지 않았을까. 그렇다면 산 사람 입장에서 느끼는 주변 자연환경과의 조화도 다른 관점에서 보아야 하지 않을까. 그런데 작은아버지는 대구 본가에 와서 수시로 주무시고도 갔는데 그때 아버지와 비석 얘기를 나누면 당신도 좋아하셔서 비문 초안도 이미 준비해 두었다고 한다. 나는 더 이상 결정을 미루지 않기로 하였다.

지금부터 비석의 알맞은 크기와 형태, 위치에 대하여 알아보기로 작정했다. 내년에는 부모님 제사모시기와 산소에 비석세우기를 하겠다는 두 가지 약속을 이번에 패키지로 하게 된 것이다.

◆ Profile

르노삼성자동차 상무, 연세대학교와 경영대학원 졸업, 육군중위 전역

아버지의 약속

최현아

가을 산길을 걷는다. 하얀, 연분홍색 꽃이 나의 눈길을 사로잡는다. 바람이 부니, 비취색 가을 하늘 아래 활짝 핀 꽃들의 은은한 향기가 나의 오감각을 자극한다. 가느다란 줄기 끝에 핀 하얀 꽃은 따사로운 가을 햇살을 쐬는 단아한 여인처럼 느껴진다. 구절초 향기에 마음이 편안하다. 갑자기 초등학교 시절의 추억이 생각났다.

추석이 돌아오면 아버지는 늘 그랬듯, 숙부님들한테 전화해 벌초 날짜를 정하셨다. 벌초 당일이 되면, 어머니는 새벽부터 일이 끝난 후 가족들과 함께 먹을 간단한 음식을 준비하느라 바쁘셨다. 인적이 드문 좁디좁은 산길을 쭉 따라 한참 동안 걸어가면 선산이 나온다. 아버지와 숙부님들은 선조들의 묘 주변을 둘러보며 풀이나 나무를 베셨다. 집에서 가져온 음식을 신문지 위에 올려놓는 것 외에 할 일이 없었던 나는 산소 주변을 돌아다녔다. 한참 동안 놀다 돌아오면, 묘는 입대를 앞두고 훈련소 가기 전에 삭발한 머리처럼 깔끔하게 정돈되어 있었다.

가을 이맘때쯤이면 산소 주위엔 자그마한 무리를 이루며 예쁜 꽃이 피어 있다. 가을바람이 산들거리면 톱니처럼 갈라진 흰색 꽃의 은은한 향기가 풍겼다. "아버지 이 꽃의 이름이 뭐예요?"라고 물으면, 아버지는 “구절초야 구일초(九日草), 선모초(仙母草)라고도 하는데, 여자들한테 좋은 거야”라고 하셨다. 가을에 아버지는 산에 가실 때마다 구절초를 뿌리째 캐어와 말리셨다. 바싹 말린 구절초 잎은 요긴하게 차로 끓여 마시거나 한약 재료로 쓰였다.

신혼 초 시댁에서 추석을 지내고 친정에 왔던 어느 날로 기억한다. 아버지는 거실에 앉아 전지가위로 가시오가피, 느릅나무 껍질, 구절초 줄기를 자르고 계셨다. 갑자기 주방으로 가시더니, 봄에 채취했던 취나물, 싸리 빗자루처럼 생긴 싸리버섯을 냉장고에서 꺼내오셨다. 그러고 나서 베란다에 가시더니 신문지에 싼 뭔가를 가져오셨다. 아버지는 선물을 줄 땐 늘 물건의 가치가 어느 정도인지 생색을 내는 습관이 있다.

“이게 뭔 줄 알아? 진안군 용담면에 있는 산에서 따온 능이, 영지버섯이여. 이게 시중에 나가면 얼마인 줄 알아, 하도 귀해서 돈 있어도 못 사 먹어”라고 자랑하셨다. 그러고 나서 또다시 선물이 있다며 주방 찬장에서 유리병을 꺼내오셨다. 투명한 병 안에는 구절초 꽃잎이 들어 있었다. 말렸던 꽃잎이 물속에 들어가자마자 예쁜 꽃으로 다시 피어났다. 구절초 꽃잎 차 맛은 국화차와 비슷했다.

구절초 꽃말은 어머니의 사랑과 순수함을 뜻한다고 한다. 하지만 나에게 구절초는 아버지의 사랑이다. 이 꽃은 성질이 따뜻하고 쓴맛이 강하다. 항암 효과, 장 건강 개선뿐만 아니라 철분과 엽산이 풍부해 여성 건강에는 더욱 좋다고 한다. 장을 따뜻하게 해주고 아기집을 따뜻하게 해주는 효능이 있다. 아버지는 가을만 되면 구절초 꽃잎을 병에 담아 내게 선물로 주셨다. 그리고 다음에 또 구절초 꽃잎을 말려 내게 주겠다고 약속하셨다.

임신했을 땐 배속 태아의 건강을 위해 카페인이 들어간 커피를 마시는 대신 아버지가 주신 꽃잎 차를 즐겨 마셨다. 아버지는 내년에도 구절초 꽃잎을 또 말려주겠다고 약속하셨다. 유리컵 안에 따뜻한 물을 가득 부어 그 위에 말린 구절초 꽃잎을 몇 개 올려놓았다. 몇 분이 지나자, 접힌 꽃잎이 펴지며 물감을 푼 듯 치자색 물로 변해 있었다. 신기하고 아름다워 눈을 떼지 못했다. 그윽하고 잔잔한 국화 향기는 임신으로 인한 피곤함을 잊게 하였다. 몇 달 후, 파아란 유리구슬처럼 가을 하늘이 예쁜 어느 날 나는 첫 번째 아들을 순산했다.

두 번째 아이를 밴 후, 정기검진하러 산부인과에 갔을 때였다. 몇 주 사이에 배 속 아이가 얼마나 성장했는지 초음파 사진을 들여다보는데 태아가 보이지 않았다. 태아의 심장 소리가 들리지 않았다. 알고 보니 자궁 안에서 태아의 성장이 멈추고 모체 내에서 사망해 있었다. 수술을 마치고 친정집에 며칠 머물렀다. 안방 침대 위에서 누워 울고 있는데, 아버지가 거실로 나와보라며 나를 부르셨다. 유리잔에는 노란 햇병아리 색 꽃잎이 피어 있었다. 둥근 노란 수술에 깃 모양으로 잘게 갈라진 연보라 꽃잎도 있었다. 바로 구절초였다. 아버지는 따뜻한 들국화차를 많이 마시면, 내년에 다시 아이를 가질 수 있으니 걱정하지 말라고 위로해 주셨다. 그러면서 구절초에 관한 전설을 이야기해 주셨다.

옛날에 시집온 여인이 있었는데, 세월이 흘러도 아이가 생기지 않았다. 온갖 방법을 다해 노력해 봤지만 아무 소용이 없었다고 한다. 어느 날 한 스님이 실망과 근심으로 가득 찬 이 여인을 보고 어느 사찰을 알려주며, 그곳에서 지극정성으로 치성드리면 아이를 가질 수 있다고 하였다. 그 여인은 사찰 주변에 핀 구절초 다린 차를 계속해서 마시고 결국엔 아이를 갖게 되었다고 한다. 이런 이유로 구절초는 선모초(仙母草)로도 불린다고 한다.

2년이 지난 후 나는 다시 아이를 갖게 되었다. 신기하게도 나를 비롯하여 두 아들 모두 가을에 태어났다.

아버지는 한 해 농사의 결과물을 수확하는 가을걷이할 작년 이맘때 돌아가셨다. 이번 추석 명절엔 아버지 유골함이 안치된 임실에 있는 호국원으로 갔다. 아버지가 계시지 않는다는 생각에 너무 슬퍼 감정이 복받쳤다. 영정사진 속 아버지의 눈에 눈물이 맺힌 듯 보였다. 나는 병원에서의 아버지와의 약속을 떠올렸다.

'아버지! 두 아들 잘 키우고, 애 아빠랑 안 싸우고 잘 살고 있어요. 어머니한테도 하루에 서너 번 영상 통화하며 안부도 묻고, 아버지의 빈자리를 채우지 못하겠지만…. 아버지와의 약속을 지키려고 노력하고 있어요.'

호국원의 공동현관을 나오니 시원한 가을바람이 산들거린다. 호국원 길섶에 무리 지어 들국화가 피어있다. 바람에 흔들리는 꽃이 마치 아버지가 "지금도 잘하고 있으니, 앞으로도 계속 지금처럼 어머니 잘 돌봐줘라. 다음에 또 보자"라고 손을 흔드는 듯하다. 한 달 후면 아버지 기일이다. 이번에는 내가 예쁜 국화꽃을 들고 아버지를 찾아뵈야지.

◆ Profile

수필가, 단국대학교 문예창작학과 박사과정 수료, 2022년 《한국수필》 등단, 제2회 한국 디지털 문학상(장려). 수필집: 《삶이란》, 시집: 《삶과 사랑의 맑은 풍경》

'론지'로 맺은 약속, 아름다운 여정

◆

허병탁

익숙함 속의 낯섦이었다. 설렘과 긴장감을 안고 미얀마 양곤에 도착했다. 이미 10여 차례의 출장으로 친숙한 곳이었지만, 그날 공항에서 느낀 매연 섞인 탁한 밤공기는 이전과는 사뭇 달랐다. 아마도 법인 대표로 부임해 내딛는 공식적인 첫걸음이었기 때문일 것이다.

출근 첫날, 현지 간부 사원들과 마주한 순간을 잊을 수 없다. 그들의 눈빛에서 읽힌 '외국인 대표가 왔구나' 하는 호기심과 냉소가 뒤섞인 시선이 마음을 무겁게 했다. 회의 말미에 굳은 약속을 했다. "회사가 직원들과 함께 성장하며, 모두가 행복한 미래를 만들 수 있도록 최선을 다하겠습니다"라고 말이다.

2014년 당시 미얀마는 지구상에 남은 마지막 프런티어 마켓으로 인식되어 외국인 투자 붐이 한창이었다. 우리는 후발주자로 시장 진입을 해 입지를 다지기가 쉽지 않았다. 앞서 진출한 경쟁사 코카콜라는 시장 선점을 위해 천문학적인 마케팅 비용을 연일 쏟아붓고 있었고, 거리마다 경쟁사들의 화려한 광고판이 눈에 띄었다. 이를 볼 때마다 버거운 현실이 더욱 냉혹하게 다가왔다.

게다가 높은 연봉을 제시하는 외국계 기업들이 속속 진출하면서 우리는 또 다른 도전에 직면했다. 팀장과 매니저 등 간부들이 이러한 기업들로 수시로 이직하는 상황이 발생했고, 한 달에 몇 명씩 떠나가는 직원들을 보며 나는 깊은 고민에 빠졌다. "함께 성장하고 모두가 행복하자"라는 약속을 실현하기 위해서는 임직원들과의 화합과 일치단결이 꼭 필요한 첫 단추였다. 그러나 시작부터 커다란 암초를 만난 셈이었다.

위기를 극복하기 위해 '소통'이라는 손길을 내밀었다. 주 3회 점심 도시락 미팅을 시작했다. 독대 형식으로 핵심 간부 10명이 순번을 정해 월 1회 대표와 겸상을 하는 방식이었다. 나는 이 미팅을 통해 Key-Man들을 확실히 장악하고, 그들을 통해 매니저급 이상 간부들을 효과적으로 통제할 수 있을 것으로 판단했다. 1:1 대화를 고집한 이유는 그래야 둘만의 진솔한 대화가 가능해지고, 이를 토대로 단시간 내에 신뢰를 쌓을 수 있기 때문이었다.

처음에는 어색하기 그지없었다. 대표와의 독대가 그들에게는 생소했고, 부담감과 경계심도 적지 않았기 때문이다. 때로는 이어지는 침묵에 답답함을 느끼기도 했다. 그러나 수개월이 지나자 도시락 미팅은 우리 모두의 활력소가 되었다. 간부 사원들이 하나둘씩 마음을 열기 시작한 것이다. 회사의 현안은 물론, 그들의 가족 이야기까지 나누며 함께 웃고 함께 고민했다. 이러한 소통의 결과인지, 간부들의 이직률이 눈에 띄게 감소했다. 아마도 이 무렵, 직원들은 내가 취임 첫날 한 약속의 진정성을 믿기 시작했을 것이다.

어느 날 식사 중 한 간부가 물었다. "대표님, 미얀마 전통 의상인 론지를 입어 보신 적 있나요?" 나는 웃으며 고개를 저었다. 이 질문은 내게 깊은 인상을 남겼고, 곧 다가올 행사를 위한 특별한 아이디어를 떠올리게 했다. 얼마 후 예정된 공장 설비 완공 기념행사에서 론지를 입고 미얀마 노래를 부르는 깜짝 이벤트를 준비하기로 한 것이다.

행사가 열리는 날, 나는 론지의 옷깃을 어색하게 만지작거리며 준비한 노래의 첫 구절을 머릿속으로 되새겼다. 드디어 내 이름이 호명되었고, 무대 위로 천천히 걸어 올랐다. 며칠 동안 몰래 연습했지만, 환한 조명 아래 수백 명의 직원들의 시선이 한꺼번에 쏟아지자 긴장감이 쓰나미처럼 밀려왔다. 깊은숨을 들이쉬고, 연습했던 첫 가사를 입 밖으로 냈다. 발음이 얼마나 엉망이었는지, 지금 생각해도 얼굴이 붉어진다. 어렵사리 노래를 마치자, 짧은 순간의 침묵이 흘렀다.

그런데 우려와 달리, 직원들의 반응은 놀라웠다. 그들의 환호성은 내 인생에서 들어본 가장 큰 박수 소리였다. 직원들의 얼굴에 피어난 미소를 보며, 나는 문화의 벽을 넘어 그들과 한 걸음 더 가까워졌음을 느꼈다. 이 강력한 유대감을 통해 우리는 진정한 'One Team'이 되었고, 출근 첫날 나 혼자 했던 일방적 약속이 자연스레 우리 모두가 함께하는 약속으로 확장되었다.

시간이 흘러 어느덧 6년, 나의 미얀마 생활도 막바지에 접어들었다. 이임을 앞두고 만감이 교차했다. 특히 처음에 냉소적이었던 간부들이 이제는 한마음이 되어 회사를 위해 헌신하는 모습을 보며 무한한 감사함을 느꼈다. 비록 우리의 약속이 아직 완전한 결실을 맺지는 못했지만, 그들의 변화와 성장을 통해 미래에 대한 희망을 발견할 수 있었다.

송별회는 떠나는 사람을 위해 직원들이 준비하는 것이 관례지만, 반대로 내가 호스트가 되어 마지막으로 그들에게 감사의 마음을 전하고 싶었다. 양곤에서 가장 고급스러운 레스토랑을 예약하고, 30여 명의 간부 사원들을 초대했다. 그날 저녁, 우리는 서로에 대한 고마움과 지난 시간에 대한 이야기를 나누며 따뜻한 분위기를 만들어갔다. 그들은 나를 '영원한 CEO'라고 부르며 눈시울을 붉혔다. 그 순간 그들과 함께했던 시간들이 내 인생에서 가장 값진 순간들 중 하나였다는 것을 절실히 느꼈다. 그들의 눈물과 따뜻한 말들이 나에게는 그 무엇보다도 큰 보상이었다.

미얀마를 떠나는 날, 마음 한편이 먹먹하면서도 따뜻한 감정이 차올랐다. 비행기에 오르며 다시금 깨달았다. 사람과 사람 사이에 진심 어린 소통과 신뢰가 있다면, 언어와 문화의 차이를 넘어 하나가 될 수 있다는 것을. 이것이 바로 내가 미얀마에서 맺은 '인생 최고의 약속'을 통해 얻은 가장 값진 교훈이었다.

♦ Profile

LOTTEMGS 대표, PCPPI 등기임원, 롯데칠성음료 글로벌사업부문장

책가방에 담는 각오

홍경석

2024 대한민국평화대상 시상식이 10월 9일 오후 3시 김대중컨벤션센터 2층에서 열렸다. 이번 시상식은 대회장 김민경의 주관 아래 진행되었으며, 한국시민기자협회가 지난 10년 동안 '한국평화언론대상'으로 이어온 시상 전통을 2024년부터 '대한민국평화대상'으로 개칭하여 국제대회 수준으로 격상시키는 의미를 담아 감동의 공명(共鳴)이 더 컸다.

이번 시상은 15년 전, 한글날을 기념하여 태동한 (사)한국시민기자협회가 전 김대중 대통령이 우리나라에서 유일무이하게 노벨평화상을 끝으로 한국에서는 더 이상 노벨상을 받지 못하는 작금의 현실을 파악하여 그분의 정신을 잇고자 마련한 상이다. 한국시민기자협회에서 민주·인권·평화정신으로 노벨 평화상의 정신을 잇기 위해 만들어진 상이 바로 '대한민국평화대상'이다. 시민이 국가이듯, 깨어있는 시민이 제정한 상이 '대한민국평화대상'인 것이다.

대한민국 평화위원회에서 선정된 시상자를 엄선하여 상을 준비하였으며, 사회의 어려운 자리에서 노고가 많은 자치단체장을 포함하여 시민사회 공로자를 격려하는 상으로, 어두운 사회를 밝게 하면서, 민주주의 발전에 함께하고 있다. 사회 각계각층에서 2024년을 빛낸 시민으로 변화와 혁신을 주도하며 지역발전, 사회봉사, 의정활동, 지방자치, 경영혁신, 기술개발, 문화예술 증진, 환경개선, 인재 육성 등등 21세기 대한민국의 눈부신 성장을 위해 열정적인 삶을 살아가는 시민에게 드리는 부끄럽지 않은 상이었다.

축사는 박준영 대한민국평화대상 심의위원장이 맡았다. 올해 시상식은 각계각층에서 변화와 혁신을 주도하며 21세기 대한민국의 성장을 위한 최선의 노력을 다하고 있는 모범 시민들을 발굴하기 위해 마련되었다. 약 145명의 추천 대상자 중 평화 대상 수상자 63명, 기자상 9명 등 총 72명이 수상했다. 수상 분야로는 평화 대상 63명(의정 대상 7명, 법조인 대상 2명, 사회 대상 19명, 문화 대상 13명, 환경 대상 3명, 기업 대상 9명, 시민 대상 3명, 교육 대상 7명), 기자상 9명이 포함되었다.

이번 시상식은 (사)한국시민기자협회가 주관하고, 대한민국평화대상 추진위원회와 한국저널리스트대학교육원, 뉴스포털1이 함께 추진하여 성황을 이뤘다. '대한민국평화대상 추진위원회'는 앞으로도 시민사회에 모범이 되는 리더를 발굴하고, 새로운 동기부여를 제공하기 위해 각고의 노력을 기울일 예정이라고 강조했다.

한편 이 자리에서 나는 영예의 '작가 대상'을 수상했다. 상을 받으면서 만감이 교차했다. 지난 10월 2일 대전시립중학교를 찾았다. 2025학년도 중학교 과정 야간반 등록을 하고자 간 것이다. 등록 첫날이었음에도 정원이 꽉 차고 겨우 달랑 하나 남았다고 하여 간이 철렁했다. 내 뒤에도 어르신 두 분이 차례를 기다리고 계셨다. 간발의 차로 가까스로 등록을 마칠 수 있었다. 내년 2월 17일에 신입생 예비 소집이 있다는 입학 안내문을 받았다. 입학식은 2025년 3월 4일이다.

턱걸이로 등록을 마친 뒤 가슴을 쓸어내리며 대전시립중고등학교를 나오는데 이 학교에 등록을 적극 권유하신 K교수님으로부터 전화가 왔다. “등록하셨나요?” “네! 하마터면 미역국 먹을 뻔했습니다.” “와~ 축하합니다! 축하주 사드릴 테니 어서 오세요.” 택시를 타고 유성구 봉산동 식당까지 갔다. K교수님께서 따라주시는 술을 받자니 만감이 교차했다. 내가 초등학교를 졸업했던 지난 1972년은 어느덧 52년 전이다. 당시는 너무 가난해서 초등학교서 중학교에 가는 비율이 3분의 2에 불과했다. 나머지 3분의 1은 대신 삭풍이 휘몰아치는 광야로 내몰렸다.

그렇다면 나는 왜 중학교조차 진학하지 못했을까? 거기엔 다 곡절이 숨어있다. 먼저, 나의 어머니가 아버지와의 불화로 인해 나의 생후 첫돌 무렵에 집을 나갔다. 영원한 가출이었다. 실의에 빠진 아버지는 허구한 날 술만 드셨다. 가장의 책무까지 방기한 아버지는 하루가 다르게 수척해졌고 건강까지 이상이 왔다. 내가 돈을 벌지 않으면 가뜩이나 가난했던 우리 부자(父子)는 굶어 죽기 십상이었다. 반에서 항상 1~2등을 다퉜던 우수한 성적이었지만 5학년 2학기 무렵부터는 고향 역전으로 내몰렸다. 신문팔이와 구두닦이로 돈을 벌었다. 비가 쏟아지면 우산 도매상으로 달려가 우산을 떼다 팔았다. 6학년이 되면서는 더욱 학교에 가기가 힘들었다. 그만큼 목구멍에 풀칠하기가 어려웠기 때문이다. 그런 가운데서도 아버지는 알코올 중독자로 더욱 현저하게 늙어갔고 급기야 그 무엇도 할 수 없는 지경까지 몰렸다

이러구러 세월은 흘러 방위병으로 입대하여 군복무를 작은댁에서 마쳤다. 숙부님의 배려 덕분이었다. 전역한 뒤, 나를 처음으로 사랑해

준 지금의 아내와 싸구려 셋방을 얻어 분가했다. 이듬해 아들을 보았지만, 아버지는 아들이 불과 두 살일 때 한 많은 이 세상을 버리셨다. 혹여 아버지의 산소에는 어머니가 오시지 않을까 기대했지만 물거품이었다. 어머니에 대한 증오가 태산보다 더 높아졌다. 그동안 살아오면서 배운 게 없다 보니 비정규직, 세일즈맨, 계약직, 공공근로 따위의 허투루 직장과 직업만을 전전할 수밖에 없었다.

내가 겪은 불학의 고통과 아픔을 아이들에만큼은 물려주지 않겠노라 이를 악물었다. 아들과 딸이 어렸을 적부터 손을 잡고 함께 도서관을 다녔다. 그 결과 사교육의 도움 없이도 아이들은 소위 명문대를 갔다. 독서의 위대함을 새삼 발견했다. 나도 덩달아 만 권 이상의 책을 읽었다. 덕분에 지난 9월에 출간한 《가요를 보면 인생을 안다》를 포함하여 모두 일곱 권의 저서를 발간할 수 있었다. 병행하여 20년 전부터 정부 기관과 지자체 언론사 등지에서 시민기자와 리포터, 객원기자, 칼럼니스트로 활동하면서 글 더 잘 쓰기 노하우를 스스로 터득했다.

10월 2일 대전시립중고등학교를 찾아 내년도 중학 과정 야간반에 턱걸이로 등록한 데는 까닭이 존재한다. 모 대학 교수님이자 대학원 최고 경영자 과정에서도 은사였던 K교수님의 나를 향한 강력한 면학 의지 전도(傳道)가 발단(發端)이었다. "홍 작가님, 늦었다고 생각할 때가 가장 빠른 법입니다. 반드시 대전시립중고등학교를 마치시고 내처 대학과 대학원까지 진학하시어 박사 학위까지 취득하세요. 홍 작가님은 얼마든지 그럴 자격이 있는 분입니다. 제가 곁에서 도와드리겠습니다!" 열 번 찍어 안 넘어가는 나무 없다고 결국 K교수님의 열정이 그만 나를 내년부터 만학(晩學)의 학생으로 만들게 된 것이다.

내 나이 66세가 되는 내년 3월이면 나도 대망의 중학생이 된다. 그 얼마나 오매불망 그려왔던 공부였던가! 대전시립중학교 등록을 마친 뒤 배수진을 친다는 의미로 내 블로그에 그 같은 내용을 올렸다. 가슴 찡한 지인들의 성원과 응원이 봇물이 터지듯 했다. 또 한 친구는 학생이 되었으니 튼튼한 책가방을 사주겠다고 하여 눈가를 흥건하게 만들었다. 아들이 초등학생이 되어 등교하기 전 책가방을 사줬던 기억이 떠오른다. 그래서 이젠 나도 아이들과 아내에게도 당당하게 약속하련다. "내가 비록 시작은 너무 늦었지만, 반드시 박사까지 오르겠다! 아빠 믿지?" 내가 책가방에 담는 바위보다 단단한 각오다.

◈ Profile

N뉴스통신 편집국장, 한국저널리스트대학교육원 시민교수,
[2024 대한민국평화대상] '작가 대상' 수상

존경받는 죽음에 대한 약속

◆

홍진석

남의 죽음은 잘 보이는데 자신의 죽음은 안 보인다. 그렇다면 이 기회에 나는 이렇게 죽겠다는 약속을 해봄이 어떨까? 우리는 살면서 많은 약속을 한다. 사랑하는 이에게, 가족에게, 때로는 자신에게. 하지만 가장 중요하면서도 종종 간과되는 약속이 있다. 바로 우리의 마지막 순간, 죽음에 대한 약속이다. 죽음은 피할 수 없는 현실이다. 모두가 언젠가는 마주해야 할 관문이다. 생명을 가진 모든 대상은 탄생하자마자 시간이 경과하면서 소멸이라는 순환 고리에 갇혀 있고, 누구도 빠져나가지 못하고 거부할 수 없는 것이 자연의 이치다. 그러나 죽음이 어떤 모습일지, 어떻게 맞이할지에 대해서는 대부분의 사람들이 깊이 생각해 보지 않는다. 너무 두렵거나 혹은 아직 멀리 있다고 여기기 때문일 것이다.

하지만 죽음에 대해 생각하고 준비하는 것은 결코 비관적인 행위가 아니다. 오히려 삶을 더욱 풍요롭게 만들고 남은 시간을 의미 있게 보낼 수 있게 해준다. 이는 자신뿐만 아니라 사랑하는 사람들에게도 큰 선물이 될 수 있다. 이러한 맥락에서 최근 주목받고 있는 개념이 바로 '무섭취 자연사'다. 이는 임종이 가까워졌을 때 스스로 음식 섭취를 중단

하고 자연스럽게 생을 마감하는 방식을 말한다. 자신의 고통이나 가족들의 경제적, 정신적 피해 없이 스스로 죽음을 결정하는 이 방법은 존엄성을 지키며 삶을 마무리할 수 있는 하나의 선택지로 여겨지고 있다.

나는 이 '무 섭취 자연사'에 대해 깊이 고민하고 직접 경험해 본 사람 중 하나다. 단식을 17일, 25일, 21일 총 3차례를 행동으로 옮겨 봤다. 무 섭취 시작일 3일이 지나면서부터 먹고 싶은 욕망이 자연스럽게 사라지고 물만 섭취하면 된다는 것을 몸소 체험했다.

이렇게 행동으로 옮기게 된 데에는 사연이 있다. 30대 초반에 다국적 기업에 근무하면서 직장 동료 중 1명이 과로로 숨지는 것을 보고 커다란 충격을 받았다. 사람이 죽는다는 것은 알았지만 그때만큼 죽음이 나를 무겁게 짓눌린 경험은 태어나서 처음이었다. 그때는 의리가 중요했던 시기로 매우 친했기에 그 친구를 생각만 하면 가슴이 먹먹해 결국 나는 사표까지 쓰게 됐다.

이때부터 죽음이라는 단어가 늘 따라다녔고 해결해야 할 난제 중의 난제였다. 서울 소재 북한산과 도봉산을 1주일에 두 번씩 오르며 오직 죽음에 대해 천착했다. 많은 시행착오를 겪으면서 깨달음이라는 것도 알게 되고 단식, 명상, 호흡법이라는 것도 행동으로 옮겨 봤다.

성경책에서는 모든 게 헛되다는 문구가 있다. 이것도 젊을 때는 모른다. 나이 40살이 넘어서야 이해가 된다. 나이 50~60, 점점 세월에 젖어들면 젊을 때와 달리 체력 저하를 느끼게 된다. 그러다가 몸의 어느 한 부위에서 시작되는 병으로 말미암아 서서히 죽어간다는 것을 느끼게 되고 적절한 건강 관리를 해도 노화 현상은 막을 도리가 없다.

요양병원에서 비참한 모습으로 무의미하게 죽어가는 사람들을 수도 없이 볼 때 "나도 저렇게 죽어야 하나?" 하는 생각을 하다 보면 망치로 머리를 세게 얻어맞는 느낌이다. 이처럼 우울하고 어두운 문제에 대해 '무 섭취 자연사'가 신선하고 올바른 해결책이 될 수 있다고 생각했다.

'무 섭취 자연사'의 장점은 여러 가지가 있다. 먼저, 개인의 자율성을 최대한 존중할 수 있다. 자신의 죽음에 대해 스스로 결정을 내리고 실행할 수 있기 때문이다. 또한 법적, 윤리적 문제에서 자유로우며, 언제든 중단할 수 있다는 점에서 유연성도 갖추고 있다. 가족과의 이별 만족도가 높고, 비용이 거의 들지 않는다는 점도 큰 장점이다.

이런 방법으로 세상을 마무리한 대표적인 사례로 미국의 스코트 니어링(Scott Nearing, 1883.8.6~1983.8.23)을 들 수 있다. 그는 1983년 8월 100세가 되면서 자신의 생일날부터 곡기를 끊어 2주 후에 자연사했다. 스코트 니어링의 부인이 쓴 책《아름다운 삶, 사랑 그리고 마무리》에 따르면 그는 "나는 더 이상 먹지 않을 것이요. 나는 동물들이 흔히 택하는 죽음의 방식, 보이지 않는 곳으로 들어가 스스로 먹이를 거부함으로써 죽는 것을 알고 있었기 때문에 조용히 받아들였다"라고 했다.

한국에서도 이와 유사한 사례를 찾아볼 수 있다. 유재철 씨가 그의 책《대통령의 염장이》에서 소개한 80세가 넘은 할머니의 이야기가 그것이다. 이 할머니는 나이가 들어 노쇠해져 가면서 정신이 있을 때 스스로 곡기를 끊기로 하고 더 이상 수저를 들지 않았다. 1주일이 지나자 목욕재계 하고 분홍 저고리를 입은 다음 조용히 소파에서 자연사했다고 한다.

이런 사례들은 '무 섭취 자연사'가 단순히 이론적인 개념이 아니라 실제로 선택되고 실행될 수 있는 방법임을 보여준다. 물론 이는 결코 쉬운 결정이 아니며, 깊은 성찰과 준비가 필요한 과정이다. 하지만 이런 준비 과정 자체가 우리의 삶을 더욱 풍요롭게 만들 수 있다. 죽음에 대해 생각하면서 삶의 소중함을 더욱 깊이 깨닫게 되고 매 순간을 의미 있게 살아갈 수 있게 된다. 일단 '무 섭취 자연사'를 하겠다고 결심하면 어떤 변화가 생기는가?

첫째는 죽음의 공포가 사라진다. 두 번째는 마음이 그지없이 평온해진다. 세 번째 잔여 생이 더없이 자유로움을 맛볼 수 있다. '존경받는 죽음에 대한 약속'은 단순히 어떻게 죽을 것인가에 대한 것이 아니다. 그것은 어떻게 살 것인가에 대한 약속이기도 하다. 우리의 삶이 언젠가는 끝날 것임을 인정하고 그 순간까지 의미 있고 아름답게 살아가겠다는 다짐인 것이다.

이런 약속은 자신에게도 그리고 주변 사람들에게도 큰 선물이 될 수 있다. 마지막 순간이 두려움과 고통이 아닌, 평화와 감사로 가득 찬 시간이 될 수 있도록 하는 것이다. 이는 우리가 떠난 후에도 사랑하는 이들의 마음에 따뜻한 기억으로 남을 것이다.

종합적으로 판단해 볼 때 자신이 세상을 떠나야 할 때를 대비해 100% 자발적 '무 섭취 자연사'를 미리 공부해 놓는 것을 추천한다. 이 방법이 가장 인간적이면서 생명의 고귀함을 느낄 수 있고 자신을 끝까지 책임질 수 있다는 사례는 다음 세대에게 커다란 귀감이 될 수 있다. 나의 30대 초반 3차례 단식은 죽자고 한 것이 아니었다. 하지만 그때 경험이 자연스럽게 생을 마감할 수 있는 가장 훌륭한 방법임을 알게 됐다.

우리 모두가 이러한 약속을 할 수 있기를, 그리고 그 약속을 지키며 살아갈 수 있기를 희망해 본다. 그렇게 함으로써 진정으로 존경받는 삶 그리고 존경받는 죽음을 맞이할 수 있을 것이다.

♦ Profile

싸인분석연구소장

4대를 대물림하는 언약

황의윤

하늘이 유난히 파랗게 높은 가을의 주말 오후, 사느라 바쁘던 불효자가 모처럼 짬을 내 부모님을 뵈러 대전에 자리한 국립현충원을 찾았다. 그동안 이런저런 핑계로 소원하던 발걸음이라 가볍지 못하니, 아마도 도리를 제대로 이행치 못해 스스로도 탐탁지 않다 여긴 때문이리라. 생전 좋아하시던 봉지커피 한 잔과 촌스럽지만 알록달록 구색 맞춘 조화다발을 놓아드리고 절을 올리니 금세, 방금 전 마주했던 듯 거리감이 훌쩍 사라진다. 역시 부모님은 예나 지금이나 늘상 푸근한 미소로 너른 품 벌려 이 못난 자식을 기다리고 계셨음이다.

나의 영웅이셨던 아버지는 5년 전에 90세로 천수를 다 하시고 소천하셨다. 말년에는 잠시 의식불명 상태로 서너 달 자식들 고생을 시키셨지만, 그래도 한참 전부터 걷지 못하고 요양원에 머무시던 어머니를 줄곧 찾으시며, 되레 떨리는 팔 들어 어머니 뺨에 흐르는 침을 닦아주시곤 했다. 훗날 하늘로 돌아가시고도 혼자 가시는 발길이 영 내키지 않으셨는지 불과 네 달 만에 동갑내기 어머니를 불러가신 걸 보면, 두 분 금슬이 여간 애틋하셨던 게 아닌 듯하다.

실상 아버지는 거의 평생을 온전치 못한 육신으로 사셨다. 한국전쟁 참전용사이신데, 적과의 교전 중에 소속 분대가 전멸을 당했으나, 당시 통신병이셨던 아버지는 포탄이 지고 있던 무전기 위로 떨어지는 바람에 구사일생으로 혼자만 생존하실 수 있었다고 한다. 그 와중에 파편이 머릿속으로 박혀들었는데 전쟁통에 수술 할 여건은 안 되었고, 그 뒤 그대로 머릿속에 쇠붙이가 굳어진 채로 평생 사시게 된 것이다. 그 영향으로 우측 반신은 원활하게 사용하기 어려웠고, 늘 수전증과 함께 뇌신경 장애로 인한 각종 통증에 시달려 약을 달고 사셨다. 국가로부터 화랑무공훈장을 수여받고 나름의 혜택이나 특전은 조금 받았지만, 일반인처럼 정상적인 경제활동을 한다는 건 애초 요원한 일이었다.

수시로 진료를 받았는데 겨우 CT 촬영까지는 가능하지만 MRI는 시도조차 불가능한 상황이고, X선 촬영된 걸 확인하면 엄지 손톱보다 큰 덩어리가 뇌 근처에 굳어진 사진이 아버지의 상황을 대변해 주었다. 그래서 큰 힘은 못 쓰셨지만 그런데도 못 하는 건 없는 만물박사셨다. 비록 이름 석자 쓰시려면 삐뚤빼뚤 한 나절은 걸리고, 국물 한번 드시고 싶어 신중히 숟가락질을 하려 해도 입 근처에 다다르면 남는 게 없을 지경이었지만, 세상의 어떤 복잡한 일도 일단 작심하면, 시간은 좀 오래 걸릴지언정 기필코 해내는 집념의 상남자셨다.

사실 어릴 적 바라본 아버지가 부끄럽고 초라하게 여겨질 때도 있긴 있었다. 어린 마음에 소풍길 따라 나선 아버지가 창피해서 멀리서 따라오라며 매몰차게 등 돌린 적도 있었고, 별로 할 일이 없어서인지 학교 대표로 웅변대회에 참가하는 자식 격려하러 차부(터미널)까지 전송 나온 아버지를 못 본 척 뒷길로 돌아 버스에 올랐던 기억도 있다. 다른 아버지들처럼 맛난 과자 한 번 제대로 못 사주고, 생계를 책임진 어머니의 그늘에서 함께 식객 노릇을 하던 아버지가 왜 그렇게 못나 보였던지….

전쟁 도중 후송되어 전역을 하고는 이내 특별한 일이 없는 아버지의 방황이 염려된 집안에서 일찍 결혼을 서둘렀는데, 아버지는 가뜩이나 후유증이 심한데다가 정신적 트라우마까지 얹혀져 자신의 처지를 비관하면서 음주와 허송세월로 젊음을 소비한 기간이 제법 길었다고 한다. 그러다가 어머니의 집요한 권유로 접하게 된 신앙생활이 차츰 아버지의 삶을 바꾸기 시작했다. 그동안 줄곧 모르고 살았던 재능과 실력이 겉으로 표출되기 시작하면서 아버지의 눈부신 변화가 나타났고, 일취월장 능력에 걸맞은 증거가 하나씩 세상에 실체를 드러냈다.

나는 종교적인 글은 자제를 하는 편이지만, 아버지의 신앙생활만큼은 불가사의한 힘의 원천이 되었다는 데서, 크게 고무된 건 사실이다. 물론 수치나 직분 등으로 인격의 척도를 대변하면 안 되지만, 아버지는 오랜 기간 지역사회에서 종교단체의 협회장이나 홀리클럽 이사장, 전국 장로연합회 부회장 등 많은 임직을 너끈하게 수행하시는 한편, 평신도로서는 흔치 않게 국내외의 여러 곳에 개척교회 설립을 진두지휘하면서 오지 선교에도 남다른 열정으로 결과치를 만들어내셨다.

또한 그런 저력은 자식교육에까지 큰 영향을 미치게 되었으니, 큰 아들을 육군사관학교에 입학시켜 끝내 대한민국 최고의 간성인 육군참모총장으로 키워내셨고, 둘째인 나도 ROTC 출신의 특전사 장교로 임관하게 양육하셨다. 훗날, 나의 아들은 나를 롤모델로 삼아 특전사의 꿈을 키우던 중, 태권도 선수이던 고등학교 3학년 때 불의의 사고로 다리를 다쳐 장애 등급을 받아 군대에 갈 수 없게 되었지만, 딸과 결혼한 사위가 역시 ROTC 출신의 고위장교가 되어 현재 20여 년 이상 열심히 군생활을 하고 있으니, 아버지의 나라사랑 염원은 3대째 성공적으로 계속 맥을 이어가고 있는 셈이다.

사위는 손자와 손녀를 슬하에 두고 있으며, 초등학생인 손자는 축구선수의 길을 가고자 열심히 땀을 흘리고 있다. 일찍이 아버지는 그 증손자를 무릎에 앉히시고 고사리 손가락을 걸며 말씀하시곤 했다. "우리 증손자도 얼른 커서 나라를 지키는 훌륭한 군인이 되어야지? 그럼 우리 집은 4대를 대물림해서 나라의 방패가 되는 셈이야." 글쎄, 반드시 군인이 되어야만 훌륭한 사람이 되는 건지는 잘 모르겠다. 그리고 손자가 아버지의 바람처럼 군인이 꼭 되어야 하는 것도 아니다. 단지 아버지 생각처럼 손자도 나라에 이바지하는 일꾼으로 자라나길 나 역시 간절히 바라고는 있다.

그 아버지가 소천하셨을 때 고향 원주에서는 비교적 큰 규모의 장례행사가 이어졌다. 관을 덮은 대형태극기와 의식용 조총이 등장하고 운구담당 병력이 정복차림으로 정렬하여, 국가보훈처가 주관하는 특급수준의 장례절차가 진행되었고, 기독교교단 측에서도 양보할 수 없다며 교회장으로 진행해야 한다고 강력히 주장을 해서, 부득이 두 차례의 장례를 4일장으로 치러야 했다. 아울러 큰아들의 전관예우 영향인지 많은 유명인사가 조문객으로 찾아왔고, 줄지어 놓인 조화를 촬영한 지방방송의 영상도 제대로 분위기를 띄웠다. 그렇게 요란하게 소천하신 아버지이기에 존경스럽고 여간 뿌듯하며 자랑스러운 게 아니었다.

아무튼 떠들썩하게 세상과 이별하신 아버지가 지금은 조용하게 대전 현충원에 누워 계신다. 평생 반려자였던 어머니와 나란히 누워 영면을 취하시는 아버지의 비석을 쓰다듬다가 살그머니 안아드렸다. 그리고 생전에 그토록 바라시던 소망을 다시 되새기면서 아버지께 조용히 약속했다. "아버지, 증손자는 지금 튼튼하게 잘 자라고 있습니다. 아버지를 빼닮은 또 하나의 영웅으로 성장 중입니다. 제가 이 아이를, 신념은 더 키워 나라를 지키는 용감한 횃불이 되며, 신앙을 잘 지켜 세상의 등불이 되는 훌륭한 인재로 길러내겠습니다. 4대째 이어지는 아버지와의 약속이 실현되는 걸 지켜보세요."

아버지는 보람 있는 일 중의 하나로 단연 자손들의 이름 짓는 것을 꼽으셨다. 자식 4남매와 손주들 7명, 증손자, 증손녀까지 지으실 때마다 얼마나 공을 기울이시는지, 자손들은 세상에 태어나서도 한동안 이름을 받지 못해 몇 날 며칠을 기다리기도 했다. 그래도 운명은 이름대로 간다고 심사숙고하시면서 섣불리 작명을 완성하지 않으셨다. 지금 목하 '4대를 대물림하는 언약'이라는 제목의 유산을 이을 당사자인 증손자에게 '세상에 길고 큰 족적을 남기라'는 뜻에서 '세영(世永)'이라고 이름 지으셨으니 필경 그대로 되리라 믿는다. 허기사 '옳고 진실된 사람'으로 살라면서 '의윤(義允)'이라는 이름을 주셨건만 애석하게도 지금껏 안주하지 못한 채 헤매는 위인이 예 있긴 하지만….

◆ Profile

현) 사단법인 '휴앤해피' 이사장, '해피우먼' 부사장, 시인, 칼럼니스트, 필명 林森.
저서: 림삼제1시집 《그대와 같이 부르는 이 사랑의 노래 있는 한》 ~ 림삼제9시집 《돼지 껍데기》

한국에서 약속을 익히다

텟텟아웅

지난해 여름, 처음 한국으로 유학을 와서 생활한 지 1년이 되었다. 그동안 한국 생활은 나에게 많은 변화를 가져다주었지만, 그중 가장 큰 변화는 바로 '약속'에 대한 나의 인식이다. 한국에서 '약속'은 단순히 만남의 시간이 아니라, 그 시간 약속 자체가 모든 관계의 중심에 있다는 것을 깨달았다. 한국인들은 약속 시간을 지키는 것이 그 사람에 대한 신뢰와 배려를 의미하기 때문이다.

내가 자란 미얀마에서는 약속 시간을 대충 정하는 경우가 많다. 예를 들어, 약속을 잡을 때 '몇 시쯤'이라는 말로만 정하고, 그 시간보다 조금 늦거나 일찍 만나도 큰 문제가 되지 않는다. 모두가 서로의 상황을 이해하며, 약속 시간에 좀 늦는다 해서 신뢰를 잃는 경우는 거의 없다. 약속보다도 더 중요한 것은 상대방과의 관계이기 때문에, 시간에 조금 어긋나더라도 서로에게 불편함을 주지 않고 이해하려고 한다. 하지만 한국에서 나는 약속을 지키는 것이 상대방에 대한 존중이라는 점을 배웠다.

처음에는 시간 약속을 지키는 것이 나에게는 매우 낯설었다. 모든 약속에서 '몇 시, 몇 분'이라는 구체적인 시간이 반드시 따라붙고, 그 시간을 정확히 지키는 것이 당연하게 여겨졌다. 이 문화는 처음에 나에게 상당한 압박감으로 다가왔다. 미얀마에서는 약속 시간보다 늦어도 양해가 되는 일이 많았지만, 한국에서는 약속에 늦는 것은 그 사람을 배려하지 않는 행위로 생각할 수 있기 때문이다. 약간의 지각도 큰 결례로 받아들여질 수 있다는 것을 알게 되면서 나도 점차 약속 시간을 지키는 습관을 갖게 되었다. 한국에서 약속의 중요성을 가장 크게 느낀 경험은 지금도 한국에서의 일상생활에서 자주 일어난다.

현재 나는 떡볶이 가게에서 아르바이트하는 중인데, 이곳에서도 시간 약속은 중요하다. 조리 시간이 3~4분 정도 걸리는 간식을 주문할 때 손님들은 그 짧은 시간도 매우 길게 느끼는 듯하다. 손님들이 기다리는 동안 조금이라도 지연되면 매우 불편해하는 모습을 보면서, 한국에서는 기다리는 시간까지도 철저히 관리된다는 점을 다시금 느끼게 되었다. 처음에는 이런 낯선 모습의 한국인들 특성인 빨리빨리 문화가 참 거슬려 보이기도 했다. 그러나 작은 약속이라도 정확히 지켜야만 상대방에게 신뢰를 줄 수 있다는 것을 알게 되면서 오히려 정확한 약속 시간을 지키는 것이 서로에게 불편함을 주지 않고 신뢰감을 형성한다는 것을 알게 되면서 단점이 오히려 장점으로 생각되기도 한다.

두 번째로 내가 한국에서 배운 약속의 중요성은 지하철을 탈 때도 실감할 수 있었다. 몇 분 늦었을 뿐인데 지하철을 놓치는 일이 잦았고, 그 몇 분의 차이로 일정을 망치게 되었다. 그때마다 나는 시간 약속이 단순한 만남의 시간이 아닌, 모든 계획의 기초라는 점을 깨닫게 되었다. 약속을 잘 지키는 것이 나 자신에게도 효율적인 삶을 가져다줄 수 있다는 점에서, 한국의 시간 약속 문화를 점차 받아들이면서 긍정적인 사고로 전환하면서 오히려 얻는 게 많았다.

반면, 내가 자라온 미얀마에서는 시간 약속을 이토록 중요하게 여기지 않는다. 한국과의 교통 시스템을 비교하면 미얀마에서는 교통이 불편하고 도착 시간도 불안정하여 예측할 수 없는 변수들이 많다. 버스가 언제 올지 모르고, 도로가 자주 막혀 약속 시간에 제대로 도착하기가 어렵다. 이러한 환경에서는 시간이 지체되더라도 서로 이해하는 분위기가 형성될 수밖에 없다. 약속 시간이 30분 정도 늦어도 서로 이해하고 넘어가는 경우가 많다. 고등학교 때 학원 다닐 때 엄마가 항상 늦게 데리러 오곤 했는데, 그때는 엄마에게 불만을 느끼기도 했다. 지금 생각해 보며 바쁜 엄마의 사정을 이해하지 못했던 나 자신이 부끄럽기도 하다. 이처럼 미얀마에서는 시간보다 상대방의 상황을 더 중요하게 여기는 문화가 자리 잡고 있다. 하긴, 만약에 학교 강의 시간에 지각을 한다면 그것 역시 하나의 약속을 스스로 어기게 되면 분명히 그것은 지각한 사람에게 손해가 따를 수밖에 없다. 어쩌면 미얀마 사람들이 쉽게 시간 약속을 어기게 되더라도 이해해 준다고 생각하는 사고를 보면 이런 모순된 문제점이 드러난다. 교통사정이 나빠서라면 그것을 감안하고 미리 출발하여야 하는 게 분명하다. 물론 기상이변이라던가 천재지변으로 인하여 어길 수밖에 없는 약속이라면 당연히 서로 배려해 주고 이해해 주고 기다려줘야 하는 게 분명하다.

미얀마와 한국의 약속에 대한 차이는 개인적인 성격뿐만 아니라 사회적 환경에도 크게 좌우된다. 미얀마에서는 교통 사정이 나쁘니까 당연히 그러려니 하지만, 한국에서는 네이버 지도와 같은 앱을 통해 교통 정보를 미리 파악하고, 도착 시간을 계산할 수 있다. 이런 기술 덕분에 약속 시간을 철저히 지킬 수 있는 환경이 만들어지고 이런 한국의 문화가 부럽기도 하다.

약속은 단순히 시간을 맞추는 것이 아니라 그 사람과의 관계를 유지하고 신뢰를 쌓아가는 중요한 기초란 것을 알았다. 한국에서 약속을 지키는 것은 그 사람에 대한 존중이자 배려의 표현이고, 자칫 사소한 약속이라 하여도 쉽게 어김으로 상대방의 귀한 시간을 뺏는 것은 예의가 아니라는 걸 알았다. 한국에서 배운 약속의 중요성을 나의 생활 속에서 실천하며, 앞으로도 시간 약속을 소중히 여기고 지켜나갈 것이다. 그리고 이렇게 좋은 시간 약속에 대한 한국 문화의 장점을 미얀마 고국에 돌아가서도 전파할 예정이다.

◆ Profile

미얀마, 세종대학교 미디어커뮤니케이션학과

2024년

디지털문인협회
조직 구성

◆ 2024년 디지털문인협회 조직 구성

1. 디지털문인협회 조직

- **이사장:** 이상우
- **회장:** 김종회
- **자문위원:** 장동익, 전효택, 김용섭
- **부회장:** 가재산, 성인규, 손수호, 오태동, 정선모
- **감사:** 이일장
- **사무총장:** 전규리
- **총무:** 황유선

2. 각 분과위원회(위원장)

- **소설 분과위원회:** 김용희(소설가, 평택대 교수)
- **시, 시조 분과위원회:** 한상림(시인)
- **디카시 분과위원회:** 이상옥(한국디카시연구소 대표, 창신대 교수)
- **수필 분과위원회:** 최원현(수필가, 한국수필가협회 회장)
- **평론 분과위원회:** 강정구(문학평론가, 성결대 교수)
- **논픽션 분과위원회:** 신광철(작가)
- **여행작가 분과위원회:** 노미경(여행작가)
- **희곡 시나리오 분과위원회:** 이금림(TV드라마 작가)
- **디지털책쓰기 분과위원회:** 김영희(디지털책쓰기 코치)
- **콘텐츠 분과위원회:** 이명현(중앙대 교수)
- **장르문학 분과위원회:** 성인규(필명: 장담, 한국창작스토리작가협회 회장)
- **번역 분과위원회:** 한성례(번역가, 세종사이버대 교수)
- **영상 창작 분과위원회:** 손정순(월간문화잡지 《쿨투라》 발행인)

- **아동, 청소년 분과위원회:** 문영숙(아동문학 작가)
- **학술 분과위원회:** 노승욱(한림대 도헌학술원 교수)
- **북리딩**(Book reading) **분과위원회:** 김은경((사)한국미래사회여성연합회 회장)
- **시낭송 분과위원회:** 엄경숙(시낭송가)
- **1인1책 갖기 분과위원회:** 박현식(토지문학 회장)
- **사회봉사 분과위원회:** 안만호(누리나래선교회 대표)

3. 특별위원회(정관 제36조에 의거)

- **문학상 진행위원회:** 최원현(전 한국수필가협회 이사장)
- **디지털문학 편집위원회:** 정선모(SUN 대표)
- **온/오프 출판 및 콘텐츠 개발위원회:** 홍정표((주)글로벌콘텐츠출판그룹 대표)
- **대외협력위원회:** 박용호(전 현대차 해외영업실장)
- **디지털 저작권 법제정 관련 위원회:** 손수호(인덕대 교수)

4. 이사회 구성

- **의장:** 이일장
- **사무총장:** 이성숙
- **감사:** 이옥희
- **이사회 회원**

  가보경, 가재모, 강경구, 고동록, 고문수, 권태일, 김기진, 김미미, 김미연, 김상성, 김연빈, 김정인, 김창식, 노운하, 문영일, 문정이, 박미경, 박용호, 백지안, 배혜금, 송경민, 신정범, 안만호, 안홍진, 양성길, 오순령, 오순옥, 오정애, 원동업, 유병선, 윤석구, 유영석, 윤재철, 윤정걸, 이경채, 이동준, 이삭빛, 이상규, 이용만, 이승도, 이정원, 이혜정, 이효상, 전규리, 전윤채, 조현순, 한규성, 한헌, 홍정표

5. 국내/해외 지역 조직

국내지역 본부

- **중부지역본부장:** 홍경석
- **영남지역본부장:** 이창섭
- **호남지역본부장:** 이삭빛

해외지역 지부

- **미주지역**
  LA: 오연희(시인, 미주한국문인협회 회장)
  뉴욕: 황미광(시인, 전 미동부한인문인협회 회장)
  시카고: 신정순(소설가, 노스이스턴일리노이대 교수)
  달라스: 김미희(시인, 《한솔문학》 발행인)
- **캐나다 밴쿠버:** 박은숙(작가, 밴쿠버 해오름한글문화학교 대표)
- **영국:** 이승택(런던 거주 SF 작가)
- **독일 베를린:** 정선경(문화기획자, 한독문화예술교류협회 대표)
- **프랑스 파리:** 강영숙(한국디카시인협회 프랑스지부장)
- **폴란드:** 유창일(카토비체 실레시아대 교수)
- **오스트리아:** 김운하(시인, 《새로운 한국》 발행인)
- **슬로베니아:** 강병융(류블랴나대 교수)
- **호주:** 테레사 리(이기순, 시인, 한국문화해외교류협회 호주지회장)
- **중국 북경:** 리은실(수필가, 북경민족출판사 부편심)
- **중국 장춘:** 권혁률(길림대 교수)
- **일본:** 나리카와 아야(저술가, 전 《아사히신문》 기자)
- **인도:** 이명이(네루대 교수)
- **인도네시아:** 채인숙(시인)

- **베트남**

  남부지역: 오덕(베트남 동나이MIT대 교수)

  북부지역: 히엔(Bui Thi Thu Hien, 한국어 통번역사, 외교아카데미 교수)
- **미얀마:** 칵타킨(Khattar Khin, 한국어 통번역사, 소설가)
- **몽골:** 하다스 아리온토야(Khadaas Ariuntuya, 한국어 통번역사, 가정코치)

6. 특별회원

- 홍정표(글로벌콘텐츠) • 정선모(SUN출판) • 가재산 • 이일장 • 김영희

7. 협회조직도

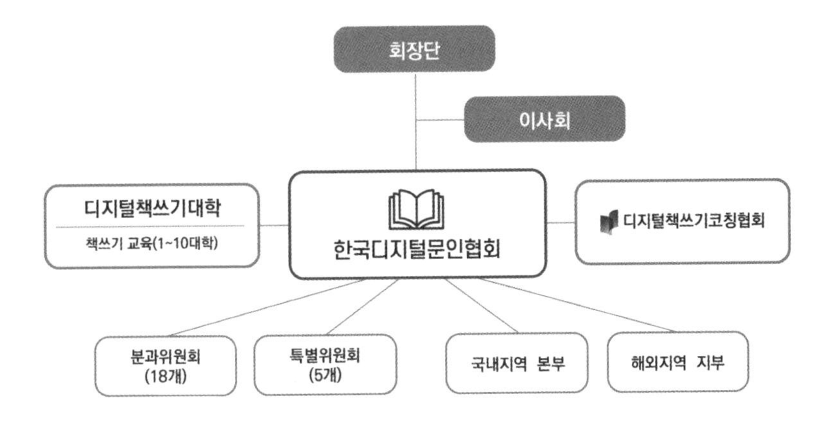